JN079827

# 聖家族の終焉とおじさんの逆襲

## 両大戦間期ドイツ児童文学の世界

Das Ende der Heiligen Familie und der Gegenangriff des Onkels

Die literarische Welt für Kinder und Jugendliche während der Zwischenkriegszeit in Deutschland

佐藤文彦 著

晃洋書房

# 目次

# 序章

# 両大戦間期とおじさんをめぐる研究前史

さほど人口に膾炙している日本語とは思われないが、ドイツ（文学）研究の世界でよく使われる言葉に「両大戦間期」Zwischenkriegszeit というのがある。第一次世界大戦を経て、ドイツ帝国もオーストリア＝ハンガリー二重帝国も崩壊した。続く戦後の混乱と同時に生じた社会変動、技術革新、都市化、芸術や文化の新展開は、やがて訪れるナチスとその結末が悲惨なものであることを知っているからこそ、われわれにとっていっそう魅力的に映るのかもしれない。

両大戦間期のなかでも一九二〇年代後半、世界恐慌前のドイツは、「黄金の二〇年代」を迎えたといわれている。この時代のベルリンの人口は四三〇万人。ニューヨーク、ロンドンに次いで世界第三位の数である[1]。一九二九年のベルリンには三六三の映画館があり、三七の映画会社によって約二五〇本の長編映画が製作された[2]。また、同年のベルリンでは四五の朝刊新聞、ふたつの昼刊新聞、一四の夕刊新聞が新規に発行されている[3]。当時のベルリンの活字メディアの盛況ぶりは、**図版1**のキオスクの様子からも伺えよう。

こういった文化的活況は出版市場にも反映される。ワイマール共和国期の書籍出版点数を調査した研究によると、成人向けおよび子ども向けの新刊本のいずれもが一九二七年にピークを迎えている[4]。数の変化は質にも影響を及ぼす。ドイツ児童文学の世界では、一九二六年ないし一九二七年から、大都市に生きる子どもたち、とりわけベルリンに生きる子どもたちを主人公にした作品が本格的に書かれ始めた[5]。もはや『ハイジ』（一八八〇／八一）のように、児童文学の舞台が遠く離れた理想郷、エキゾチックな異世界や自然豊かな山村、田舎だった時代は終わった。それ

**図版１：両大戦間期ベルリンのキオスク（1928）**
Manfred Görtemaker und Bildarchiv Preußischer Kulturbesitz (Hrsg.): *Weimar in Berlin. Porträt einer Epoche*. Berlin (be.bra) 2002, S. 166.

に代わって同時代の読者にとってリアルな世界、自分たちのすぐ身近なところで起こりうる物語が展開されるようになったのである。

　一九二五年のドイツでいわゆる田舎に暮らすのは全人口の三分の一、もう三分の一は中小都市に、残りの三分の一は大都市に暮らしていたといわれている[6]。つまり多くの子どもたちが共感を持って、自然に受け容れられる文学作品として、大都市を舞台にした児童文学は書かれ始めたのである。そしてそういった作品世界において、子どもたちは「都会のジャングル[7]」を移動し始める。

　両大戦間期ドイツで書かれた児童文学のうち、ドイツでも日本でも、いまもよく読まれているのはエーリヒ・ケストナー（一八九九―一九七四）くらいだろう。『エーミールと探偵たち』（一九二九）、『点子ちゃんとアントン』（一九三一）、『飛ぶ教室』（一九三三）の人気は変わらず高い。しかし新しい都市型児童文学の担い手がケストナーひとりだったわけでは決してない。ケストナーの影に隠れ、いまや忘れられた作家は無数に存在する。

　彼らの発掘作業は前世紀末、あるいは今世紀に入って以降、ドイツ語圏の研究者によって熱心に行われている。具体例を挙げると、一九九九年にドイツの作家グードルン・パウゼヴァング（一九二八―二〇二〇）は、本名のグード

**図版２：両大戦間期ベルリンの風景（1930）**
Manfred Görtemaker und Bildarchiv Preußischer Kulturbesitz (Hrsg.): *Weimar in Berlin. Porträt einer Epoche*. Berlin (be.bra) 2002, S. 47.

ルン・ヴィルケ名義で『エーリヒ・ケストナー世代の忘れられた児童文学作家たち』という書籍（もともとはフランクフルト大学に提出された博士論文）を著し、ケストナーの影に隠れ、忘れられてしまった一〇名もの作家の紹介に努めた。[8] これから本書にたびたび登場するアレックス・ウェディング（一九〇五―一九六六）も、二〇〇八年に祖国オーストリアの研究者らが発表した研究書から再評価が始まった。[9] 二〇一二年には、ビーレフェルト大学名誉教授ノルベルト・ホプスターらが中心となり、二巻本の論集『ワイマール共和国時代の児童文学』が刊行されている。[10] 二六の論考から成るこの論集では、両大戦間期ドイツ語圏の児童文学について、戦争・植民地・スポーツなど、作品内のモチーフに着目した研究と、社会主義・ユダヤ性・ナチスといった思想的背景や、当時の新興メディア（ラジオおよび映画）との関係など、外的状況に焦点を当てた研究の双方が収められ、およそこの時代の児童文学を論じる観点は出尽くした感すらある。

筆者がケストナー以外の作家や作品を知るに至ったのも、これらドイツ語圏の先行研究の成果に依るところが大きい。なかでもとくに影響を受けたのは、ワイマール共和国期の成人向け文学の研究でよく使われるモデルネ（Moderne）あるいは近代化（Modernesierung）という概念を、同時代の児童文学に援用したビルテ・トストの研究である。[11]トストは両大戦間期の大都市、とくにベルリンを舞台にした児童文学に着目し、そこに描かれた子どもの生活圏や人間関係が、それ以前の児童文学とは決定的に異なることを指摘した。当然のことながら、都会の子どもが自然に触れる機会は少ない。その代わり彼らは都市空間を大人のように、あるいは大人以上に巧みに動き回る。とはいえ彼らにも家庭がある。家に帰れば家族が待っている。

両大戦間期ドイツ児童文学に描かれた子どもとその家族について、トストは「権威との新しい付き合い方」という章を設けて論じている。その詳細はのちに本書でも言及するため、ここでは深くは立ち入らない。しかし彼女が自説を展開する際に、第一次世界大戦後の父権の失墜ということを中心に据えている点は強調しておきたい。なるほど先の大戦によって父が戦死あるいは負傷し、家庭内でのかつての権威を失くすという構図は、容易に想像できるだろう。問題はその先、頼りにならない父に代わって、陽気なおじさんが子どもに影響を与えるようになったというトストの論の展開が、とくに筆者の目を引いた。なぜ、いきなりのおじなのか。

ドイツの児童文学作品に登場するおじさんに着目した研究は、実はトスト以前からあった。トストも援用しているが、グンデル・マッテンクロットは戦後ドイツ児童文学におけるおじさんの活躍について言及している。[12]

筆者がトストらの研究を知ったのとほぼ同じ頃、わが国でも「おじさん文学」を論じた書籍が刊行された。海野弘『おじさん・おばさん論』である。[13]ドイツに限らず古今東西の文学や映画に登場するおじ・おば、さらには実在する人物――例えばロダンやピカソ、ベートーヴェンなど――のおじ・おば・甥・姪の「スナップショット」[14]を並べたこの書物を、研究書と呼ぶことはできないだろう。しかし筆者のこの十年の研究にとって、海野の『おじさん・おばさん論』は、トストと並んで再三参照した文献のひとつになった。

海野が射程を大きく取って紹介した「おじさん文学」を、両大戦間期のドイツに限定して考察してみよう。その際、トストらによって紹介されたケストナー以外の児童文学作品も、積極的に読み込んでみよう。そのことを念頭に、筆者がこの十年ほどのあいだに取り組んできた研究成果をまとめたのが、本書の第Ⅰ部「おじさん文学論」である。

また、それが必ずしもおじさんの活躍に直結しなくても、父権の失墜に象徴される家族形態の変化は、両大戦間期ドイツの大都市に暮らす子どもを描いた児童文学作品に、さまざまな形で影を落としている。本書の第Ⅱ部「聖家族から遠く離れて」は、両親と子から成る近代市民家族モデルから逸脱した家庭の子どもを描いた作品を選び、いくつかの観点から分析したものである。なお、第Ⅰ部も第Ⅱ部も、それぞれ最後の章で一九三〇年代の少女小説を取り上げたのは、ナチス時代の少年（文学）の行く末が、ヒトラーユーゲント一択しかないのに比べ——そうでない選択肢も含まれた作品が書かれるようになるには、戦後を待たなければならない——、少女文学のほうがまだ彩りがあるためである。

本書で扱う作品には、邦訳のないものも多い。その一方で意外にも、一九六〇年代から八〇年代にかけてすでに訳されていたものもあった。当時の出版業界の隆盛について、筆者の知るところは少ないが、本書を通じて今後、ケストナー以外の両大戦間期ドイツ児童文学も日の目を見ることになれば、わが国で翻訳紹介される機会に恵まれれば、と願っている。加えてもちろん、おじさん（文学）の復権にも期待している。

**注**

（1）デートレフ・ポイカート『ワイマル共和国——古典的近代の危機』小野清美・田村栄子・原田一美訳、名古屋大学出版会、一九九三年、一五四頁参照。

（2）ユルゲン・シェベラ『ベルリンのカフェ——黄金の一九二〇年代』和泉雅人・矢野久訳、大修館書店、二〇〇〇年、八頁参照。

（3）同上。

（4）Vgl. Birte Tost: *Moderne und Modernisierung in der Kinder- und Jugendliteratur der Weimarer Republik.* Frankfurt am Main

（Lang）2005. S. 42f.

（5） Vgl. Tost: a.a.O., S. 46.

（6） ポイカート（前掲書）、一五頁および一五四頁参照。

（7） Helga Karrenbrock: Das stabile Trottoir der Großstadt. Zwei Kinderromane der Neuen Sachlichkeit: Wolf Durians „Kai aus der Kiste“ und Erich Kästners „Emil und die Detektive“. In: Sabina Becker u. Christoph Weiss（Hrsg.）: *Neue Sachlichkeit im Roman*. Stuttgart/Weimar（Metzler）1995. S. 176–194, hier S. 178.

（8） Gudrun Wilcke: *Vergessene Jugendschriftsteller der Erich-Kästner-Generation*. Frankfurt am Main（Lang）1999.

（9） Susanne Blumesberger u. Ernst Seibert（Hrsg.）: *Alex Wedding（1905–1966）und die proletarische Kinder- und Jugendliteratur*. Wien（Praesens）, 2008.

（10） Norbert Hopster（Hrsg.）: *Die Kinder- und Jugendliteratur in der Zeit der Weimarer Republik. Teil 1 u. 2*. Frankfurt am Main（Lang）2012.

（11） 本章注（4）参照。

（12） Gundel Mattenklott: Kleiner Exkurs über den Onkel in der Kinderliteratur. In: G. M.: *Zauberkreide. Kinderliteratur seit 1945*. Stuttgart（Metzler）1989, S. 108–110.

（13） 海野弘『おじさん・おばさん論』幻戯書房、二〇一一年。

（14） 海野（前掲書）、二八五頁。

# 第Ⅰ部　おじさん文学論

# 第1章　おじさん文学論に向けて

一般にドイツ語圏においては、第一次世界大戦とその後の革命を経て、近代市民家族のモデルは崩壊したといわれている。[1]つまりそこでは帝国の崩壊と父権の失墜は同時に並行して起こった現象と捉えられ[2]、国家にとって国父（君主）が無用になったのと同様、子に対し父親は模範を示せなくなったと考えられるのである。その結果、両大戦間期ドイツ語圏の児童文学の世界では、無力な父親に代わり家庭と世間（世界）をつなぐ人物として、陽気なおじさんが活躍し始める。[3]

本章では、両大戦間期ドイツ語圏のおじさん児童文学について考える前段として、まずは二〇世紀初頭のドイツ児童文学におけるおじさん表象について検討したい。そもそもなぜおじなのか。子、とくに息子にとっておじの存在価値は、父のそれと逆相関の関係にある。[4]だとすると帝国が健在で父権の強い時代のおじは、子にとって影が薄いのではないか。以下では二〇世紀初頭のドイツ児童文学をもとに、この仮説の検証と精緻化を行いたい。その際に援用されるのは、歴史学や人類学における家族制度の変遷に関する研究成果および「父なき社会」化が進んだ世紀転換期の大人の文学に見られる父子関係の変化である。これらの考察を通じて、両大戦間期のドイツでおじさん児童文学が成立するに至るプロセスを解明することが、本章の目的である。

## 1　大所帯家族から近代市民家族へ

中世から近世初期の全き家あるいは大所帯家族から近代市民家族が成立・展開する過程については、すでに歴史学や民俗学の研究によって明らかにされている[5]。まずは前近代に典型的な家族形態の特徴を見てみよう。

> 住民の大多数が手工業か農民だった前工業化社会において、家族＝家は経済機構の経営体とみなされ、消費共同社会であると同時に生産の単位であった。こうした家族＝家は「全き家」と呼ばれ、［中略］（一）構成員は家父・家母・子・奉公人、（二）家計と経営の一体化、（三）家父長による他の成員の支配、（四）前近代の政治世界の基礎単位、という特徴をもっていた[6]。

その後、産業革命を経て仕事場と住まいが分離されると、男性世界と女性世界もまた分離される。外で働く父に対し、母の世界は三つのK、すなわち子ども（Kinder）・台所（Küche）・教会（Kirche）に限定されるようになる。もはや生産の場ではなくなった家族は縮小され、血縁関係にある少数の構成員（親子）の関係は情緒化されていった、というのがこれまでの研究の成果といえよう。

> 結婚は精神的、感情的に結ばれた共同体であり、家族は人を社会的文化的存在へと教育する場であるという発想は、この時代［引用者注：一九世紀初頭］の所産である。この土壌のうえに、裕福な小家族という一九世紀的市民家族の主要なイメージが成長していった。つまり、社会的地位を決定するのは父親で、母親は家内を整え、二人は夫婦としての愛情［中略］で結ばれ、礼儀正しい、よく躾けられた子どもを育てるという関心を共有している、他方、子どもたちも職業や結婚相手を選ぶ時には親の願いに従う、そんな小家族である[7]。

**図版3：19世紀型市民家族像**

Ingeborg Weber-Kellermann: *Die deutsche Familie. Versuch einer Sozialgeschichte*. Frankfurt am Main (Suhrkamp) 1974, S. 106.

**図版3**に示されるような、両親とその子らが親密な関係を築く近代市民家族におじの付け入る隙はないだろう。ではそれ以前の、近世の大所帯家族ならおじは活躍できたのかというと、これもまたそうではなかったといわざるを得ない。なぜなら前近代の家族において、家父長である父の権威は近代市民家族のそれよりも強かったはずで、おじの地位は相対的に低かったと考えられるからである。その証拠に歴史学や民俗学のドイツ家族史研究において、おじが言及されることはほとんどない。

おじの地位が高かった時代はもっと古くまで遡らなければならない。次節では人類学の成果に依拠しつつ、おじがとくに甥に影響力を発揮した時代について紹介する。

## 2　アヴァンキュレート

人類学の術語に「アヴァンキュレート」avunculate というのがある。

人類学では、「アヴァンキュレート」は母の兄弟と妹の息子とのあいだに成立する特別な関係のすべてを指す言葉として使用される。もちろんこれには、母系社会では、妹の息子が母の兄の地位や称号や富や、また多くの場合その妻たちを継承する権利も含まれている。だが皮肉なことに、この問題が提起されたのは父系制社会での変形されたアヴァンキュレートに関してであった(8)。

ここで述べられている通り、母の兄弟と姉妹の息子、すなわちおじと甥の特別な関係は、母系社会だけでなく父系社会にも存在する。概して先行研究は父系社会のアヴァンキュレートのほうにより焦点を当てているようだ。

母系社会でも、母の兄弟は、姉妹の息子の面倒を見るが、これは母親のリネージ（血統）の内部に属している。しかし父系社会では母の兄弟は、外部にいるので、甥と母方のオジの関係は内部と外部をつなぐ絆として注目されるのである(9)。

父系社会における母の兄弟と姉妹の息子の関係を考える上で、中世ヨーロッパの叙事詩に登場するおじと甥の存在を見過ごすことはできない。先行研究では、『ロランの歌』のシャルルマーニュとロラン、アーサー王物語のアーサー王とガウェイン、『トリスタンとイゾルデ』のマルケ王とトリスタン、『パルツィヴァール』の聖杯王アルフォンタスとパルツィヴァールが挙げられている。いずれも一二世紀頃から一三世紀にかけて成立した叙事詩である(10)。

さりとて父系社会というのは、息子が父の血統を継承するものである。そこでは当然、母の兄弟、すなわちおじさんの地位は低下する。その結果、文学のモチーフとしても、おじと甥の関係より、父と息子の関係、あるいはその変種としての「父殺し」のほうが重視されるようになったのではないだろうか。父子関係を描く文学の変遷について触れる余裕は本書にはないが、中世の文学がアヴァンキュレートを好んで描いたのとは異なり、近世の大所帯家族から近代に市民家族が確立される時代というのは、父子の相克をモチーフにした文学が盛んだった時代と一致するものと考えられる。

## 3　父なき社会の息子の文学

シラー『ドン・カルロス』(一七八七)や『たくらみと恋』(一七八四)を例に、父子の相克こそが(近代ドイツ)文学の原生岩石であり、父に反逆する息子に旧来の権威の破壊者、新時代の精神を見ようとするハンス・リヒャルト・ブリットナッハーは、一九世紀末から二〇世紀初頭のドイツ文学における父子関係の変化を次のように指摘している。

一九世紀までの文学では、父は息子を手なずけて支配するか、徹底的に苦しめる存在だった。息子はそんな父を乗り越えるか、錯乱しながら復讐を果たした。父子の相克をめぐるこういった理想的かつ典型的な関係は、先の世紀転換期の文学で消滅する。もはや息子を支配する残酷な父はいなくなるものの、息子は暴君としての父にではなく、父の関与のなさ、あるいは父の不在に苦しみ続けるのである。(11)

父なき息子であることの矛盾について物語る世紀末文学の代表者として、ブリットナッハーはホフマンスタール(一八七四―一九二九)、リルケ(一八七五―一九二六)、シュニッツラー(一八六二―一九三一)、シュテファン・ゲオルゲ(一八六八―一九三三)らの名前を挙げている。例えばホフマンスタールのエッセイ「ガブリエーレ・ダヌンツィオ」(一八九三)は以下のように始まる。

初期のオッフェンバッハと同時代人だったわれわれの父親たちと、レオパルディと同時代人だったわれわれの祖父たち、そして彼らよりもっと前の世代の、数え切れないほどの人たちすべては、われわれ、つまりあとに生まれた者たちに対し、たったふたつのものしか残してくれなかったように感じることがある。それはいい家具と繊細すぎる神経である。〔中略〕われわれに残されているのは、凍えるような生活、味気ない、荒れ果てた現実、活力をなくした諦念だけである。[12]

「父なき世界」と名付けられたこの論文の中でブリットナッハーは、ホフマンスタールやリルケの作品を例に、世紀転換期に生きた息子世代の社会化、父親探しはいつも失敗に終わる、そして彼らの自己犠牲、つまり死でもって幕を閉じると述べている。[13]

「父なき世界」あるいは「父なき社会」という概念を最初に提唱したのはウィーン出身の精神分析学者ポール・フェダーン（パウル・フェーデルン）である。一九一九年に発表された『革命の心理学――父なき社会』においてフェダーンは、第一次世界大戦末期にオーストリア＝ハンガリー二重君主国が崩壊し、オーストリア共和国が成立するまでの「国父の喪失に伴う国民の集団的混乱」[14]を社会心理学的に論じた。

その後、この概念はフロイトを経て、戦後ドイツの精神分析学者アレクサンダー・ミッチャーリヒに引き継がれる。代表作『父親なき社会』（一九六八）においてミッチャーリヒは、父への同一化が困難な世代は「成長して支配者なきおとなになり、無名の機能を営み、無形の機能から支配される」[15]とし、父なき社会の出現を「高度に工業化された現代社会に対する批判的文明論」[16]という文脈の中に位置付けた。

彼〔引用者注：ミッチャーリヒ〕によれば、農業や手工業が主な労働形態だった時代には、父親像が権威構造を基礎づけていた。ところが、産業化が進むにつれて住居と職場とが分離し、子どもの視野から父親の働く姿が消えることになった。この父親喪失が、父親的なものと結合していた権力を無名の組織体へと変容させ、さらにはこの変化が子どもの成熟困難につながっているのである。[17]

ミッチャーリヒが指摘した父なき社会化は一九世紀を通じて進行し、この現象は世紀転換期のドイツ文学、青年が主人公の大人の文学の世界では、父という成長モデルを失った青年の自己喪失、破滅に行き着いた。

ブリットナッハーのこの主張を踏まえ、筆者は以下の問いを立ててみた。すなわち青年よりもっと若い息子世代、世紀転換期のドイツ児童文学に描かれた少年たちにとって、父親とはどういった存在だったのか、あるいは父に代わりおじさんが成長モデルになることはなかったのか。本章冒頭で述べた通り、両大戦間期ドイツ児童文学におけるおじさんの活躍はすでに認められている。ではもう二〇年早い時代のおじさんはどうだったのか。この問いを念頭に以下、ふたつの文学作品の分析に取り組みたい。

## 4　母の兄弟の敗北――ザッパー『プフェフリング家』

アグネス・ザッパー（一八五二―一九二九）の『プフェフリング家』（一九〇七）の構成員は一〇人、音楽学校教師の父と専業主婦の妻、四男三女から成る七人の子どもたち、そしてお手伝いである。二〇世紀初頭の南ドイツに暮らすこの一家の物語をザッパーは三つの作品に残しているが[18]、この小説で描かれるのはある年の冬学期の始業から翌年のイースター休暇までである。

この家族の最大の特徴は、一九世紀型市民家族の生き残りといって過言でないほどの父親を中心にした結束の強さ・親密さである。その様子はクリスマス直前の描写に表れている。

よその家には、雪とつららでもっと美しく飾られたモミの木もあった。［中略］プフェフリング家のクリスマスツリーはそうではなかった。三〇年前にプフェフリングのおじいさんやヴェーデキント［引用者注：母の旧姓］のおばあさんが飾ってくれたものとほとんど同じだった。クリスマスツリーは子どもの頃の幸せな思い出と結びついているので、両親ともそれを変える気はなかった[19]。

ドイツの家庭でクリスマスツリーに蠟燭を灯す習慣が広まったのは一九世紀のことである。自らを聖家族になぞらえ、理想的家族像を自画自賛するためにこの習慣が広まったというヴェーバー＝ケラーマンの指摘は、的を射ている。[20] そんなクリスマスのお祝いに母親はどういった役割を果たすべきか、プフェフリング夫人は労働者の妻を次のように諭す。

「もっとたくさん物があっても、それだけでは素敵なお祝いにならないの。それができるのはあなただけ。家族のためにしてやれるのはあなただけなの。よその人がクリスマスの喜びを家の中まで運んでくることはできません。それができるのは母親だけなんです」(72-73)

母が家庭を守る一方、市民家族の父親がもっとも考慮すべき事柄は息子の教育だった。以下の引用でもまた、プフェフリング家の家族経営が他の階級のそれとの比較によって賞揚されている。

ロシアの将軍も、金持ちの実業家も、そしてつつましい音楽教師も、けっきょくはみんな同じことを心配していた。金や土地だけでは誰も満たされない。誰もが自分の子どものことを気にかけていた。誰もがみんな立派な息子を望んでいた。そして貧しい音楽教師は、金持ちと同じか、彼らよりもたやすく、そんな息子を持つことができたのだった。(91)

一方では労働者階級を配置し、もう一歩では所有市民層とプフェフリング一家を対比することで、教養市民層がもっとも優れている、家族経営の面で一番うまくいっていることを強調する描写は、中流の市民階級の自尊心をくすぐると同時に、彼らの矜持を見て取ることができよう。

これだけ結束の固い家族におじの出番などないのではないか、と思いきや、最終章でプフェフリング夫人の兄が現れる。北ドイツの大学教授である彼は、ある目的を持って妹一家を訪問する。

**図版 4：『プフェフリング家』より，挿絵**
Agnes Sapper: *Die Familie Pfäffling. Eine deutsche Wintergeschichte. Neuausgabe mit Federzeichnungen von Martha Welsch*. Stuttgart (Gundert) 1940, S. 248.

おじさんは三日間プフェフリング家に滞在し、甥や姪をじっくり観察した。おじさんはみんなが楽しめるゲームを持ってきていた。〔中略〕子どもたちはそのゲームに夢中になって毎日遊んだ。その様子をおじさんが新聞越しに注視していることなど、誰も気に留めなかった。（144）

**図版４**で示されるように、ゲームに夢中な甥や姪を、おじは何のためにこっそり観察しているのか。それは子だくさんで家計が苦しいプフェフリング一家を助けるべく、甥か姪の誰かひとりを預かって一年間育てることを提案し、夫妻の了承を得たのち、子どもたちを選別していたのだった。その結果、おじは以下の結論にたどり着く。

「法学が専門の私には、お前たちの小さな国は実に興味深い。こういった家庭から立派な国民が生まれるということがよくわかったよ。強い者は弱い者の面倒を見ているし、誰もが自分のことよりも全体のことを優先している。子どもたちは国家元首である両親を愛し、敬っている。そうしないとすべてがうまくいかないとわかってるんだろうな。おまけにお前の夫は気さくな君主だし、お前は責任ある大臣だ。仮に私がお前たちの子どもをひとり預かったとしても、これほどきちんとした国家に招き入れることはできないよ」（145）

こうしておじの試みは失敗に終わる。かつてのアヴァンキュレートよろしく、父に代わって姉妹の息子に影響力を行使することができなかったおじは、続いてさらに奇妙な提案を行う。

「計画を逆にしてはどうだろう。うちの息子を送り込むから、ここで預かってくれないか。〔中略〕」そうすることに決まった。（146）

おじの息子にとってプフェフリング夫人は父の姉妹に当たる。息子の面倒を父が見るのでもなく、かといって母の兄弟が引き受けるのでもなく、父の姉妹の一家に託そうとするこのおじの発想は、人類学の家族制度の研究にも例を見ないものではないか。斬新といえば斬新な、奇抜といえば奇抜なこの提案がその後、本当に実現したのかどうか、この小説では触れられていない。しかしおじが退場する直前に発する、次のひと言を見逃すことはできない。「おじさんは誰を連れて行くつもりだったの？」という幼い姪からの質問に、以下のように答えるのである。

「そんなに知りたいかい、小さな知りたがり屋さん？　あの子にしようかな」おじさんはそう言うと、フリーダーを指さした。フリーダーはうなずいて、そうだろうな、という気持ちを示した。（146）

おじが名指ししたフリーダーとは、七人兄弟姉妹の六番目、もっとも音楽の才能に秀でた少年である。彼だけが音楽教師の父からヴァイオリンを与えられ、英才教育を受けている。母の兄弟であるおじが父の後継者たるこの少年を指名したことの意味は大きい。おじは妹の息子、つまり甥たちの中でフリーダーをもっとも欲したものの、彼を父親から奪えなかった。この事実は家父の力が強い一九世紀型市民家族の完全勝利、あるいは母方のおじの完膚なきまでの敗北を意味する。

ここまで、『プフェフリング家』のおじさん描写を通じて、父権の強い近代家族に母方のおじが付け入る隙はないということ、次世代の男子が継承するのはおじさんでなく、父の価値なり世界であるということ、そして父と母方のおじは共存し得ないということが再確認された。少なくともこの作品を読む限り、アグネス・ザッパーの文学世界に父なき社会はいまだ到来していない。したがって『プフェフリング家』は父権の強い社会、おじさんなき社会で展開される家族の物語であるということができるだろう。

## 5　代理父としての他人のおじさん——トーマ『悪童物語』

ルートヴィヒ・トーマ（一八六七—一九二一）の『悪童物語』の主人公、ルートヴィヒ少年に父はいない。この点で本作は『プフェフリング家』と決定的に異なる。父亡き後、母と姉のもとで育ったルートヴィヒは、ギムナジウムに通いながらいたずらに明け暮れる日々を送っている。そんな少年の日常のエピソードをつづった一話完結の短編小説が、ミュンヘンの週刊誌『ジンプリツィスムス』連載を経て、書籍として出版されたのは一九〇五年のことだった。一九〇七年には続編も刊行されている。全部で一八編ある物語に登場するおじは延べ七人。ペピーおじさんが三人、フランツおじさんがふたり、そしてもうふたりのハンスおじさんである。同名のおじさんをひとりにまとめられれば問題ないのだが、この作品に登場する七人のおじはみな別人格のように描かれている。以下、彼らが初登場する場面を列挙する。

ペピーおじさんはとても信心深い。裁判所の書記をやっているのだけど、本当は神父になりたかったとよく言っている。だけどお金がなかったから大学を中退したらしい。

一度、おじさんとおばさんが大喧嘩した時、あんたはギムナジウムにも行けないくらい大馬鹿者だったくせに、とおばさんは言っていた。(21)

母さんのところに退役少佐のフランツおじさんから手紙が届いた。おじさんは僕を立派な人間にしてみせると書いていたので、母さんはとてもうれしいよ、と言った。(25)

フランツおじさんは親戚一の金持ちだ。印刷屋をやっていて、カトリックの新聞を出しているくらいだからとても信心深い。おじさんのところに行くと聖人画をくれる。だけど小遣いや食べ物はまずくれない。ラテン語ができる人みたいにいつも振る舞っているけれど、ただのドイツの学校卒だ。(49)

ハンスおじさんがアンナおばさんとやって来たのは、僕には一番うれしかった。おじさんは林務官だ。休暇の時におじさんのところに行ったことがある。おもしろい人で、僕がフリーダおばさんの物まねをするといつも笑って、ヤマネコみたいにいやな奴め、と言っていた。(49)

今度は母さんが税務官のペピーおじさんとやって来た。(49)

彼女はハンスおじさんの娘だ。おじさんはいまボンベイにいる。ぜんぜん勉強しなかったから、ドイツから追い出されたらしい。だけどいまは大金持ちで、大農園でお茶を作っている。(99)

午後になってテーレスおばさんが娘のローザとやって来た。ペピーおじさんもエーリスおばさんとやって来た。(102)

それぞれのおじの職業またはパートナーの名前がすべて違っていることから、彼らはみな別人であると判断される。

右から順に、最初のペピーは裁判所書記、次のフランツは退役少佐、その次のフランツは印刷屋なので、これらふたりのフランツは別人である。四番目のハンスは林務官、五番目のペピーは税務官であることから、後者は冒頭の、裁判所書記のペピーとは別人である。次にまたハンスが登場するが、彼は林務官でなくインド・ボンベイの農場経営者である。最後のペピーにはエーリスという名の妻がおり、この名は冒頭の、裁判所書記のペピーの妻（ファニー）とは別人であることから、これらふたりのペピーも別人と考えられる。また、税務官のペピーは姪の結婚式に単身で参列していることから、独身であると推測される。

ところで筆者はこれら七人のおじさんの登場を、各エピソード時の主人公の年齢（学年）順に並べ替えて配置した[22]。しかし一般に流通している単行本の配列は雑誌発表順になっており、主人公の年齢（学年）が前後している。この事実から、作者トーマは主人公以外の副人物の造形には、さほど関心を抱いていなかったものと考えられる。その証拠に彼らおじさんたちは、ルートヴィヒの母の兄弟なのか、それとも亡き父の兄弟なのかも判然とせず、姻族である可能性も疑われる。こういったぞんざいなおじさんの扱い、いい加減な描写によって、この作品に登場するおじたちは総じて影が薄い。それはちょうど、母方のおじと対極な関係にある人物、すなわち父の姉妹に当たるフリーダおばさんが一貫してネガティブな人物として描かれているのとは対照的である[23]。

もう一度、七人のおじさんに注目してみよう。彼らの中で唯一ポジティブに描写されるのは林務官のハンスおじさんだけである。この職業の意味するところは小さくない。なぜならルートヴィヒの亡き父もまた林務官だったからである。このことから、ルートヴィヒがハンスおじさんに亡き父の面影を求めていることが読み取れる。しかしハンスおじさんがルートヴィヒの父代わりを務めることはない。『悪童物語』においてルートヴィヒの代理父になろうとする人物は、親戚ではない他人のおじさん、最終章に登場するゼンメルマイアーという人物である。

元将校のゼンメルマイアー大尉と元家庭教師のゼンメルマイアー夫人ができの悪い子を正しい道に導き、優

秀な生徒に変身させるということが新聞に載っていた。(150)

そしてルートヴィヒと母親はゼンメルマイアー夫妻と面会する。その席でゼンメルマイアーは次のように述べ、ルートヴィヒを引き受ける。

その男［引用者注：ゼンメルマイアー］はまぶたを閉じ、この子を私の息子とみなすつもりです、と言った。(151-152)

ルートヴィヒと血のつながっていない男、他人のおじさんが父の役目を引き受けると宣言するこの発言は、親戚のおじとの以下のエピソードを念頭に考えるべきだろう。

ゼンメルマイアーを訪れる以前、ルートヴィヒは退役少佐のフランツおじさんのもとに下宿していた。このおじも甥を「立派な人間」に教育し直そうと試みるが、けっきょくはうまく行かなかった。その原因はルートヴィヒよりむしろ、フランツおじさんにあるように思われる。例えばおじは自身が手伝った算数の宿題の間違いを決して認めようとしない。

僕が学校から帰るとおじさんはすぐに言った。「お前の先生と話したが、やはり私のあの計算は正しかった。お前が書き写し間違えたんだ。このクソガキめ」

僕はちゃんと書き写した。おじさんの計算が間違っていただけなんだ。(27)

ルートヴィヒはこんなおじを「なんて卑しい人間なんだ」と思う。そして彼のもとを飛び出す。そういった伏線があったのち、はたしてルートヴィヒはよそのおじさんのもとで成長を遂げられるのかというと、やはりそうはいかない。なぜならゼンメルマイアーの教育とは、軍人の養成を念頭に置いたもの、彼の言葉を借りれば「スパルタ人」

を理想とするものだったからである。

ゼンメルマイアーは、米には栄養があるのだ、アジアではみんな米を食べて生きているのだ、肉を食べている国民は、米ばかり喰っている国民ほど、よい兵隊にはなれないのだ、と言った。そして自分は焼肉とポテトサラダを食べていた。(156)

毎週木曜日は麦粥しか出なかった。ゼンメルマイアーは、君たちがスパルタ人かどうか試しているのだ、と言った。(158)

父親のいない少年が、親戚のおじのもとでも、よそのおじさんのもとでも社会化できない時、その少年に残された道は破滅とまではいわないにせよ、成長しないことしかないのかもしれない。もっともこの小説は、ルートヴィヒの悪童ぶりを描くことに専念した一種の悪漢小説なので、必ずしも彼が父親世代の成人男性をモデルに大人になる必要はない。

ところで本章の目的は、両大戦間期ドイツでおじさん児童文学が成立するに至るそのプロセスを追うことだった。その関連でこの作品にゼンメルマイアーとはまた違うタイプのよそのおじさん、親戚ではない他人のおじさんが登場しているのは注目に値する。ゼンメルマイアー夫妻のもとに下宿する前日、ルートヴィヒは母といっしょにハイスという男性を訪問している。

午後に母さんは上級林務官のハイスさんを訪問した。ハイスさんはずっと町はずれに住んでいた。家には大きな庭があり、それは僕のお家のと同じくらい素敵だった。ダックスフントが吠えていた。玄関でもう煙草の匂いがした。部屋には鹿の角がいっぱいかかっていた。ハイスさんは僕たちが来たことを喜んだ。奥さんがコーヒーとケーキを持ってきてくれた。ふたりは母さんと、僕の父さんがまだ生きていた頃の話をした。父さんはハイスさんの一番の友達で、いつもいっしょだった。ハイスさんはパイプで僕を指しながら、君はキツネの穴で生まれたんだから、森で暮らさなきゃいかん、その気はあるかい、と聞いた。僕は、本当は一番そうしたいんです、と答えた。でも母さんはまたため息をついて、この子は勉強が好きじゃないんです、と言った。（153-154）

作中、ルートヴィヒとハイスが交流するのはこの場面だけである。しかしハイスもまた、ルートヴィヒが慕う唯一のおじさん（ハンスおじさん）や父と同じ林務官であること、加えて彼と父は親友だったというさりげない描写から、ハイスはルートヴィヒの代理父になり得る可能性を備えた人物であると見なすことができる。しかしこの時点ですでにルートヴィヒは、翌日からゼンメルマイアーのもとで暮らすことが決まっている。したがってハイスが彼の父代わりになることはない。

そんなハイスとゼンメルマイアーは実は接点がある。ルートヴィヒらとの対話の中で、ハイスはヨーゼフ・ゼンメルマイアーという古い知り合いを思い出す。このゼンメルマイアーは、戦争で撃ち合いになるといつも隠れる愚かな少尉で、「角笛ペピー」と呼ばれていたという。そしてこの人物がルートヴィヒの新しい先生でなければいいのだが、との懸念を口にする。しかしその声はルートヴィヒの母に届かない。

帰り道に母さんは僕に、ゼンメルマイアーさんが角笛ペピーだなんて思ってはいけません、ハイスさんは父さんの友だちだから好きだけど、あの人は猟師で、猟師は子どもにふさわしくない冗談をよく言うんだから、と言った。（154-155）

はたしてルートヴィヒが下宿する先のゼンメルマイアーのファーストネームがヨーゼフかどうか、作中明確には述べられていない。

しかしこの小説の最終章で、ふたりの他人のおじさんがほぼ同時に登場し、少年に慕われ、ポジティブな影響を及ぼすことが期待されるおじさんは深く書き込まれず、むしろそうでないタイプのおじさん、軍人養成教育を旨とするゼンメルマイアーのほうが本作の副人物としては異例なまでにしっかりと造形されている点は、いやがうえにも目を引く。なぜルートヴィヒは父や肉親のおじに近いハイスではなく、ゼンメルマイアーのもとに送り込まれるのか。その後のおじさん児童文学への接続を考える上で、この問いはぜひとも解決したい。筆者の読みではその手がかりはこの小説の最後の一文、ゼンメルマイアーの部屋に花火を放り込むいたずらを思いついたルートヴィヒの以下のひと言に込められている。

僕にロケット花火を点けさせてくれよ、とマックスに頼んだ。僕にはそれが待ち遠しくてならない。(164)

この小説でルートヴィヒのいたずらの犠牲になる大人は、教師や亡き父の姉妹など、枚挙に暇がない。もちろんそこにハンスおじさんやハイスは含まれていない。ルートヴィヒは当然、ゼンメルマイアーに対してもいたずらを仕掛けるに値する反感を抱く。しかし結果的に彼へのいたずらは実行されず、夢想するだけで小説全体が終わっている。筆者はここにハンスおじさんやハイスが活躍できない要因を見て取った。彼らのように少年に慕われるおじさん、父代わりになり得る陽気なおじさんがもっと前面に出て、少年の成長に影響力を行使するには、ゼンメルマイアーのような人物がいったんいなくなる必要がある。ルートヴィヒが最後に発した「僕にはそれが待ち遠しくてならない」ich kann es nicht mehr erwarten の目的語 es とは、単にロケット花火を投げ入れる瞬間を意味するのではなく、来るべき第一次世界大戦に敗れることで、旧来の強い父親像が失墜することまで含んでいるのではないか。いまはまだゼンメルマイアーに代表される厳しい、場合によっては好戦的な父親タイプが威張っているけれど、いずれ彼らが滅びるのを「待ち遠しくてならない」と、世紀転換期の少年は期待あるいは予言していたのではないか。大人の文学に描かれた青年が父なき社会の到来に戸惑っていたのと同じ頃、児童文学の少年は自らは父殺しに手を染めることなく、父なき社会の到来を待ちわびていたのではないか、というのが筆者の仮説である。

## 6　おじさん概念の拡大

本章冒頭で述べた通り、市民家族が永遠に続くという幻想は第一次世界大戦とその後の革命によって崩壊した。もはや父は子の社会化のための唯一絶対の理想像ではなくなった結果、多様な父親像が生み出された。そういった流れのひとつとして、父に代わって息子の成長に影響を及ぼす成人男性、すなわちおじさんが登場する。ただしその際、おじさんは前近代的な母の兄弟、アヴァンキュレートのおじさんに限定されるべきものなのか、それとも『悪童物語』のハイスのように、血のつながっていないおじさんにまで拡大解釈してよいものなのか。この問題について人類学者のロビン・フォックスは、現代におけるおじさんの復権を「母方のオジさん」に限定している。

配偶者がますます当てにならなくなり、「国家というオジさん」――福祉を通じた国家（アンクル・サム）という代理親――もますます人気がなくなっている。そのようなとき、兄弟と姉妹という絆が疑似両親の選択肢として魅力的になることはありえよう。〔中略〕結婚が壊れやすく、唯一の選択にならず、むしろ無価値となった社会では、〔中略〕兄弟‐姉妹の絆の確かさがもともと集合的な親族の図式の中で魅力ある代替案となることは充分にありうるだろう。〔中略〕国家というオジさんが没落するとき、母方のオジさんが出番を待っている。(24)

他方、ドイツ児童文学者のビルテ・トストは血縁関係に縛られないおじさんを想定している。「おじさん」は必ずしも本当の「おじさん」、すなわち主人公の母または父の兄弟というわけではない。ワイマール共和国時代末期の児童文学では、第三者的立場にいる親切な大人の協力者というおじさんもまた、描かれるようになった。こういったおじさん的人物を導入することで、父親を描くことを避けたり、父親の不在を埋め合わせる作品が現れ始めた[25]。

筆者の立場はトスト同様、二〇世紀ドイツ児童文学で活躍するおじさんは、もはや血縁に限られないというものである。具体的には、『悪童物語』の最後に登場したふたりの代理父、父の厳しさが前面に押し出されたゼンメルマイアーと、そうでないタイプのおじさん、公的規範からの逸脱を許すハイスのようなおじさんの優劣が入れ替わるのが第一次世界大戦であると考える。

現代におけるおじさん概念の拡大ということに関し、海野弘は次のように述べている。

親は子に責任があり、また直接の利害関係もある。しかしおじ・おばは甥・姪に特に責任はない。その代りに見返りも期待できない。だがそれにもかかわらず、おじさん・おばさんは子どもたちに惜しげもなく愛を注ぎ、知識や財産を贈り、彼らが大人になるとひっそりと去っていき、忘れられる。

そのことが、おじさん・おばさんの切なさであり、すばらしさなのだ。

だが、そのような人たちは消えつつある。少子化の中で、おじ・おばがいなくなっている。子どもたちは親だけで世話できるのだろうか。おじ・おばの減少をどうしたいいのだろうか。もう血縁や親族としてのおじさん・おばさんだけでは足りなくなっている。

［中略］おじさん・おばさんはかなり広い意味を持っている。私たちは、近所の、そのへんの、〈おじさん〉や〈おばさん〉を含めて考え直してみてもいいのではないだろうか[26]。

おじさんなる存在をもっと広く捉え直した上で、次章以降では、両大戦間期ドイツ児童文学におけるおじさん表象の諸相について紹介していきたい。

## 注

（1）Ｉ・ヴェーバー＝ケラーマン『ドイツの家族――古代ゲルマンから現代』鳥光美緒子訳、勁草書房、一九九一年、一八五頁参照。

（2）Vgl. Birte Tost: *Moderne* und *Modernisierung* in der Kinder- und Jugendliteratur der Weimarer Republik. Frankfurt am Main (Lang) 2005, S. 187.

（3）Vgl. Tost: a.a.O., S. 194.

（4）クロード・レヴィ＝ストロース『構造人類学』荒川幾男他訳、みすず書房、一九七二年、五一―五二頁参照。

（5）手近なところとしては、ヴェーバー＝ケラーマン（前掲書）およびリヒャルト・ファン・デュルメン『近世の文化と日常生活１「家」とその住人』佐藤正樹訳、鳥影社、一九九三年が有益であろう。

（6）姫岡とし子『ヨーロッパの家族史』山川出版社、二〇〇八年、一八頁。

（7）ヴェーバー＝ケラーマン（前掲書）、一一三頁。

（8）ロビン・フォックス『生殖と世代継承』平野秀秋訳、法政大学出版局、二〇〇〇年、二八七頁。

（9）海野弘『おじさん・おばさん論』幻戯書房、二〇一一年、三八頁。

（10）ロバート・ブレイン『友人たち／恋人たち――友愛の比較人類学』木村洋二訳、みすず書房、一九八三年、七頁およびフォックス（前掲書）、三〇五頁参照。さらにフォックスは「アイルランドのサガ」に見られるアヴァンキュレートについて言及している。フォックス（前掲書）、三〇五頁参照。

（11）Hans Richard Brittnacher: Welt ohne Väter: Söhne um 1900. Von der Revolte zum Opfer. In: *Kursbuch.* 140 (2000), S. 53-65, hier S. 55.

（12）Hugo von Hofmannsthal: Gabriele d'Annunzio (I). In: Hugo von Hofmannsthal: *Gesammelte Werke in Einzelausgaben. Prosa I.* Hrsg. v. Herbert Steiner. Frankfurt am Main (Fischer) 1956, S. 147-158, hier S. 147f. 訳出に際しては以下の翻訳を参考にした。フーゴー・フォン・ホーフマンスタール「ガブリエレ・ダヌンチオ」松本道介訳、フーゴー・フォン・ホーフマンスタール『フーゴー・フォン・ホーフマンスタール選集三　論文｜エッセイ』富士川英郎他訳、河出書房新社、一九七二年、三五八―三六七頁。該当箇所は三五八頁。

（13）Vgl. Brittnacher: a.a.O., S. 56ff.

（14）白波瀬丈一郎「父なき社会」、加藤敏他（編）『現代精神医学事典』弘文堂、二〇一一年、六九七頁。

（15）アレクサンダー・ミッチャーリヒ『父親なき社会――社会心理学的思考』小見山実訳、新泉社、一九七二年、二九四―二九五頁。

（16）白波瀬（前掲書）、同上。

（17）白波瀬（前掲書）、同上。

（18）Vgl. Agnes Sapper: *Das kleine Dummerle* (1904) u. A. S.: *Werden und Wachsen. Erlebnisse der großen Pfäfflingskinder* (1910).

（19）Agnes Sapper: *Die Familie Pfäffling*. Altenmünster（Jazzybee-Verlag）2016, S. 74. これ以降の同作品からの引用は同書に拠り、本文中に括弧でページ番号のみアラビア数字で記す。なお、訳出に際しては以下の翻訳を参考にした。アグネス・ザッパー『愛の一家――あるドイツの冬物語』遠山明子訳、福音館書店、二〇一二年。

（20）ヴェーバー＝ケラーマン（前掲書）、二三八―二五九頁、とくに二四一頁参照。Vgl. auch Sebastian Schmideler: Bilder aus dem Familienleben. Familiendarstellungen in der Kinder- und Jugend-literatur im Prozess der Modernisierung（18. bis 20. Jahrhundert). In: *kjl&m*. 17.extra（2017）, S. 55–69, vor allem S. 64.

（21）Ludwig Thoma: *Lausbubengeschichten. Tante Frieda*. Frankfurt am Main: Fischer 2012, S. 60. これ以降の同作品からの引用は同書に拠り、本文中に括弧でページ番号のみアラビア数字で記す。なお、訳出に際しては以下の翻訳を参考にした。トーマ『悪童物語』浦山光之訳、旺文社、一九七六年。

（22）浦山訳の解説およびあとがき参照。

（23）母の兄弟と父の姉妹が反対の極である点については、フォックス（前掲書）、二三五頁参照。

（24）フォックス（前掲書）、二三九頁。

（25）Tost: a.a.O., S. 193. トストと同じ児童文学者でも、マッテンクロットはドイツ児童文学に登場するおじさんは「つねに母の兄弟」であると述べている。Vgl. Gundel Mattenklott: Kleiner Exkurs über den Onkel in der Kinderliteratur. In: G. M.: *Zauberkreide.*

*Kinderliteratur seit 1945*. Stuttgart（Metzler）1989, S. 108–110, hier S. 108.

（26）海野（前掲書）、二八二—二八三頁。

# 第2章 旅するおじさんの文学

二〇一九年一二月、映画「男はつらいよ」の新作が公開された。シリーズ五〇年目の五〇作目である。主人公は車寅次郎から甥の諏訪満男に代わった。満男は第一作で寅次郎の妹・さくらのひとり息子として生まれるが、寅さんの旅と失恋がメインストーリーだったシリーズの大半では脇役に甘んじていた。ところが一九八九年公開の第四二作「男はつらいよ 僕の伯父さん」以降、ふたりの関係は急速に密になる。その頃、満男は大学受験に失敗して浪人中。将来に悩む甥っ子に対し、おじの寅が父親とは違う視点からアドバイスを送るというのが、シリーズ終盤の大まかな筋書きだった。

旅するおじさん、厳密にいうと旅する母の兄弟が甥の成長に影響を与える、父とは異なる成人男性が青少年の将来を方向付ける。こういった物語の型は寅さんと満男に限られるものではない。一九三〇年代前半のドイツ児童文学でも頻繁に見られる。しかしその際、それ以前のおじさん文学との違いもまた、たしかに存在する。本章ではそのことを指摘しつつ、両大戦間期ドイツ児童文学におけるおじさん表象の一端を特徴付けたい。

## 1 旅の途中の母の兄弟
### ――エーリカ・マン『魔法使いのムックおじさん』

エーリカ・マン（一九〇五―一九六九）の『魔法使いのムックおじさん』（一九三四）に登場するおじさんは、寅さん同様、母の兄弟である。アムステルダムからローマへの旅の途上、彼は姉妹のもとに立ち寄る。まだ見ぬおじにふたりの甥っ子は興味を示すが、姉妹の夫は冷淡である。

父さんは今夜、機嫌が悪かった。［中略］
「仕事で何かあったの？」ママは聞いた。［中略］
「妖術の先生はいつ来るんだ？」今度は父さんが聞いた。
ママは悲しそうな顔をして父さんを見つめた。「明日の一一時二三分」それだけ言うとママは子どもたちのほうを向いて「明日の一一時二三分にムックおじさんが来るの」と言った。
ハンスとエッキ［引用者注：ふたりの息子］は不思議な気がした。妖術の先生？　ママの兄弟の名前はアルベルトなのに……。父さんはなんだか怒ってるみたいだった。(1)

母は子どもたちに自分の兄弟を「ムックおじさん」と呼ぶ。だから甥っ子もおじを「ムックおじさん」と呼ぶ。他方、父はその呼び方を認めず、妻の兄弟、つまり義兄弟に対し、面と向かっては「アルベルト」、本人のいないところでは「妖術の先生」と呼ぶ。

概しておじとその姉妹の夫の関係はよくない。そうすることで甥っ子から見て公的規範を体現する父親と、そこから逸脱するおじさんの対立関係が演出される。エッキとハンスの父は郵便局勤務、しかも職場での地位は高く、地方の郵政局長くらいの訳語が適当な人物である。父は家庭で息子に厳しい。

父さんはけっこう厳しかった。［中略］例えば男の子らにいつもちゃんとした文で質問に答えるよう求めた。父さんに「エッキ、学校はどうだった？」と聞かれると、「別に」はだめで、「特別なことはなかったよ、父さん」と答えなければいけなかった。(7)

そんな父と比べ、ムックおじさんはどんな人物なのか。おじさんの職業はサーカスの魔法使いである。巡業の途中、姉妹の住む町で公演することになり、ふたりの甥っ子との初めての対面が実現する。その時、上のエッキは一一歳でギムナジウムの二年生、下のハンスは五歳でまだ学校に上がっていない。ふたりはおじさんの到着前から、サーカスの公演を宣伝するポスターに興奮する。**図版5**は、以下の引用個所に付された挿絵（ただし筆者が使用した一九五五年の版のもの）である。

最初の広告塔できらびやかなポスターが目についた。
「世界最大級の魔法使いムック・ヴァン・ハーゲン博士」

**図版5：『魔法使いのムックおじさん』より，挿絵**
Erika Mann: *Zauberonkel Muck*. Zürich (Büchergilde Gutenberg) 1955, S. 15.

「ムックおじさんだ！」子どもたちは叫び、ポスターをよく読もうと走った。
「黒魔術の驚異、神秘中の神秘、ムック博士の魔法で物が消える、ムック博士の魔法で変身する、ムック博士はお見通し、謎を言い当て、切り刻み、宙に浮かせて、嵐を呼ぶ。世界最大級の魔法使いムック・ヴァン・ハーゲン博士！」(14)

はたしてエッキとハンスは両親に連れ

られておじのステージを観に行く。そして「ムック博士」が繰り広げるパフォーマンス、非日常の世界に魅せられる。

これがおじさんなんだ、と子どもたちは思った。髭もじゃの大男に、ものすごく変身している。一一時二三分に列車から降りてきたおじさん、うちでいっしょに豚肉を食べたおじさんを想像してみたけれど、いまやおじさんは別人だった。(28)

おじのステージに熱狂した翌日、下のハンスが行方不明になる。弟を探しに出かけたエッキも帰ってこない。母は泣き崩れ、父は警察に捜索を依頼する一方、いたってのん気なおじの言動は両親の神経を逆なでする。

「ほら」おじさんがそう言って指さした先には、大きめの箱が四つと小さいのがひとつあった。「ハッシ［引用者注：ハンスの愛称］が戻ったらパーティをしよう」

エッテル氏［引用者注：父］はイライラと首を振った。「ふざけないでくれ、アルベルト。下の子が行方不明で見つかるかどうかわからないんだ。上の子が戻ってくるだけでもうれしいさ。いずれにしても私はパーティなんてやらないがね」(78)

結果的にハッシは劇場の舞台裏で見つかる。前夜に見たイリュージョンに魅了され、翌日の昼間にひとりで劇場を訪れた五歳児は、舞台裏の倉庫で眠ってしまっていた。それを見つけるのは父でもおじでもなく、兄のエッキとその友人である。ハッシを探すべく劇場に侵入したふたりの少年は、舞台裏で将来の夢を語り合う。

興奮したディーター［引用者注：エッキの友人］はあたりを見回して言った。「僕はエンジニアになろうと思う。技術こそ最高の魔法だよ。技術をマスターすると役に立つことだってできるし」

エッキはといえば、完ぺきにマスターできないものがあってもいいじゃないか、と思った。ここにある大きな機械みたいに、人工の風を作るだけで、何の役に立たないものだって立派じゃないか。「エンジニアもいいよね。だけど僕はアーティストになりたいかな」そんなことを思ったのは初めてだった。なぜアーティストなのか、どんなアーティストなのか、エッキは自分でもわからなかった。(83)

エッキの真新しい夢に関し指摘しておくべきことは、彼が前夜、ムックおじさんに手を引かれ、初めて舞台に立っていたことである。そして明るい舞台から見た客席は暗い海のよう、食事を運ぶウエイターの白いエプロンは泡立つ波頭のようだと感じる。

エッキがおじに感化され、舞台という魔力に取り憑かれてしまったこと、父とは異なる非日常を生きる可能性について、無意識のうちに検討を始めていたことは明らかであろう。その結果、科学や技術を信奉する友人に対し、自分はもっとミステリアスなアーティストになりたい、おじさんのような世界に生きたいと思わず口走ってしまうのである。

ほどなくしてエッキらはハッシを見つける。その後、劇場に仕事に来たおじさんが助けを呼ぶ三人の少年に気づき、舞台衣装のまま車で送り届けて大団円を迎える。もちろん義兄弟とも和解する。

「ムック」父さんがおじさんを初めてそう呼んだ。「ムック、どうもありがとう。話はあとで聞くけれど、まず君にお礼を言いたい。君とそれから」そう言って父さんはディーターと握手した。「こいつもだな」父さんは炭とモルタルで汚れたエッキの頬をポンとはたいた。

「僕も」とハッシがつぶやいた。

「そうね、悪い子のあなたもね」ママはそう言って何度もハッシにキスをした。

父さんは言った。「ハッシの事情聴取は明日にして、今夜はパーティだ」

「そうだな」おじさんは答えた。「私のお別れ会も兼ねておくれ。これから魔法をかけに出かけるけど、すぐに戻る。そしたら盛大にお祝いしよう」エッテル氏はうなずいた。（96-97）

小説はパーティを待たずに終わるため、甥っ子エッキとムックおじさんの別れの場面は存在しない。前述の通り、満男にとって寅さんの存在が意味を持ち始めるのは浪人中のことだった。他方、一一歳のエッキはまだおじさんと人生を語る段階に達していない。しかし母に甘える幼い弟と比べ、エッキは徐々に両親の知らない道を歩みだそうとしている。その証拠に、彼は友人とふたりだけで弟を発見する。父とは別の生き方を模索しつつある少年の前に、旅の途中の母の兄弟が現れた。しかもおじさんは父とは違う自由人。そんなおじが甥っ子に与える影響の小さいはずがない。おじと甥をめぐるこの基本構造は「男はつらいよ」にも共通する。しかし一九三〇年代のドイツ児童文学では、その変種もまた存在する。次節ではこの構造の変容を見てみたい。

## 2　母の兄弟から他人のおじさんへ
### ――エーリカ・マン『シュトッフェル、海を飛んで渡る』

年代は前後するが、エーリカ・マンが一九三〇年代前半に発表したもうひとつの児童文学作品『シュトッフェル、海を飛んで渡る』（一九三二）にも、おじと甥が登場する。主人公のシュトッフェルは満男と同じくひとりっ子、そして母には兄弟がいる。

母さんの兄弟のゼップおじさんはアメリカでとてもたくさん稼いでいて、何年も前に何度も手紙をくれた。そこにはみんなでアメリカに来て、仕事を手伝ってほしいと書いてあった。［中略］その後またゼップおじさんから手紙が届いた。それを読んだ母さんは少し泣いた。すると父さんはぶつぶつと言った。「ゼップに頼らなく

**図版6：ベルリン上空のツェッペリン飛行船（1924）**

Manfred Görtemaker und Bildarchiv Preußischer Kulturbesitz (Hrsg.): *Weimar in Berlin. Porträt einer Epoche*. Berlin (be.bra) 2002, S. 49.

ても何とかなるさ。こんな失礼でばかげた手紙、怒る気にもならんよ[2]」

ここでもおじと義兄弟の関係のよくないことが読み取れる。ただしシュトッフェルのおじが金持ち、世俗的な成功を収めている点は、寅さんやムックおじさんと大きく異なる。

そんなおじをシュトッフェルはひとりで訪問する。貧しい両親を説得し、だけど計画の詳細は告げず、一〇歳の少年は夏休みにひとりで道を切り拓こうとする。

「ちょっと旅に行かせてほしいんだ。十日だけ休みをちょうだい。絶対に帰ってくるから。食べ物も少しあればうれしいな。ぜんぜん心配しなくていいからね。僕、本当にすごいことをするからね！」(20)

シュトッフェルの考えた「すごいこと」とは、ツェッペリン飛行船に忍び込み、ドイツから「海を飛んで」アメリカのおじさんを訪れることだった。その点でこの小説は「旅するおじさん」ではなく「旅する甥っ子」の文学として読むことができるだろう。考えてみれば満男が成長してからの「男はつらいよ」シリーズも、寅さんと満男がいっしょに旅をすることが多かった。したがってあの映画も観方によっては「旅する甥っ子」の映画と呼ぶことができるかもしれない。
　飛行船に潜入したシュトッフェルは、密航がばれたあとも懸命に働くことでアメリカまで連れて行ってもらう。そして無事にニューヨークでおじさんと出会う。

「ゼップおじさん！」そう呼んでシュトッフェルはおじさんに駆け寄った。「ゼップおじさんだよね……やっと会えたんだ！」おじさんは飛び上がると、膝に載せてあった新聞を放り出した。新聞は鳥のようにおじさんのまわりをはらはらと舞った。「シュトッフェル！　クリストファー〔引用者注：シュトッフェルの本名クリストフを英語読みしたもの〕……このチビが！」おじさんはシュトッフェルを抱きかかえ、本当に小さな子どもに対するみたいなキスをした。（106）

　その後、ふたりがドイツにいる家族らに、電報と電話で無事を告げて小説は終わる。その際、おじとシュトッフェルはいっしょにドイツに帰ると言うが、実際に帰る場面は描かれない。そもそもこの小説にゼップおじさんが登場するのは物語の終盤になってからで、おじが甥っ子にどういった影響を及ぼし得るのか、ここではいっさい描かれない。むしろこの小説でシュトッフェルの成長に影響を与えるのは、母の兄弟ではない他人のおじさん、飛行船の船長と考えられる。船長は当初、密航者シュトッフェルに厳しく当たる。しかし少年が勇敢にも飛行船の外に出て故障を直す役目を名乗り出ることで、ふたりのあいだに信頼関係が生まれる。

「お前はたいしたチビだ」誰かがシュトッフェルの肩をつかみ、人々のあいだから引っぱり出してくれた。シュトッフェルの膝は少し震えていたけれど、それが船長だということはわかった。よかった、これでもう僕は悪い子じゃない。（76-77）

> シュトッフェルは船長のことが大好きで尊敬していた。船長の背中を見つめながら考えた。僕もこんなふうになりたい、船長さんみたいに。(91)

旅の終わり、シュトッフェルは船長といっしょに記念撮影をする。そして船長に認められたと実感し、ますます彼を好きになる。**図版7**は原書の初版において以下の引用個所に添えられた挿絵であるが、両者の睦まじい様子が伺えて微笑ましい。

> 「写真の下に何て書いてもらいたい？」船長が聞いてきた。「船長とその小さな友人で助手のクリストフ、なんてのはどうだ？」シュトッフェルはうれしさのあまり青白くなった。(91)

シュトッフェルにとって、自らを「小さな子ども」のようにかわいがる実のおじさんに会えたことよりも、自らを「小さな友人」あるいは「助手」と見なし、飛行船の乗組員として大人同様に仕事を与えてくれた船長と知り合えたことのほうが、この夏一番の思い出なのではないだろうか。

**図版7：『シュトッフェル，海を飛んで渡る』より，挿絵**
Erika Mann: *Stoffel fliegt übers Meer.* Reinbek bei Hamburg (Rowohlt) 2005, S. 91.

一九三〇年代前半のドイツ児童文学の特徴のひとつとして、母の兄弟ではない他人のおじさんの活躍が挙げられる。もちろん『魔法使いのムックおじさん』のように肉親のおじと甥の関係を描いた作品もあるが、そうではないおじさんが登場し、少年の成長に影響を及ぼし始めたのが、両大戦間期の児童文学の特徴といえる。いずれのおじさんにも共通するのは旅人であること。まだひとりで自由に旅することのできない少年にとって、旅慣れたおじさんの存在は大きいのである。

## 3　かつて旅した他人のおじさん――シュナック『おもちゃ屋のクリック』

もう一作、他人のおじさんが活躍する作品としてフリードリヒ・シュナック（一八八八―一九七七）の『おもちゃ屋のクリック』（一九三三）を取り上げたい。ドレスデンに住む一二歳の少年クリックの暮らし向きはよくない。母はなく、父とふたりで暮らしているが、父が勤めるおもちゃ屋の経営も芳しくない。そんなクリックはアメリカのおじさん、シュトッフェルが飛行船で訪れたような金持ちのおじさんを夢想する。

以前はアメリカの金持ちのおじさんの話を聞くこともあった。父さんが新聞で読んでくれた。おじさんの財布はパンパンで、大西洋を渡って故郷の貧しい親戚を訪問する。そしておじさんが死ぬと、めまいのするような大金を財産に残してくれる。〔中略〕だけどクリックにそんなドルのおじさんはいなかった。(3)

クリックは作中、肉親ではない、ふたりのおじさんと関わるようになる。ひとりはペットショップの店主、もうひとりはかつてバルト海沿岸でニシン漁に携わっていた元船長である。彼らはいずれも旅の途中にもなければ、遠く離れたアメリカに住んでいるわけでもない。クリックと同じドレスデンの住人である。しかしふたりともかつては旅人として、クリックの知らない世界を生きた経験がある。店主の来歴は以下の通りである。

おじさんは言った。「昔、ハーゲンベック〔引用者注：ハンブルクの野生動物商人。カール・ハーゲンベック（一八四四―一九一三）〕に招かれて猛獣狩りに参加したことがあるんだ。何か月もアフリカにいてね、象やダチョウを捕まえたものさ」（121）

店主が商う動物はオウムやサル、ワニなど、じつに多彩である(4)。そのことを通じて彼は少年にエキゾチックな、非日常の世界を提供する。ある日、客にクリックとの関係を問われた店主は次のように答える。

「ドレーゼッケさん、この子はお宅の息子さんかい?」客はクリックを見ながらたずねた。「甥っ子みたいなもんです」独身のおじさんは答えた。(43)

元船長もかつて旅した人物として描写される。ニシン漁の航海中に集めた自慢の貝の標本をクリックに見せながら、元船長はこう述べる。

「これだけ集めるのに二十年はかかったよ。漁師や水夫、船長、火夫、貿易商から買ったり、交換したり、もらったりしたんだ。どの貝にも発見と採取の物語があるもんだ。私はもう忘れてしまったけどね」(140)

このようにふたりの他人のおじさんは、クリックの知らない世界、まだ見ぬ世界を教えてくれる人物として登場する。それに対し実の父親の影は薄い。日々の暮らしに追われ、息子に人生の楽しさよりも厳しさを教える存在として描かれている。

会計係のボーデンヴェーバー〔引用者注:クリックの父〕の食卓からバターがなくなった。慎ましい食卓はよりいっそう慎ましくなった。「貧しい者は」父は息子に教えた。「倹約したり、支出を減らして現状を改善しなければいけない」(148)

クリックの父は語り手に「現代という鳥かごの中の小鳥」とまで称される。シュトッフェルの父もまた、貧しい田舎の漁師ゆえ、満足に使える金がなかった。その点で両者は共通している。他方、エッキの父の郵政局長はそこまで金に苦労していないが、下の息子が行方不明になるという突発的な事態に見舞われ、彼もまた日常にあくせくせざるを得なかった。他方、おじさんたちが日常の雑事、子育てを含めた現実的な心配ごとに縛られることはない。気楽な、あるいは自由な存在として、少年あるいは甥っ子の前に現れる。その際におじさんが肉親であるかどうか、金を持っているかどうかは問題ではない。おじさんの財産は、子どもの知らない世界をどれだけ多く知っているか、子どもにとって非日常の世界をどれだけ多く提示できるかにかかっている。それをおじさんは旅を通じて蓄えているのである。

『おもちゃ屋のクリック』は表題主人公の少年が宝くじを当て、父親とともに貧困から脱するところで終わる。この偶然におじさんの介在する余地はない。とはいえ、それまでの過程において、クリックが自らの将来を考え始めた以下の描写は注目に値しよう。

将来の職業についてクリックは考えたことがなかった。船長にたずねられて初めて、急に理想の自分の姿が心に浮かんだ。白い麻の服を着た僕は、スマートで日焼けしている。夏の日にエルベ川で見たように、帆の下に立って風に吹かれているんだ。そんな自分になりたいと思った。（85-86）

クリックもエッキ同様、おじさんとの交流を通じて、父とは別の世界に生きることを夢見始める。そしてシュトッフェル同様、旅に憧れ始めるのである。

## 4　永遠の大学生またはおじさんの時間感覚——マッティーセン『赤いU』

ここまで「旅するおじさん」について述べてきたが、少年が慕う他人のおじさんの概念をもう少し幅広く捉え直してみたい。ヴィルヘルム・マッティーセン（一八九一―一九六五）の『赤いU』（一九三二）は、デュッセルドルフ在住の五人の少年少女を主人公にした探偵小説である。そのうちのひとり、十代前半（小学校中学年）の少年マーラが父親以上に頼りにする人物が、本節で取り上げる他人のおじさん、ベールマン氏である。マーラは父親に頼ろうとはまったく思わなかった。そうではなくて、誰か他の人を呼び出さなきゃ！　そしてマーラはもう、誰がいいのかわかっていた！

ベールマン氏はマーラの父親の大学時代の友人で、いつも陽気な人だった。心配ごとなんておよそなさそうだった。友達のシュレッサー〔引用者注：マーラの父〕が博士になり、さらら新聞の編集長になった時も、彼はまだ学生だった。つまり、何もやっていなかった。やっていることといえば、適当に本を漁ったり、うまく行けば楽しい一日を過ごすくらいだった。とはいえ永遠に学生をやっているわけにもいかないので、ベールマン氏はシュレッサー博士が編集長をやっているこの街にやって来たのだった。(5)

ベールマン氏は旅人ではないものの、家庭や仕事に縛られない自由人である点で、これまでのおじさんたちと共通する。そんな彼を語り手は二度も「永遠の大学生」と呼ぶ(6)。この名称は時代錯誤な遍歴学生という身分を連想させる。加えて彼には食客という、これもまた前時代的な性格が与えられている。

ちょうど日曜日だった。ベールマン氏はシュレッサー博士のところへ昼食に招待されていた。楽しい食事会だった。マーラはベールマン氏がまだいてくれるなら、午後からスケートに行かないでおこうと思った。この年老いた学生は、本当に話すのがうまいしおもしろい。食後にはマーラの母親がピアノを弾き、ベールマン氏はヴァイオリンを弾いた。(107)

ベールマン氏はかつての学友、マーラの父親と対立しているわけではなく、むしろ彼から仕事（記事の執筆）を斡旋されて生きているので、依存しているとさえいえる。そんなおじさんにマーラは父には頼めない相談をもちかける。そして結果的におじさんと、父には内緒の秘密を共有する関係になる。

「僕の父さんも気づかなかったの?」マーラはしょんぼりとたずねた。

「そうだよ、君の父さんも気づかなかったさ。〔中略〕君がひと言でも父さんに喋ってみろ、ただじゃ済まないぞ!」(105)

前節で筆者は、おじさんの財産とは旅を通じて蓄えた非日常の経験の豊かさであると述べた。その際の旅は当然、空間移動を想定していた。しかし「永遠の」大学生ベールマン氏を射程に入れると、おじさんの持つ時間感覚もまた無意味ではないように思われる。おじさんとは、父を含めた大人の時間の流れからは降りてしまっている人物、平たくいえば忙しくない人物であり、だからこそ少年たちと同じ時間を共有し、彼らに寄り添うことができるのではないか。おじさんは日常の社会生活とは異なる、非日常の旅の時間感覚に生きている。それゆえ彼らは子どもと同じ視線に立つことができる余裕もまた持ち合わせているのである。

## 5　読書する少年たち

ここでおじさんの側の共通項を探る作業を一旦中断し、「旅するおじさん」を求める子どもの側の共通点について考えてみたい。結論からいうと、それは少年たちがよく本を読むということである。『魔法使いのムックおじさん』において、行方不明の弟を探すエッキと友人のディーターは、ゲーテの物語詩やグリム童話、あるいはドイツ・ロマン派の運命劇について言及する。なかでもとくに注目したいのは、彼らがカール・マイ(一八四二―一九一二)という、ドイツの大衆娯楽作家の名を口にする以下の場面である。

空腹は耐えられないとディーターは言った。「のどが渇くのはもっと危険だけど」その点はエッキは心配していなかった。「カール・マイで読んだんだろ。〔中略〕一一月のドイツで一日くらいのどが渇いても死にはしないよ」(59)

カール・マイは『赤いU』の少年たちにもよく読まれている。[7] そのうちの二箇所を以下に引用する。

ボッダス〔引用者注：主人公の少年のひとり〕は恥ずかしかった。いつもはこんなにばかじゃない。人並みに読むことだってできる。新聞はどの面も読めるし、カール・マイの小説も手に入れれば読んでいた。(12)

マーラは部屋の片隅に静かに座り、カール・マイを読んだり、読むふりをした。(107)

カール・マイについて詳述する余裕は本書にはないが、一九世紀終わりから二〇世紀初頭に活躍した、いまでも少年に人気の冒険小説家といえばおおよそのイメージはつかめるだろうか。[8] そう考えると以下に引用するクリックの読書傾向も、カール・マイ抜きには考えられないはずである。

クリックは本が大好きだった。飛行士や探検家、船乗りの話をよく読んだ。(102)

あいにくシュトッフェルの読書を跡付けることはできなかったが、少年とおじさんの親和性について、その他の少年たちの読書遍歴をもとに以下の仮説を立てることができるだろう。

先に筆者は、初めてサーカスの舞台に立ったエッキが客席を暗い海に、ウエイターの白いエプロンを波にたとえた場面を紹介した。この発想はもともと少年の側に海を連想する下地がないとそう簡単には思い浮かばないものと思われる。そもそもドイツ文学が海を描くことは少ない。しかしカール・マイを愛読する少年たちは、海の向こうの物語に親しみ、海の向こうの世界に憧れを持っていたからこそ、こういった比喩を思いついたのではないだろうか。クリックが夢見るのは「白い麻の服を着て、帆の下に立つ自分」だった。シュトッフェルに至っては実際に「海を飛んで」冒険に出てしまった（だから彼には読書を通して想像力をたくましくする必要などなかったといえよう）。つまりもともと少年の側に非現実的な空想物語、非日常の異世界を志向する素地があって、そこに旅の経験の豊富なおじさんがまるで小説の中から飛び出してきたかのように現れたため、彼らはすぐにおじさんと打ち解けることができたのではないか。シュトッフェルを除き、ひとりではまだ旅立てず読書する少年たちにとって、おじさんは異次元から来たヒーローのように受け止められたというのが、旅するおじさんと読書する少年の関係についての筆者の結論である。

## 6　旅に出られなかった甥たちへ

本章の冒頭で触れた最新作の「男はつらいよ」では、満男は初恋の人と再会し、そして彼女と別れたのち、ふたり暮らしの娘のもとに還って映画は終わる。妻を亡くし、ひとりで娘を育てている彼は、いまや若い頃のように（おじの寅といっしょに）旅には出られないのである。

一九三〇年代前半に十代前半だった少年たちが二十歳前後の若者になった時、かつての満男のように、おじさんといっしょに気ままな旅に出られたかどうか、問うことはできまい。仮に彼らが戦中戦後をどうにか生き延びたとして、満男のように家庭を持つのか、それとも寅さんのように旅人になるのか、それもまた問うても詮無いことだろう。しかし父とは違う生き方を模索し始めた年頃の少年たちにとって、旅の途中の魔法使いのおじさんと出会ったり、旅慣れたおじさんといっしょに大西洋を横断したり、かつて海を渡ったおじさんから旅の体験談を聞いたり、旅人の時間感覚を持ち続けるおじさんと秘密を共有した経験は、何ものにも代えがたいはずである。両大戦間期ドイツ児童文学を彩る旅するおじさんたちはみな、かつて熱中した冒険小説の人物のように、大人になった少年にとっても憧れの存在であり続けたことだろう。

## 注

（1）Erika Mann: *Zauberonkel Muck.* Zürich（Büchergilde Gutenberg）1955, S. 9–10. これ以降の同作品からの引用に同書に拠り、本文中に括弧でページ数のみをアラビア数字で記す。

（2）Erika Mann: *Stoffel fliegt übers Meer.* Reinbek bei Hamburg（Rowohlt）2005, S. 18–19. これ以降の同作品からの引用に同書に拠り、本文中に括弧でページ数のみをアラビア数字で記す。なお、訳出に際しては以下の翻訳を参考にした。エーリカ・マン『シュトッフェルの飛行船』若松宣子訳、岩波書店、二〇〇八年。

（3）Friedrich Schnack: *Klick aus dem Spielzeugladen. Roman für das große und kleine Volk.* Frankfurt am Main（Insel）1988, S. 10–11. これ以降の同作品からの引用に同書に拠り、本文中に括弧でページ数のみをアラビア数字で記す。なお、訳出に際しては以下の翻訳を参考にした。シュナック「おもちゃ屋のクリック」大山定一訳、『世界少年少女文学全集　第一八巻』、東京創元社、一九六一年。

（4）誕生日にワニを買ってもらう少年（クリックの同級生）のおじはフランクフルトの動物園の園長に設定されており、少年はこのおじへの尊敬の念を隠さない。ここでもおじさんと異世界が結び付く時、おじさんの魅力はいやが上にも増すことが読み取れよう。Vgl. Schnack: a.a.O., S. 97–98.

（5）Wilhelm Matthießen: *Das Rote U. Eine Detektivgeschichte.* München（dtv）2008, S. 96. これ以降の同作品からの引用に同書に拠り、本文中に括弧でページ数のみをアラビア数字で記す。なお、訳出に際しては以下の翻訳を参考にした。ヴィルヘルム＝マッティーセン『赤いUの秘密』中村浩三訳、学習研究社、一九八二年。

（6）Vgl. Matthießen: a.a.O., S. 99 u. 146.

（7）主人公たちが追いかける「赤いU」の正体が判明する場面でも、カール・マイの冒険小説の人物が重要な役割を果たしている。Vgl. Matthießen: a.a.O., S. 169.

（8）カール・マイについては Annette Deeken: May, Karl. In: *Neue Deutsche Biographie.* Bd. 16. Berlin（Duncker & Humblot）1990,

S. 519–522 を参照。

# 第3章

# 旅するおじさん文学として読むケストナー『五月三五日』

すでに序章で述べた通り、両大戦間期ドイツの児童文学の特徴のひとつとして、大都市に生きる子どもを主人公にした作品の増加が挙げられる。もはや児童文学の舞台が遠く離れた理想郷、エキゾチックな異世界や自然豊かな山村、田舎だった時代は終わった。都会に暮らす多くの子どもたちが共感を持って受け容れられる作品として、リアルな都市児童文学が書かれ始めた。その背景には、詩的に美化された世界像の提示よりも、客観的な現実把握を優先する新即物主義の流行があるだろう。

エーリヒ・ケストナー（一八九九—一九七四）の『エーミールと探偵たち』（一九二九）や『点子ちゃんとアントン』（一九三一）をこの流れに位置付けることはたやすい。[1] しかし彼の三作目の児童文学『五月三五日あるいはコンラート、馬に乗って南洋へ』（一九三一）は、いささか様相を異にする。[2] この作品の舞台は実在するドイツの都市ではない。少年コンラートと彼のおじ（少年の父の兄弟）は、人語を解する黒馬を伴い、空想の旅に出る。おじはさておき、およそ非現実的な動物の登場は、当時のドイツの児童文学の傾向と合致しない。ケストナーはなぜ流行に抗って非都会的な、そして空想的な児童文学を書いたのだろうか。

ところで両大戦間期ドイツ児童文学には、父権の失墜というもうひとつの特徴があった。戦死あるいは戦後の不況によって失職し、父が家長としての役目を果たせなくなった状況を描いた作品は枚挙に暇がない。第1章でも言及したが、ウィーンの精神分析学者ポール・フェダーン（パウル・フェーデルン）は、一九一九年に発表した『革命の心理学——父なき社会』において、「国父の喪失に伴う国民の集団的混乱」[3]を論じた。同様の混乱が家庭という小国家内でも起こったことは容易に想像がつく。その結果、両親と子の親密な関係によって成り立っていた一九世紀型市民家族モデルは崩壊する。そして児童文学の世界では、無力な父親に代わって家庭と社会をつなぐ人物として、陽気なおじさんが活躍し始める。

両大戦間期の大都市を舞台にしたドイツ児童文学をもとに、おじさん表象の重要性を指摘したビルテ・トストは、いまや血縁に限定されないおじさん概念の拡大を主張している。

「おじさん」は必ずしも本当の「おじさん」、すなわち主人公の母または父の兄弟というわけではない。ワイマール共和国時代末期の児童文学では、第三者的立場にいる親切な大人の協力者というおじさんもまた、描かれるようになった。こういったおじさん的人物を導入することで、父親を描くことを避けたり、父親の不在を埋め合わせる作品が現れ始めた(4)。

トストも例示しているように、フリードリヒ・シュナックの『おもちゃ屋のクリック』(一九三三)では、ドレスデンに暮らす少年が、ペットショップの店主や遠洋漁船の元船長との交流を通じて、父とは異なる大人の世界を知るようになる。少年と血縁関係にないこの男たちは、なるほど新しいおじさんの範疇に加えることができるだろう。しかしその一方で、エーリカ・マンの『魔法使いのムックおじさん』(一九三四)の主人公は、生まれて初めて母の兄弟と対面したことがきっかけで、自らの将来について考えるようになる。

前章で述べた通り、両大戦間期ドイツ児童文学における父権の失墜とおじさんの台頭という先行研究の成果を踏まえた上で、筆者は「旅するおじさん文学」という概念を主張している。先のペットショップの店主には、アフリカで猛獣狩りに参加した経験があった。元船長には航海中に集めた自慢の貝の標本があった。サーカスの魔法使いを生業としているムックおじさんは、巡業で甥の暮らす町にやって来たのだった。

その際に少年とおじさんが血縁か否かという問題は、筆者にはさほど意味あるものとは思われない。それよりもむしろ、少年の成長に影響を与えるおじさん的存在が、おしなべて旅慣れた人物であるという共通点に注目したい。作中、実在するドイツの都市名が挙げられない『魔法使いのムックおじさん』や『五月三五日』について、トストはいっさい言及しない。しかし少年とおじさんの交流を描く作品の舞台が、ベルリンやドレスデンといった大都会でなければいけない理由はどこにもない。影の薄い父親に代わり、おじさんは旅を通して少年の知らない非日常の世界、異世界に通じているからこそ、少年にとって憧れの存在になることができるのである。

こういった基本構造を押さえた上で『五月三五日』を読んでみると、本作のおじは他のおじのように、自らのかつての旅の経験を少年（甥）に伝えることはない。これから新たに甥といっしょに旅立つ点で、おじの優位は保証されていない。これだけでも本作が異質な旅するおじさん文学であることが理解されよう。加えておじ（と甥）の旅先が空想世界である点もまた、リアルな描写に根差した同時代の他の旅するおじさん文学とは大きく異なっている。

本章では、いまや顧みられることの少ないケストナーの児童文学作品をもとに、(5) 旅するおじさん文学という観点から、ケストナーを両大戦間期ドイツ児童文学史の中に位置付け直すことを試みる。そうすることで、ケストナーはなぜ空想的な児童文学を書くに至ったのかという冒頭の問いに答えることにもつながるだろう。以下、本文に沿っておじと甥のふたりの旅路を追ってみよう。

## 1　五月三五日のリンゲルフートおじさん

ひとりっ子のコンラート少年は、毎木曜日の午後、父の兄弟のリンゲルフートおじさんと過ごすことになっている。おじの振る舞う手料理は「突飛なランチ」と呼ばれ、美食家の大人なら眉をひそめるであろう、いわゆるB級グルメのにおいがする。(6)

サクランボのケーキにイギリスのマスタードが付いていることもあった。ふたりはドイツのマスタードよりイギリスのマスタードのほうが好きだった。イギリスのはとくに辛くて、まるで歯でもあるかのように舌を刺すからだ。

舌がしびれてくると、ふたりは窓から外を眺めながら口を開けて笑った。すると近所の人たちは、お気の毒に、薬剤師のリンゲルフートさんとその甥っ子はおかしくなってしまったんだ、と思った。(549)

もっともこのおじは、薬剤師という社会的身分を有し（もちろんそのための専門教育も受けている）、兵役経験もあることから、まっとうな市民社会の一員に設定されていることを忘れてはならない。なるほど、妻も女中もいないおじは、上述の通り甥に「突飛なランチ」しか振る舞うことができず、その結果、隣人からおかしくなったと思われることもある。しかし彼が社会の枠組みから外れたアウトサイダー、非常識な奇人や変人として強調される描写は、少なくとも物語の導入部には見出されない。長所も短所も兼ね備えた人間的な存在、甥と良好な関係を築いているごく普通の大人として、物語に登場するのである。

この日、おじの目に映るコンラートは元気がなかった。なぜなら学校で南洋について作文を書く課題を出されたからである。「算数のできる子はみんな、南洋の作文が宿題なんだ。僕たちには空想力がないからだって！」と嘆く甥に対しおじは、「ふたりで先生にものすごい南洋を見せつけてやろう」と提案する。当然のことながら、この時点でおじは本当に甥と南洋旅行するつもりなどなかったはずである。自らの想像をたくましくして南洋について語り、甥の宿題を手伝うつもりだったに違いない。

ところがその直後、ふたりのもとを黒馬が訪れる。そしてドイツ語で話し始める。コンラートの南洋作文について聞き知った黒馬は、おじの家にある古ダンスが南洋に通じていると言い出す。この言葉を聞いたコンラートは、すぐにタンスに駆け込み、そのまま姿を消してしまう。他方、おじは甥と違い、即座に状況に順応はせず、まずは常識的な戸惑いを示している。

「気が狂いそうだ。あいつはなぜ返事をしないんだ？」おじさんは言った。〔中略〕じっとしていられなくなったおじさんはタンスに駆け寄り、なかを覗き、「本当にこのタンスにはうしろの仕切りがない！」と叫んだ。（556-557）

甥の消失とタンスの変容に驚くおじも、結果的に黒馬に続いてタンスに入ることになる。おじもまた空想の世界に身を投じたこの事実を、突然姿を消した甥の身を案じたゆえの行動と解することもできるだろう。しかし筆者はその前に、そもそもこの日が五月三五日という非現実的な日であることに着目したい。以下、本作の最初の段落を引用する。

五月三五日のことだった。この日、リンゲルフートおじさんが何ごとにも驚かなかったのは、何らおかしなことではなかった。もしもこの日に起こったことが、一週間前に起こっていたならば、おじさんはきっと自分の頭のネジか地球のネジがふたつ、三つゆるんでいると考えたことだろう！　だけど五月三五日という日には、どんなことが起こっても驚かない覚悟がいるのである。（549）

おじが甥を追ってタンスから南洋に旅立ったのは、あるいはその前に人語を操る黒馬が現れたのも、この日が暦には存在しない五月三五日という空想上の日だったからではないか。序章「五月三五日のことだった」は、非現実の時間に非現実の空間へと移動するおじの以下の発言でもって幕を閉じる。

リンゲルフートおじさんは馬がタンスの中で見えなくなるまで、全力で押し込んだ。それから自分もうめきながらあとに続き、半ばやけになって「何とかなるだろう」と言った。（557）

枠物語の外枠に相当するこの章が、五月三五日とおじについての記述から始まり、「何とかなるだろう」というおじの発言で終わっていることを重視すると、本作の本当の主人公は表題で名指しされているコンラート少年ではなく、リンゲルフートおじさんであるように思われる。そしてこのおじの造形にこそ、本作の新たな読みの可能性が隠されていると筆者は考えるのだが、それについては次節以降で見ていこう。

## 2　空想と現実のはざまで

南洋への道中、一行が最初に訪れるのは怠け者の国である。しかしその前におじは先に旅立った甥と馬に追いつこうと森を走り続ける。彼らに追い付いたおじの第一声は次の通りである。

「気が狂いそうだ！」おじさんは叫び、ハンカチで額の汗を拭った。「気が狂いそうだ！」おじさんはしつこく繰り返した。［中略］

「僕たちはもう南洋にいるのかな？」コンラートはたずねた。（558）

おじの繰り返す「気が狂いそうだ」という言葉は、甥がタンスから消えた時のそれと同じものである。そこから彼がいまだ空想の世界に戸惑っていることが伺い知れる。むしろ教師から空想力の欠如を指摘された甥のほうが、早くもこの状況に馴染んでいるコントラストは興味深い。

ところが彼らが怠け者の国に到着すると、甥よりもおじが旅を主導し始める。食事すら面倒がるこの国の住人は、サラダや焼き肉など、あらかじめ味を指定した錠剤の服用で食事を済まそうとする。おじは「薬剤師として」この食事方法にとくに関心を寄せる。あるいは空想上のライオンに近づこうとする甥を次のように引き留める。

リンゲルフートおじさんは甥っ子をしっかりとつかまえて言った。「ここから動くんじゃない。お前が空想のライオンに喰われました、なんて話したら、おじさんはお前の両親に首を絞められてしまう」（566）

おじのこの発言は甥の命を守る責任から発せられたものなのか、それとも自己保身のためのものなのかは判断の分かれるところだが、いずれにしてもおじは空想の世界にあっても、現実的な分別を失っていないことが読み取れる。

甥とは異なり、おじが空想の世界から一定の距離を保ち、あくまで現実世界に軸足を置いて現状を観察する態度は、怠け者の国を去る間際に発せられる以下の発言でより明確になる。

「怠け者の国にはまだ席がたくさんありますか？」別れ際にリンゲルフートおじさんはたずねた。
「どうして？」大統領は聞き返す。
「われわれのところには、仕事もなく、食べるものもない人がたくさんいるのです」おじさんが答えた。
「そんな人たちはご免こうむりますね」ザイデルバスト〔引用者注：怠け者の国の大統領〕は大声で言った。「奴らは働きたがるでしょう！　そういうのはここではいらんのです」（569）

本作の時代設定は明らかでないものの、一九三一年という作品の発表年から考えると、おじのこの発言は当時の、世界恐慌後のドイツの不況を念頭になされたものと思われる。空想の世界にただ遊ぶのではなく、どこかで現実世界との関連において考えようとするおじに対し、甥はこの場では反応を示さない[7]。そして黒馬に乗ったふたりは次の国に旅立つ。

## 3　慌てない、争わない

次に一行がたどり着くのは偉大な過去の国である。この国で彼らはカール大帝やアレキサンダー大王など、多くの偉人たちと対面する。折よくオリンピックが開催されており、偉人たちは砲丸投げや百メートル競走で世界新記録を樹立する。興奮する甥、自分は百メートルを五秒で走れると主張する馬に対し、おじは独自の見解から反論する。

「ばかなことを言うもんじゃない」おじさんは怒って言い返した。「足なんかなくても、電気は馬よりずっと速く走れるぞ。健康のために走るのならまだわからんでもないが、他人より十分の一秒だけ速く走るのに、蜂にでも刺されたように疾走するなんて、まったくのナンセンスじゃないか。そんなことをしたら健康を保つどころか、病気になるぞ」（574）

前節で筆者は、リンゲルフートおじさんのバランス感覚や常識的な側面を強調した。しかしここで彼が展開する論旨は、むしろ屁理屈といえるものかもしれない。にもかかわらず当の本人はいたって真剣に、勝ち負けを競う争いごとや雌雄を決する戦いの無意味さを訴えようとする。

続いて彼らは、おもちゃの錫の兵隊で合戦ごっこをしているハンニバルとヴァレンシュタインに出会う。**図版8**はその様子を描いたヴァルター・トリアー（一八九〇―一九五一）の挿絵である。ヴァレンシュタインが発したエンドウ豆の大砲によってハンニバルの兵隊が次々に倒れると、コンラートは思わずカルタゴの将軍に前線の撤退を進言する。しかしハンニバルは「最後の一兵を失うまで撤退しない」と断言し、ヴァレンシュタインも「兵隊がどれだけ倒れるかは問題ではない」と述べて、少年の意見をはねつける。

ところが両者の戦闘ごっこは、野外での遊びで鼻風邪を引くことを恐れた将軍たちによってあっけなく中断される。薬剤師のおじはアスピリンの服用を進言するが、ふたりは耳を貸そうとしない。おもちゃの遊びとはいえ、無数の兵隊の命よりも大将の鼻風邪予防が優先されるグロテスクな状況は、決しておじの好むところではない。偉大な過去の国を象徴する戦争をめぐるやりとりは、以下のように締めくくられる。

「まったく困ったもんだよ」おじさんは言った。「ネグロ・カバロ〔引用者注：黒馬の名前〕、うちの甥っ子も家では錫の兵隊で遊ぶんだよ！」

「どうして？」馬はたずねた。「将来、将軍になりたいの？」

「違うよ」少年は答えた。

「それじゃあ、明日には薔薇の茂みで玉砕する錫の兵隊の一人になりたいの？」

「そんなこと考えてもいないよ」コンラートは強く言い返した。〔中略〕

「じゃあ、どうして兵隊ごっこなんかして遊ぶの？」

コンラートが黙り込んだので、リンゲルフートおじさんが代わりに答えた。「なぜかって？　お父さんからおもちゃの兵隊をもらったからだよ」（576-577）

図版8：『五月三五日』より，挿絵
Erich Kästner: *Der 35. Mai oder Konrad reitet in die Südsee*. Zürich（Atrium）2018, S. 53.

勝ち負けを競う人間の行動の最たるものが戦争だとすれば、それは父から息子へと、世代を超えて男の価値観として受け継がれてきたものである。しかし独身のおじはこの伝統の継承に与しない。おじの軍隊での体験について、作中ではニシンのパスタを喰わされたこと以外、何も語られないが[8]、争いを好まないこのおじが甥に錫の兵隊を贈ることなど、決してないだろう。

少年にとって父とおじの違いは多々あるだろうが、筆者には少年に強くあれ、男らしくあれ、と迫らないところに、父とは異なるおじの存在価値があるように思われる。そんなおじの思いがコンラートに伝わったかどうかは、今後の旅で明らかになる。

## 4　おじと甥の距離

続いて一行はあべこべの世界に到着する。この世界の主人は子どもであり、大人は子どもに従わざるを得ない。その証拠にこの国への大人の入場は、子ども連れの場合に限られる。

コンラートに続きおじと黒馬も入場を果たすが、おじはすぐに「大人専用」と書かれたドアに押し込められ、甥と離れ離れになる。その後、ふたりが再会したのはあべこべの世界の学校だった。そこでおじは大人のための（再）教育を受けさせられていた。この国の教育政策について、教育参事官（もちろん子ども）の説明を聞いてみよう。

「やさしい親ばかりじゃなく、とても悪い親だっているでしょう。いい子どもだけじゃなく、おそろしく生意気な子どもがいるのと同じでさ」

「たしかに」コンラートはうなずいた。

「そんな悪い親が改めようとせず、子どもを不当に罰したり、虐待したりしたら——本当にそういうことっ

てあるんだから――ここに収容されて教育されるの。だいたいそれでうまくいくものよ」（581-582）

この章で描写されるあべこべの世界とは、もっぱら大人と子どもの関係、親子関係についてのそれである。計算の間違えた息子を雨の日も外に立たせる父親や、外出続きで娘に食事を与えない母親に対し、子は親を同じ目に遭わせることで反省を促す。

幸いおじは無傷で解放されるが、彼の目の前でも親たちが行なった虐待の数々が陳述され、教師役の子どもによってその仕返しが決定されていく。例えばいつも息子の後頭部を叩く父親には、同じ箇所への殴打が課される。それを聞いておじはひと言、「そんなことしたってあの男は変わらないよ」と述べる。しかし子どもらはおじの意見に耳を貸さない。先の教育参事官は「残念だけど、ああするしかないの」とだけ答える。

学校を出ると一行はすぐにこの国を去る。その際に甥と馬は教育参事官との別れを惜しむが、おじは何も話さない。おじの出番の少ないこの章からいえることは、親子の問題には立ち入らないおじの態度であろうか。すでに見た通り、子によって再教育される大人は親ばかりであり、おじやおばが甥や姪から報復を受けることはなかった。親は子に直接的な責任がある分、それだけ関係は密になる。他方、おじやおばはもっと自由で気楽な立場から甥や姪と接することができるため、恨まれるほど深く向き合うことはないのかもしれない。親とは異なるおじ・おばと甥・姪の距離について、海野弘は次のように述べている。

親は子に責任があり、また直接の利害関係もある。しかしおじ・おばは甥・姪に特に責任はない。その代りに見返りも期待できない。だがそれにもかかわらず、おじさん・おばさんは子どもたちに惜しげもなく愛を注ぎ、知識や財産を贈り、彼らが大人になるとひっそりと去っていき、忘れられる。

そのことが、おじさん・おばさんの切なさであり、すばらしさなのだ。(9)

あべこべの世界にやって来てすぐ、同伴者のおじについて聞かれたコンラートは、こう答えている。

「ひどく嫌な奴かい？」見知らぬ少年はたずねた。
「いや、大丈夫だよ」コンラートは言った。(579)

もしもおじの振る舞う「突飛なランチ」が、木曜だけでなく毎日のことだったら、コンラートのおじへの思いも違っていただろう。しかし現状ではふたりは週に一度だけの付かず離れずの関係を保っている。この適度な距離のおかげで、おじは少年にとって「ひどく嫌な奴」にならずに済んでいるのである。

## 5　おじの遺言

あべこべの世界を出てすぐ、一行は地下鉄に乗る。すると列車はロケットのように疾走し始める。あまりの勢いで走る地下鉄に身の危険を感じたおじと甥は、南洋行きなど忘れて遺言を伝え合う。

「親愛なる甥っ子よ、もしもおじさんに万一のことが起こったら、悲しんでばかりいないで、薬局の跡取りになることを忘れないでおくれよ」
「もしもおじさんが僕より長生きしたら、僕のノートとコンパス箱をあげるよ」
「それはありがたいね」おじさんがそう答えると、感極まったふたりは握手をした。(587)

彼らが着いたのは電気がすべてを支配する自動都市、すなわち未来の世界だった。[10] ここでは車は自動運転、街行く人は上着のポケットから電話を取り出して通話している。機械化に伴う過剰労働と失業問題を奇跡的に解決しているこの国について、おじは懸命に考察を試みるが、結論らしい結論を導き出せない。

おじにとって未来の世界が、頭で理解できないだけでなく、身体的にも困難を伴うものであることは、初めて乗った動く歩道への対応に描かれている。すれ違う人から田舎者呼ばわりされたおじは奮起するが、慣れない機械に太刀打ちできない。

おじさんは肩をすくめ、できるだけ地元の人のように振る舞おうとした。だけどまたひっくり返ってしまった。コンラートが助け起こそうとすると、「いいからかまわないでくれ、座ったまま行くから」と答えた。(591)

動く歩道に立つことすらできないおじに対し、甥は彼を助けられる程度に早くもこの機械に馴染んでいる。二一世紀に生きるわれわれからすると、この未来の国は現代社会そのものである。新しい機械あるいは文明に即座に対応できる甥とできないおじの姿は、ふたりの世代交代を象徴している。もはや甥を先導して旅を続けられなくなったおじからは、次のような弱気な発言すら飛び出す。未来を甥に託すかのようなおじのこの発言は、地下鉄内での相続をめぐる遺言とセットで読まれるべきものだろう。

「まったくたいしたもんだよ。いつの日か世界中がこんなに素敵になるんだろうな！　君もその時に立ち会えるといいね」(590)

この国で一行が最後に訪れるのは、電気の都市の家畜加工場である。そこでは牛が数百頭単位でひとつの金属の機械に吸い取られ、食料品や革製品、ヴァイオリンの弦などに製造・分類されて出荷される。電気はナイアガラの滝を利用した水力発電でまかなわれているそうだが、大雨が原因で過剰な電力が供給されると、家畜加工場は暴走し始める。すべての牛を製品化してしまうと今度は機械が逆回転し、街には大量の家畜が溢れる。もはや自動運転の車も動く歩道も制御が効かない。かろうじて逃れ出た一行が目にしたのは、未来都市の崩壊した姿だった。

彼らは振り返り、エレベーターが屋根を突き抜けて飛んで行く様子を目にした。アルミでできた高層ビルが揺れる音は、さながら戦争のようだった。

リンゲルフートおじさんは馬の首を叩き、額の汗を拭うと、「楽園が崩壊してしまったな」と言った。

コンラートはおじさんの腕を摑み、大きな声で言った。「気にしなくていいよ！　僕が大きくなったら、みんなで新しいのを作るよ！」（594）

最後の一文「みんなで新しいのを作るよ」のドイツ語原文の主語は一人称複数の wir（英語の we）、すなわち「大きくなった僕たちが」である。そこには当然のことながら一世代上のおじは含まれておらず、少年を含めた若い世代が、という意味で使われている。奇跡の楽園の消失を悔い、戸惑うばかりのおじに対し、新しい楽園は作り直せると考える楽観的な甥。どこまでも拡がる明るい未来を背景に、これから甥の生きる世界が、旧世代に属するおじのそれを上回った瞬間と考えて間違いないだろう。冒頭から相続や遺言が話題にされ、最後にこの一文が配置されるこの章は、いつかは訪れるおじと甥の別れを予告しているものと考えられる。

## 6　弱い大人でいる勇気

ついにインド洋にたどり着いた一行は、なまこ板のような赤道の上をまっすぐに進んで南洋に到着する。しかしその道中に事件が起こる。おじがサメに襲われそうになるのである。「なまこ板のよう」と具体化された赤道含め、その様子はトリアーによって**図版9**に描かれている。

その瞬間、一匹のサメが空中高く飛び上がり、おじさんに喰いつこうとした。しかしコンラートが、まるでPKをするサッカー選手のように、靴のつま先で哀れなサメの下あごを鮮やかに蹴り上げた。あごを砕かれた

**図版9：『五月三五日』より，挿絵**
Erich Kästner: *Der 35. Mai oder Konrad reitet in die Südsee*. Zürich（Atrium）2018, S. 89.

サメは、悔い改めたかのように塩辛い水の中に引き返して行った。（597）

感謝のしるしにおじから一マルクをせしめた甥は、さらにこう言い放つ。

「またサメがおじさんを食べようとしてくれたらいいのにな」コンラートは言った。「そしたらもう一マルク儲かるのに」けれどももうサメは来なかった。「いい性格をしてないね」おじさんは言った。「だけどいまさら変えられるものじゃない。われわれの血筋だからな」（597-598）

南洋に着いて早々、一行がトラに襲われそうになった時、おじはステッキを銃に見立ててトラを退治する。もちろんおじのステッキは銃ではない。今回はトラの早とちりで功を奏したが、こんな作戦が何度も成功するはずがない。現に続いてクジラが現れた際には、おじのステッキは何の役にも立たない。

おじさんは万一に備えてステッキを頬に当て、「両手を挙げろ。でないと撃つぞ！」と叫んだ。しかしクジ

ラはそんなことでは騙されず、だんだん近づいてきた。(602)

けっきょくクジラは原住民の酋長によって退治される。したがって先のおじによる偽りのトラ退治は、彼の無力あるいは限界を表すための伏線だったと読めなくもない。そもそもおじはトラを退治し、クジラに遭遇するまでの間、原始林で往生していた。

少し歩くとおじさんは地上に出ている根につまずき、「魚の目がなあ!」と叫んだ。そして座り込んで足をさすった。その時、おじさんが蟻の巣の上に腰かけたことが、事態をいっそう悪くしてしまった。ポリネシアの蟻はヨーロッパのコガネムシくらい大きく、その蟻の分泌する液体は純度の高い塩酸なのだった。(600)

その間にコンラートはひとりで移動し、パセリ姫と名乗る不思議な少女と出会う。ケストナーはこの少女について、『エーミールと探偵たち』の冒頭でも言及している。(11)『エーミール』執筆前に構想されながら、完成に至らなかった幻の南洋小説『原始林のパセリ』の表題主人公がついに登場する、間テクスト的に興味深いこの場面におじが立ち会えない皮肉もまた、この小説の南洋パートがもっぱらコンラート中心に展開されていることの証左となろう。南洋におけるおじの活躍は、原住民からおよそヨーロッパ人には箸の進まない献立で歓待された時、その「ご馳走」を率先して平らげたことくらいである。

「どうだ、木曜日ごとに胃を鍛えておいたのが役に立つだろう!」おじさんはコンラートにそう言うと、やせ我慢して全部を飲み込んだ。さすがにカタツムリのピュレの時は気持ち悪そうだった。(604)

もっともおじの食事中、コンラートはパセリ姫と歓談していたので、勢いよく食べる姿を通しておじが甥に威厳を見せられたかどうかは疑わしい。

やがて彼らが南洋を発つ時が訪れる。しかしここでまたひと悶着が起こる。黒馬がこの地に残り、当地の白馬と結婚すると言い出すのである。物わかりのよい甥に対し、おじは激怒する。

おじさんの怒りはいまだ収まらず、「気が狂いそうだ！」と叫んだ。「このばかでかい馬がどうして結婚なんかしなきゃいけないんだ？　私だってまだ独り身だぞ」（605）

おじの不機嫌は黒馬と別れたあとも続く。その心情を語り手は次のように解説している。

「歩調が合っていないぞ」おじさんは甥っ子に言った。だけど本当はそんなことはなかった。おじさんはただ、ローラースケートを履いた馬と別れるのがあまりに悲しかったのを知られたくないだけだった。（606）

愚痴しか言わなくなったおじにはもはや、甥を導く力は残っていない。道中、彼にできるのは歌を歌うことくらいである。しかし歌い終わると、「のん気にこんなところにいたら、近くの部族に焼き肉にして食べられるかもしれない」などと物騒な心配を口にする。

甥の作文の手助けなど忘れたかのように振る舞うおじの姿から、理想的な大人の男性像を導き出すことはできない。この旅するおじさんは、懐の深い人物などでは決してなく、甥の目の前で自らの短所をさらけ出すことに何のためらいも覚えない男として描かれている。

両大戦間期ドイツにおけるおじさん文学の流行が、権威を失くした父に代わり、少年に別の成長モデルを提示する試みであったことを思い返すなら、『五月三五日』のリンゲルフートおじさんは、すべての男が強くはないこと、弱くてもいいということを身をもって教えているように思われる。そして少年は完ぺきではないおじの姿を目の当たりにすることで、大人になることに伴うある種の息苦しさから解放されるのではないだろうか。父権の残像が邪魔をし、息子の前では弱くなれない父に対し、おじなら甥と距離があるため、人間の負の側面も引き受けられるのである。

その後、酋長の魔法によって古ダンスが原始林に現れると、ふたりは無事におじの住まいに帰還する。現実に戻ったおじは俄然、元気を取り戻す。甥を自宅に帰らせる際には、あとで立ち寄るから「父さんにビールを二、三本、冷やしておくように」と言伝る。

少年は学校の鞄を手にし、今日は楽しかった、と口にした。そしておじさんのほっぺに素早くキスをし、駆けて行った。

「なんだ」おじさんはぶつぶつ言った。「あいつ、キスなんかしやがって！　男らしくもない」それから窓越しに外を見下ろした。ちょうどコンラートがアパートの玄関を出て、上を見上げたところだった。ふたりは互いに手を振り合った。（607‒608）

およそ男らしくないおじが甥からのキスを女々しいと非難するのは、強がりもしくは照れ隠しだろう。[12] あるいはこの旅をきっかけに、甥との関係が近づきすぎたことへの違和感の表明かもしれない。甥の作文の宿題の手ほどきを放棄し、ひとりになったおじの発言も目を引く。

「さてと、長旅を終えた薬剤師のリンゲルフート氏は、太い葉巻を一本吸いますか」おじさんはそう独り言を言うと、口笛を吹きながら部屋に戻って行った。（608）

まるで小説の語り手のように、自らを三人称で客観的に描写するおじの姿に、「気が狂いそうだ」を連発していた旅の面影は見られない。薬剤師という肩書を愛し、葉巻を嗜むおじは、すっかり市民社会の紳士に戻ったかのようである。しかし甥はそうではないおじの一面を知ってしまった。南洋へのふたり旅を通して、それまで見たことのなかったおじの姿を見てしまった。次節ではふたたび現実の世界、枠物語の外枠に戻ったおじと甥の姿を確認し、

『五月三五日』を同時代の旅するおじさん文学の流れに位置付けることで、本章のまとめとしたい。

## 7　ケストナーの旅するおじさん像

約束通りおじが甥の家を訪ねると、彼はすでに宿題を終えて眠っていた。ここで初めて物語に登場する父（リンゲルフートの兄弟）に言わせると、コンラートにとっておじとの「木曜日はとても秘密めいているよう」で、今日の出来事も両親には話していないという。

他方、おじは兄（または弟）夫婦に問われるまま、この日の甥との南洋旅行について夢中で話す。その結果、兄（または弟）の嫁は夫に「どうして今日まで身内に精神病患者がいることを黙っていたの？」と詰問する。おじが無理解な兄（または弟）夫婦を「あんたらは年の割にまじめすぎる」と非難すれば、逆に彼は「お前が幼すぎる」と言い返される。

大人相手には話が嚙み合わないおじは、眠っている甥の部屋に赴き、彼がひとりで完成させた宿題の作文を盗み読む。「木曜日はいつも楽しいです。それは僕のおじさんのおかげです」から始まる作文の中で、甥はおじをひと言も悪く書いていない。おじのトラ退治を評価し、原住民との交流においても「おじさんはいつもするべきことを心得ている」と褒めたたえている。道中のおじの不機嫌や不器用さについてはいっさい言及せず、正しく家に帰してくれたことを強調する。

> 僕の両親は何も気づきませんでした。僕が晩ご飯に間に合ったからです。僕のうちではそのことがとても大切なのです。（617）

旅を通しておじのよい面も悪い面も目にしながら、甥はおじを蔑むことなく、自らの空想力で作文を書き上げた。

これは旅に出る前の枠外物語において、おじの空想力を借りて作文を片付けるつもりだった頃と比べると、見違えるほどの成長である。甥自身も認めている通り、「おじさんがいなかったらできなかったこと」だろう。おじさんは必ずしも冒険小説の主人公のような英雄である必要はない。無様な姿をさらけ出すことで初めて甥に伝わることもあるのである。

すでに述べた通り、両大戦間期のドイツでは、父に代わって陽気なおじさんが活躍する児童文学が書かれ始めた。しかし興味深いことに『五月三五日』以前のケストナーの児童文学において、おじさんの影はきわめて薄い。例えば『エーミールと探偵たち』では、エーミールのおじ（母の姉妹の夫）は甥に居丈高に説教を試みては娘にたしなめられる。あるいは彼は飲みに出かけて、大団円の場面に立ち会えていない。

『エーミールと探偵たち』を例に、父親不在の家庭に育ったエーミールと母の密着や、上述の通り、物語の最後におじが退場するため、大団円の場に居合わせるのがエーミール以外、女性ばかり（母とその姉妹、祖母、従姉妹のポニー）である点、さらにエーミールと探偵たちが、新聞記者やデパートの広告産業を支配する大人の男たちに対し辛辣な態度を取ることを根拠に、ケストナーの児童文学における男性世界の否定と女性および子どもの世界の優位を説いたのはJ・D・シュタールである。(13) たいへんに鋭い指摘であり、少なくとも『エーミールと探偵たち』には有効な説と思われるが、そのあとに発表された『五月三五日』を読んだわれわれにとって、シュタールの主張を全面的に受け容れることはできない。したがってシュタールを援用しつつ、さらに論を展開させるなら、『エーミールと探偵たち』では十把ひとからげだった男性世界の担い手が『五月三五日』では細分化され、父とは異なるおじの世界が打ち立てられた、父に象徴される男性世界と母に代表される女性と子どもの世界という二分法に加え、『五月三五日』では新たにおじの世界という第三の世界が提示されたといえるのではないだろうか。父親の不在あるいは無力化という点では、同時代の児童文学と一致していたものの、それに代わる人物として、おじさんの存在意義を認めていなかったケストナーが、当時流行していた（旅する）おじさん文学を初めて書いた作品が『五月三五日』

なのである。

加えてその際、ケストナーは甥にとってスーパースターではないおじ、不完全なおじというおじさん像を作り出した。さらに甥は、そういったおじとともに旅をすることで、弱い大人でいる勇気、強くなくてもよい生き方を学んだ。もしもふたりの旅先が現実世界であったならば、おじは人生経験にものを言わせて、ここまでみっともなくはなかったかもしれない。しかし彼らの旅先が空想世界であることによって、大人は子どもよりも戸惑い、適応できず、情けない姿をさらけ出すことになった。

この点に関連し、児童文学作家の上野瞭は、『五月三五日』に描かれる空想世界が「きわめて常識的」、「空想が常に日常生活の常識を裁断するための道具になっている底の見えた世界である」と批判した上で[14]、ケストナーのおじさん像についても、以下のように否定的に述べている。

> 加えて、リンゲルフートおじさんこそ人間らしい人間という設定の仕方は、どうも「反俗孤高」こそ最上の人間の在り方だとする選良意識の匂いが漂っている。こういうキャラクターの設定と重視は、「不動の価値」を一点にすえて、そこから人生を語ろうとする「説教師」の文学に他ならないのではないか[15]。

上野はさらに、「エーリッヒ・ケストナーなる男が、自らリンゲルフート然とし、リンゲルフート的人間を手放しで賞賛している[16]」とも評して手厳しいが、筆者の見解は異なる。この小説でケストナーが提示したおじさん像は、少年の知らない世界に通じ、少年から憧れられる従来の旅するおじさん像を逆転あるいはパロディした存在であって、人生について説教できたり、手放しで賞賛されるに値する人物では決してない。むしろ少年にとって反面教師になりかねない大人ですらある。したがってリンゲルフートに父権は似つかわしくない。

父権から縁遠いおじなら、他のおじさん文学にも遍在する。しかし甥といっしょに空想世界を旅するおじ、その結果、実はまったく頼りにならない大人であるということを、これほどあからさまに暴露されるおじというのは、旅するおじさん文学史上、リンゲルフートをおいて他にいないだろう。ベルリンを舞台にした過去二作からはあまりに異質な、空想的なこの小説を理解するためには、父権とは無縁な、あるいは対極的なケストナー独自の無様な旅するおじさん像の造形に着目する必要があるというのが、筆者の結論である。

## 8　リアリスト・ケストナーの矜持

甥が父親とではなく自分とだけ、とっておきの秘密を共有していることを知ったおじはひと言、「お休み、私の息子」と述べて甥のもとを立ち去る。

そんな余韻を漂わせて物語が終わるのかと思いきや、語り手は段落を変えてもう一文、皮肉なコメントを付け加えて締めくくっている。すなわち、あまりに情緒的な先のおじの発言に対し、「息子といっても、彼の甥にすぎなかった」と述べて否定するのである。

この冷めた視点、本編を通して感傷的なところにまで高められたおじと甥の関係を、たった一文で脱ロマン化してしまう冷静な態度は、いかにもケストナーらしい。そういえば旅の冒頭に黒馬がゲーテの「魔王」の一節、「あらしの夜半に馬を駆るはたれぞ？　いとし子とその父なり[17]」を朗誦した際、ふたりはこう応じていた。

「僕たちはおじと甥なんだよ！」コンラートは言った。
おじさんも「どうして夜半なんだい？　大げさだよ。駈歩で行ってくれ！」と返した。(559)

一時のパトスに流されない、健全な批判精神を共有するおじと甥が、ふたりだけの秘密の旅を通して、片やさりげなく頬にキスをし、片やこっそり「息子」と呼びかけるまで近づいた。しかしそれをすぐにまた遠ざけようとする語り手の存在は、空想や理想の世界だけに安住しない、リアリスト・ケストナーの矜持の表れと見なすことができるだろう。

## 注

（1）ベルリンを舞台にしたケストナーの児童文学作品と新即物主義の関係については、Helga Karrenbrock: Das stabile Trottoir der Großstadt. Zwei Kinderromane der Neuen Sachlichkeit: Wolf Durians „Kai aus der Kiste" und Erich Kästners „Emil und die Detektive". In: Sabina Becker u. Christoph Weiss (Hrsg.): *Neue Sachlichkeit im Roman*. Stuttgart/Weimar (Metzler) 1995. S. 176-194 を参照。ただしカレンブロックは、ケストナーの『エーミール』よりもヴォルフ・ドゥリアンの『木箱から現れたカイ』（一九二六）のほうが先に新即物主義の手法を取り入れた作品と見なしている。この作品については、本書第7章で扱う。

（2）Erich Kästner: Der 35. Mai oder Konrad reitet in die Südsee. In: E. K.: *Werke. Parole Emil. Romane für Kinder I*. Hrsg. v. Franz Josef Görtz. München/Wien (Hanser) 1998, S. 547-618, hier S. 547. これ以降の同作品からの引用には同書に拠り、本文中に括弧でページ番号のみアラビア数字で記す。なお、訳出に際しては以下の翻訳を参考にした。エーリヒ・ケストナー『五月三十五日』高橋健二訳、岩波書店、一九六二年。

（3）白波瀬丈一郎「父なき社会」、加藤敏他（編）『現代精神医学事典』弘文堂、二〇一一年、六九七頁。

（4）Birte Tost: *Moderne und Modernisierung in der Kinder- und Jugendliteratur der Weimarer Republik*. Frankfurt am Main (Lang) 2005, S. 193.

（5）例えば『エーミールと探偵たち』、その続編の『エーミールと三人のふたご』（一九三四）、『点子ちゃんとアントン』、『飛ぶ教室』（一九三三）、『ふたりのロッテ』（一九四九）は、今世紀に入って岩波少年文庫から新訳（池田香代子訳）が出ているが、『五月三五日』にはない。なお、『飛ぶ教室』は近年、偕成社文庫（若松宣子訳、二〇〇五）、光文社古典新訳文庫（丘沢静也訳、二〇〇六）、角川つばさ文庫（那須田淳・木本栄訳、二〇一二）、新潮文庫（池内紀訳、二〇一四）からも新訳が出版されている。

（6）ラーデンティンはおじの供する「突飛なランチ」を例に、『五月三五日』における空想のアナーキーな攻撃性を指摘している。Vgl. Volker Ladenthin. Erich Kästners Bemerkungen über den Realismus in der Prosa. Ein Beitrag zum poetologischen Denken Erich Kästners und zur Theorie der Neuen Sachlichkeit. In: *Wirkendes Wort*. Jg. 38 (1988). Bonn (Bouvier) S. 62-77.

hier S. 74.

（7）ラーデンティンは『五月三五日』における空想の機能のひとつとして、すべてをあえて逆さに描くことで、現実世界の倒錯状況を再認させる点を挙げている。その際に彼は本章第4節で考察する「あべこべの世界」を例示するが、ケストナーの空想が現実逃避ではなく、現実に対する反応であり、反世界の提示であるという彼の主張に従えば、この「怠け者の国」や次の「偉大な過去の国」なども当然該当するだろう。Vgl. Ladenthin: a.a.O., S. 73f.

（8）興味深いことに、第1章で紹介した『悪童物語』のゼンメルマイアー同様、リンゲルフートおじさんも、軍隊式の貧しい食生活との関連でスパルタ人について言及している。Vgl. Kästner: a.a.O., S. 550–551. ただしルートヴィヒと異なり、コンラートにはおじの提供する「突飛なランチ」をおもしろがる余裕がある。

（9）海野弘『おじさん・おばさん論』幻戯書房、二〇一一年、二八二頁。

（10）ドイツのものではないものの、一九三三年に英語訳が出版されたイギリス（ロンドン）の当時の書評では、児童文学に未来の機械都市を描いたことが否定的に評価されている。Hugh Kingsmill: *The Bookman*. vol. 85（October 1933–March 1934）, London（Hodder & Stoughton）p. 65.

（11）Vgl. Erich Kästner: Emil und die Detektive. In: E. K.: *Werke. Parole Emil. Romane für Kinder I.* Hrsg. v. Franz Josef Görtz. München/Wien（Hanser）1998, S. 195–196.

（12）ボッシュはリンゲルフートおじさんとコンラートの「男同士の友愛のキス」を「父と息子」あるいは「親と子」が相互理解のために再接近する試みと解釈するが、ふたりが実の親子ではなく、おじと甥の関係であることの意味については言及していない。Vgl. Thomas Bosch: Der 35. Mai: Ein sozialkritisches Erwachsenenbuch für Kinder（1995）. Portland State University. Dissertation and Thesis. Paper 4965. S. 63f. https://pdxscholar.library.pdx.edu/open_access_etds/4965/（二〇二二年七月一六日最終閲覧）

（13）Vgl. J. D. Stahl: Moral Despair and the Child as Symbol of Hope in Pre-World-War II Berlin. In: *Children's Literature. Annual of The Modern Language Association Division on Children's Literature and The Children's Literature Association.* vol. 14. New Haven（Yale University Press）1986, pp. 83–104, pp. 95–96.

(14) 上野瞭「方法序説としての『ファビアン』」、『ユリイカ』一九八二年一二月号（第一四巻第一二号）、青土社、一九八二年、一〇〇頁。
(15) 上野（前掲書）、一〇〇頁。
(16) 上野（前掲書）、一〇一頁。
(17) 『ゲーテ詩集』高橋健二訳、新潮社、一九五一年、一〇九頁。

# 第4章 プロレタリア児童文学に見る父殺しとおじさんの交換

## 1 アレックス・ウェディングと『エデとウンク』

戦後東ドイツを代表する社会主義児童文学の作家アレックス・ウェディング（一九〇五―一九六六）について、今日、ドイツ文学や児童文学の世界で語られることはほとんどない。今世紀に入り、彼女の祖国オーストリアの研究者たちがウェディング再発見に取り組み始めたが[1]、ドイツ本国においては、消滅してしまった国家の消滅してしまった文学を象徴する作家のひとりとして、いまだ忘却の闇に沈んだままというのが大方の見方だろう。

一九三一年にベルリンでデビューしたウェディングは、KPD（ドイツ共産党）の党員だったため、また、夫F・C・ヴァイスコプフ（一九〇〇―一九五五）がユダヤ系（チェコ人）作家だったため、一九三三年にプラハへの亡命を余儀なくされる[2]。その後、ふたりはパリを経てニューヨークに移動、戦後はチェコスロヴァキア大使館に職を得たヴァイスコプフとともに、ウェディングもまた、ワシントン、ストックホルム、北京に滞在する。一九五三年、ウェディングは二〇年ぶりにドイツ（東ベルリン）に帰国する。そして亡くなるまで、この地の社会主義児童文学の発展に寄与することになる。

ウェディングのデビュー作『エデとウンク』（一九三一）は、両大戦間期ベルリンを代表する左翼系出版社マーリクから出版された[3]。すでに三〇年代にデンマーク語・英語・チェコ語に翻訳された事実から[4]、この長編小説が発表当初から一定の評価を得たことが伺い知れる。

しかしこの小説の受容史を語るうえで特筆すべきは、戦後、ウェディングが東ドイツに帰国してからたどった数奇な運命であろう。ウェディングが帰国した翌年の一九五四年、『エデとウンク』は東ベルリンのキンダーブーフフェアラークから再版される。そして一九八五年までの三〇年余のあいだに二四刷まで版を重ねた。一九七二年から一九八七年にかけては教科書版も出版されている（六刷）。一九八一年には映画化もされた。[5] しかし九〇年代に入り東ドイツが消滅すると、この小説の出版は途絶える。世紀をまたぎ、ようやく次の版が出たのは、ウェディング生誕百年を迎えた二〇〇五年のことだった。[6] この点で『エデとウンク』の受容史は、ウェディングその人の受容史と重なり合うといえるだろう。

本章は、その『エデとウンク』について、主人公である少年エデの成長の軌跡を、彼の父親ならびに彼を取り巻く父以外の成人男性、すなわちおじさんとの関係を軸に考察するものである。なるほどこの作品の読みの試みとして、両大戦間期ベルリンの描写に注目したり、そこに生きる子どもの世界に大人の社会の縮図を見て取る態度、あるいはロマ[7]というモチーフにこだわってみることなども、じゅうぶんに意義あるものである。[8] しかし本章では、この小説をあえて「男の物語」に限定し、ひとりの少年の成長とそれに関与する大人の男たちに焦点を当てて読んでみたい。もっともその背景には、もうひとりの表題主人公、ウンクに代表される「女の物語」もまた透けて見えるのだが、本章の主たる関心がケストナーと同時代に生きた女流作家ウェディングの描く「男の物語」にあるということは、本論に入る前に強調しておきたい。

## 2　『エデとウンク』のあらすじと語りの特徴

「少年と少女のための長編小説」という副題を持つこの小説の舞台は、一九二九年一〇月のベルリン、物語は一二歳の少年エデの父マルティン・シュパーリングが、金属旋盤工の職を解かれるところから始まる。おかげで日曜日に予定していた家族のピクニックは中止、エデはひとり訪れた遊園地で、ロマの少女ウンクと知り合う。ウンクは一家が曲馬場に貸し出したポニーを引き取るため、遊園地に来ていたのだった。

週が明け、エデは家計を助けるべく、子どもでも働ける職場について思案する。そしてクラスメイトのマクセの家を訪れる。するとエデは共産主義者であるマクセの父から労働者の団結について諭される一方、マクセの母の口利きで新聞配達の職を得る。他方、シュパーリング家に出入りする元郵政局長のアーベントシュトゥンド氏は、父マルティンに臨時の職を斡旋する。この朗報にエデの両親は大喜びするが、エデはマクセとの会話から、父に斡旋された職がＡＥＧ(9)のスト破りでないかと推測する。そのことを確信したエデは、父の目覚まし時計をこっそり解除し、父がスト破りに加担するのを未然に防ぐ。

翌日、エデはマクセを伴ってウンクの一家を訪問する。緑の居住車に大家族で暮らすロマの生活を目の当たりにしたふたりは衝撃を受ける。エデはこの日の午後から新聞配達に従事する。ウンクもそれに同行する。配達の合間、ＡＥＧのストに関する記事を読んだエデは、父がこのストに関与し、暴力沙汰に巻き込まれなかったことに安堵する。しかしこのストでピケを張った労働者が警察に拘束されたことも知り、マクセの父の無事を心配する。休憩中、エデは月賦で買ったばかりの自転車を盗まれるが、偶然通りかかったウンクのおじの助けで取り戻す。

帰宅後、エデは初めて稼いだ金を両親に差し出す。両親はウンクも歓待し、ふたりの交際を認める。その頃、マクセの父は警察の追跡を逃れて潜伏していた。エデとウンクは彼をロマの居住車にかくまうが、警察のスパイを見つけたエデは、この共産主義者を自宅に連れ帰ることを決意する。帰宅したエデはアーベントシュトゥンド氏の前で、彼が父に斡旋した臨時職の真実を暴露する。父マルティンもスト破りには協力しないと宣言し、アーベントシュトゥンド氏と決別する。そこにマクセの父が、隠れていたたんすの中から現れ、それまで共産主義者を毛嫌いしていたマルティンと和解する。マルティンはマクセの父に、明朝ＡＥＧのストに参加することを約束する。

全八章から成るこの小説の語りの特徴のひとつとして、エデやマクセら、貧しい子どもたちの話す若者言葉が、おもに直接話法で書かれている点が挙げられよう。新聞配達やマッチ売りに従事せざるを得ない彼らの学校生活は、作中ほとんど言及されない。その代わり、新聞集配所で「デモごっこ」に興じることもあれば、街頭で警察の眼を避けながら児童労働に勤しむ彼らの日常の話し言葉が、実に巧みに活写されるのである。

加えてウンクとその一族が口にするロマの言葉（ロマニ語）も、この小説の言語世界を豊かなものにしている。マクセから新聞配達のいろはを学ぶエデは、聞き覚えたばかりのロマニ語を得意げに披露する。

「集配会社って何なの？」エデは敬意を込めて聞いてみた。

「そんなことも知らないの。お店みたいなもんだよ。新聞少年が集まって新聞を受け取るところ。そこから配達に行くんだ。週に一回、長い髪のハインリヒがお金もくれるよ」

「クッチュ・マミ！　誰だって？」

「え、いま何て言ったの？　急に片耳が見えなくなったのかと思った」

「クッチュ・マミって言っただけだよ」集配会社いう語を教えられたばかりのエデは自慢げに言った。「ジプシーの言葉で、まあおばあちゃん、くらいの意味かな」(41)

聞き慣れない言葉を耳にしたマクセが、本来なら「片耳が聞こえない」auf einem Ohr taub sein と言うべきところを、あえて「片耳が見えない」auf einem Ohr blind sein と言ってしまうところに、この世代特有のふざけた言葉遊びが見て取れる。

ところで同世代の子ども同士のリアルな会話を楽しむ児童文学の読者、すなわち現実の子どもたちは、時おり筋の展開を中断した語り手によって話しかけられる。エデが新車の自転車を飛ばす場面では、語り手は次のように登場する。

エデは自転車を猛スピードで飛ばし、すぐ前のバスに近づいた。ハンドルをしっかり握り、ぴったりとバスのうしろに付ける。（読者のみんなにこんな運転を勧めているわけじゃないからね。危ないですよ！）（98）

あるいはある日のシュパーリング家の夕食のメニューについて、マーガリンのメーカー名まで細かく描写したあと、語り手は読者に向けて以下のように弁明する。

みんなのなかには、こんな献立の描写が物語に何の関係があるのか、と言う人もいるだろう。だが、何でもかんでも知りたがる子どもだっている。とくに食糧難の時代に、どんなものを食べたのかということは、実は大切なことだったりするのだ。（108）

両大戦間期ベルリンに生きる子どもたちの活き活きとした会話や語り手の度重なる介入など、『エデとウンク』の語りには、ケストナー作品の語りと共通する点は多い。しかし両者の決定的な違いは、ウェディングの場合、失業した労働者や共産主義者、あるいは都市の周縁部に生きる被差別者（ロマ）といった、ケストナー作品の人物に比べ、より生活が困難な階層が積極的に取り上げられる点にある。ウェディングの政治性、イデオロギー的側面の強さが、のちの受容史の偏りに作用した事実はすでに紹介した。次節以降では、この小説の中心テーマを「少年エデの成長物語」と見なした上で、エデに影響を与える成人男性に焦点を当て、彼らのエデに対するはたらきかけについて検討する。

## 3　父殺し

本節では、エデと父親の関係について考察する。エデの実父マルティン・シュパーリングは、これまで会社の経営を改善する提案を行なったり、ストに際して会社を守る側に立ったにもかかわらず、物語の冒頭、突然解雇される。

「奴ら〔引用者注：経営陣〕に言わせると合理化のせいなんだ。時代には逆らえない。いまや人間の代わりに機械が仕事をする。そして競争……。だけどどうして俺なんだ。よりによって俺が馘になるんだ。そんなのおかしいだろう！」(10)

やり場のないマルティンの怒りや八つ当たりの矛先は、必然、家族に向けられるようになる。放課後にアルバイトをして家計を助けたいと訴えるエデに対する父の反応は冷たい。

「新聞配達くらいならできるよ、父さん。クラブンデとこのマクセだって、お父さんが失業していた時、やっていたもん」

するとと父は突然「クラブンデ、クラブンデって、俺が共産党のクラブンデの話は聞きたくないと何回言えばわかるんだ。俺はあんなのになりたくないんだ。わかったか」と怒り出した。(11)

父子の口論を仲裁しようとする妻に対しても、マルティンの興奮は収まらない。

「口出ししないでくれ。息子にとって父親の言うことが絶対なんだ。俺がいま職なしなのは俺の問題で、エデには何の関係もない。最後に言うがエデ、今後いっさいクラブンデとは付き合うな。わかったな」(12)

「世界がある限り貧富の差はなくならない」とする父マルティンの考えを、エデも次第に受け継ぐようになる。そんなエデと共産主義者の息子マクセの対話は、さながら父親の世界観を受け売りする男の子同士の代理戦争のようである。以前にストを先導したため、父親が馘首されたことがあるというマクセに対し、エデは次のように反応する。

「うちの父さんがよく言ってるよ、ストなんかやったって無駄だって。そそのかされる労働者はばかだよ」

マクセはあざけるように笑った。「何を言ってるんだ。それこそばか以上のばかだよ。お前の父ちゃんがどうなったか見てみろよ。やっぱり馘になったじゃないか。うちの父ちゃんはいつも言ってるよ、みんなが力を合わせたらこんなことにはならないって。逆にストをしないから、俺らをだましてもうける奴が出てくるんだ」（41）

父が失業したばかりでうろたえるエデに対し、マクセは「悲しんでいたって始まらない」と力強い。こうしてエデはマクセに励まされつつ、徐々に自分で新しい世界を開拓することになる。それは父親を中心とした家族の庇護下から離れることを意味する。

この日の午後、エデの家に元郵政局長のアーベントシュトゥンド氏が来訪する。彼がどういう経緯でシュパーリング家と付き合うようになったのか、作中、明らかにされることはないが、両者の関係が長いことは窺い知れる。エデは父親の失業を知った直後のこの男の反応を、冷静に観察する。

父さんは心配そうに頭を抱え込んだ。「いったいどうやって生きていけばいいっていうんですか。職安で文句も言いましたが、それで何が変わるっていうんですか。われわれなんてただの番号にすぎないんですよ」

「シュパーリングさんよ、そんなにかっかしなさんな。人はパンのみにて生くるものにあらず。神さまが助けてくださいますよ」

アーベントシュトゥンドの口元にこわばった微笑がちらっと浮かんだ。この人は心からそう言っているわけじゃない、エデはすぐに気づいた。（48–49）

エデとアーベントシュトゥンド氏の関係については次節で考察する。しかしここで確認しておきたいのは、これまで父親を中心としたシュパーリング家のあり方や交際相手を無批判に受け入れてきたエデが、父の失業をきっかけに、初めてみずからの判断をはたらかせ始めたということである。この直後、年長のアーベントシュトゥンド氏に口答えしたため、エデはいつものように父から殴られることを覚悟するが、母の機転で難を逃れる。

「急いでジャガイモを一〇ポンド買って来て、エデ。お財布はここ。つけにしてもらってね。ほら、早く」母さんが大声で言った。父さんが咳払いをして何か言おうとした時には、エデはもう玄関を出てしまっていた。おかげで今回は目を青く腫らさずに済んだ。

図版10：職安に集う失業者たち
Rolf Italiaander (Hrsg.): *Wir erlebten das Ende der Weimarer Republik. Zeitgenossen berichten.* Düsseldorf (Droste) 1982, S. 191.

エデは玄関口で立ち止まった。実際のところジャガイモはそんなに急ぎじゃなかった。［中略］ちょうど陽がまた差してエデの顔を照らした。エデは扉にもたれて気持ちよさそうに目を細めた。すべてが変わってしまったみたいだ、と思った。急に父さんは前みたいに厳しくなくなったし、普段はどれだけほめてもほめ足りないアーベントシュトゥンドにも、ちゃんと言い返していた。それにしてもあの郵政局長さんはおもしろい奴だ。いや、あの人はずっとそうだったのかもしれない。エデがいま気づいただけだ。父さんが失業してからというもの、エデは世界を新しい目で見て、新しい耳で聞くようになった。(53)

実父の支配を逃れ始めたところで、一二歳の少年がすぐに独り立ちできるわけではない。同じ日の夕方、エデは初めてマクセの家を訪れる。そしてマクセの父と知り合う。それ以前、共産主義者に対するエデのイメージは、根深く父の影響下にあった。

マクセの両親をエデはまだ知らなかった。エデは初めて目にする共産主義者がどんな人なのか、わくわくしていた。泥棒や悪いことをして警察の目を避ける人みたいに、ひそひそ話をするのだろうか。

エデは少し不安だった。だって父さんが以前、赤は何でも分けようとする、と言っていたことを思い出したから。コートなしで帰る羽目になったらどうしよう。(54)

先入観を持って対面したマクセの父は、エデの実父とは正反対の父親像を体現していた。クラブンデ家の父子関係は、エデの想像の埒外にあったのである。

「うちの親には思ったことをはっきり言わないとだめだからね」マクセはそう言って父親に笑いかけた。「ここでは率直に話していいんだよ」

エデはマクセの父親に対しすぐに信頼を抱いた。恥ずかしさはなくなった。(55)

こうしてエデはマクセの父に実父の失業を打ち明ける。父から仕事を奪ったのは工場に導入された新しい機械のせいだ、と主張するエデに対し、マクセの父は怒鳴らずにそれを正そうとする。息子から側転や柔術を習ったこともあるという彼は、「君の考えが正しいのなら、喜んで教えを乞いたいよ」と、視線をエデと同じ高さに合わせて接しようとするのである。

しかしけっきょくのところ、エデがマクセの父を説き伏せることはなかった。逆にマクセの父が、マルティン・シュパーリングの失業の原因は機械ではなく、機械を独占する人間のせいだということを諭し、労働者の団結をエデに説くのである。その際に彼はあるたとえ話を披露する。それは一〇人の男の子が無人島に漂着し、ひとりが魚を獲る網を独占した上でもうふたりを味方に付けた結果、残りの七人が搾取される不平等を描写し、その解決策をエデたちに考えさせるものだった。

「だけどもし僕たち七人がいっしょになって三人の悪党に向かって行ったら、こっちが勝つにちがいない。そうなったらすごいね。網だってみんなのものになるんだから」

「まさにそれが問題の核心よ」クラブンデ夫人は戦いを挑むように目を輝かせて言った。

「そうだ、団結だ。労働者が人間らしく生きるためには、団結することが大事なんだ」クラブンデさんはそう言って、ふたたび席に着いた。「わかったかい？」

「もちろんだよ！」エデとマクセは元気よく言った。

「そのことを忘れちゃいけないし、そうなるように努力しなきゃいけないんだ」クラブンデさんは言った。しばらくは静かだった。だけどまたみんな元のようにテーブルを囲んだ。エデは自分もこの家族の一員のように感じた。（60–61）

クラブンデ家で共産主義に目覚めたエデが起こした行動はすでに紹介した通りである。父マルティンがスト破りに加担し、労働者の団結を妨げようとするのを、事前に察知して防ぐのである。この点でエデは実父よりマクセの父の考えを優先して振る舞ったといえる。いや、そもそもエデの父に考えなどなく、アーベントシュトゥンド氏に操られるがままだったのを、賢明な息子が救ったといえるかもしれない。

『エデとウンク』という表題主人公ではないものの、この物語、とりわけエデの成長過程において、マクセという少年が果たす役割は大きい。エデはこの同級生を通じて、初めてシュパーリング家とは違う家族のあり方に触れた。しかしそこで彼がもっとも影響を受けたのは、マクセ本人ではなく、マクセの父だった。その証拠に、この小説の

図版11：ドイツ共産党員たちのデモ（1930）
Manfred Görtemaker und Bildarchiv Preußischer Kulturbesitz (Hrsg.): *Weimar in Berlin. Porträt einer Epoche*. Berlin (be.bra) 2002, S. 194.

終盤にマクセは登場しなくなり、もっぱら彼の父親が（息子に代わって）エデと逃避行を企てるようになる。小説の最後、エデの仲介によってマルティン・シュパーリングとクラブンデが和解する場面は、次のように締めくくられる。

「さあ来い、エデ」父さんがまじめな声で言った。
急に厳しい声がしたので、シュパーリング夫人は不安げに耳をそばだてた。エデも父さんがびんたをくらわす時みたいに腕を振り上げたから、殴られるのかとびくっとした。だけどその代わりに父さんは、片方の腕でエデを抱き上げ、もう片方の手をクラブンデに差し出した。（123）

妻・母・夫人を差し置いて三人の男の結束が高らかに謳われるこの場面をもって、「男の物語」としてのこの小説は頂点に達する。しかしこの三人が今後、同じ力関係でトロイカ体制を組み続けられるかというと、筆者はそうは考えない。いまやエデの精神的な父親はクラブンデ氏であり、マルティンがこれまでのようにエデを暴力で押さえつけることはできないだろう。新たにクラブンデという思想上の父を得たエデが無知な実父から学ぶことなど、もはや何もないのではないか。上記引用箇所の抱擁は、殴打に代わってマルティンが息子に対して行使し得る、肉親ゆえの身体的コミュニケーションの限界を表しているように思われる。エデにとって実父の失業は実父の失権を意味した。そしてこれを機に、少年は実父とは別の、実父より的確にみずからを導いてくれる新しい父親を選び取ったというのが筆者の解釈であり、それをエデの「父殺し」と呼びたい。

このように、この小説はひとりの少年が大人の世界、男性的な政治の世界に足を踏み入れるまでの様子を描く一方、他方では彼がまた、まったく別の家族と知り合い、本節で考察した男性原理では収まりきらない、新たな世界観を獲得する様も描いている。そのきっかけを与えるのがもうひとりの表題主人公、ウンクである。次節では、エデがウンクと出会ってどう成長するのか、ロマの少女は彼に何をもたらすのかということについて考えたい。その上で、少年の成長にとって父親とは異なる成人男性（おじさん）が果たし得る役割についても、私見を述べたい。

## 4　おじさんの交換

アレックス・ウェディングを単に左翼的・政治的なケストナーとして片付けることができない要因のひとつに、彼女が『エデとウンク』において、両大戦間期ベルリンに生きるマイノリティ（ロマ）の実態を書き残した功績が挙げられる。のちに作者自身が明かしたところによると、エデとウンクには実在のモデルがいた[10]。さらにのちの研究は、ウンクのモデルと目される人物が、一九四四年にアウシュヴィッツで死去したことを突き止めている[11]。

ナチスの台頭前、この作品が書かれた一九三〇年前後のベルリンで、ロマはどのような生活を強いられていたのか。物語の冒頭、エデとウンクが遊園地で出会い、仲よくなるきっかけを与えるのは、見知らぬ少年の次のひと言だった。

「ジプシーが子どもをさらおうとしているぞ」鼻までウールのマフラーをした太った男の子が口出しした。

「さっさと逃げないと、ジプシーにぼこぼこにされるぞ」

「ええっ、何言ってるんだよ？」エデはびっくりして聞き返した。

「わかっているくせに！」男の子は真剣な表情で言った。「ジプシーは子どもを誘拐して殺すんだよ。それからソーセージや挽き肉にして売り飛ばすんだよ」

「うそつき！」小さな女の子は大声で叫び、男の子につかみかかろうとした。（25–26）

エデはこの少年をウンクに代わって蹴散らすことで、彼女の信頼を勝ち取る。そして寒そうにしているウンクに自分の上着を着せようとするが、彼女はそれを拒絶する。

「ウンクは大丈夫」そう言って女の子は要らないというしぐさをした。「あたしが盗んだって言われそうだもん」（26–27）

ここにもまた、大人の偏見が子どもにまで蔓延している様が窺える。さらにその偏見にさらされながら、健気に振る舞おうとするロマの少女ウンクの姿は痛ましい。

エデはウンクに出会うまで、ベルリンにロマが住んでいることすら知らなかった。したがって彼はウンクの身の上話に多大な関心を示す。例えばウンクは鞍なしでポニーに乗れる。母親は占い師をして日銭を稼いでいるが、実はその道の心得などない。母の収入がなく、朝食にありつけない時、ウンクは学校に行くふりをして、散歩に出かける。そして教師への詫び状は自分で書く。なぜなら母は非識字だから、など。それらの逸話はエデにとって「インディアンの本よりおもしろい」ものだった。

他方、一族とともに居住車で暮らすウンクは、エデの住まいの階段・水道・水洗トイレがうらやましいと言う。

しかしエデとて、決してウンクが思っているような金持ちではない。その証拠にエデはこの日、父親が毎週日曜日の楽しみにしていた葉巻を一本、ウンクから譲り受けるのである。それはウンクの祖母の吸いさしだった。

「何だって？　おばあちゃんが葉巻を吸うの？　そんなのあり得ないよ。おじいちゃんの間違いだろう？」
「え、どうして？　おばあちゃんが葉巻を吸ったらおかしいの？　パイプだって吸うよ」(34)

続いてウンク自身もまた「毎日煙草が二本あれば満足する」という発言を聞くに及んで、エデは驚きを通り越して呆れ返る。それはさておき、ここで興味深いのは、ウンクの語る家族に父親がいっさい登場しない点である。彼女の一家の長は上述の祖母であり、この祖母を中心に、ウンクの母やおじ、従姉妹や従兄弟、さらに馬やポニーや白猫が、ともに暮らしているのである。

ウンクたち、ロマの暮らしぶりは、エデとマクセが居住車を初めて訪問した場面で詳述される。その際にふたりの若者を歓待し、もっとも印象的な振る舞いを見せるのは、ヌッキおじさんだ。彼はエデとマクセに煙草を勧めるが断られると、腕にほどこした刺青を自慢げに披露する。さらに年少の男の子たちに何を見せようと思ったのか、ズボンを下ろし始めたところ、家長の祖母にたしなめられる。その後、ヌッキおじさんは、エデとウンク、そしてマクセの求めに応じてヴァイオリンを奏でる。演奏するのはもちろんロマ音楽だ。

ヌッキはしばらく彼らにお願いをさせていたが、もちろん最後には折れて、ヴァイオリンでジプシーの歌を演奏した。みんなはいっしょに歌ったが、歌詞を知らないマクセとエデだけは歌えなかった。悲しい場面では車全体がむせび泣き、明るい場面ではチビの男の子［引用者注：ヌッキの子］が指を口に当てて音を鳴らした。(87)

四十男が母親に怒られてはむくれ、褒められては素直に喜ぶ様は、エデにとって新鮮に映ったに違いない。それは彼にとって、父親とは異なる大人の男性のあり方として、初めて目にした姿だったはずである。

この小説の中でヴァイオリン（Geige）を手にすることはないものの、この単語を口にする人物がひとりいる。エデの家に出入りするアーベントシュトゥンド氏である。彼はエデに対し、次のように呼びかける。

「大人の言うことをよく聞きなさい。お前はまだおちびちゃんだから、幸せいっぱいだろう。しっかり勉強して、お父さんとお母さんを喜ばせるんだぞ」（51）

父の失業によって収入を絶たれたシュパーリング家の息子が「幸せいっぱい」であるはずなどないにもかかわらず、現実を直視しないアーベントシュトゥンド氏は、「幸福に酔い痴れる、有頂天である」という意味の雅語 jemandem hängt der Himmel voller Geigen を口にする。天空でヴァイオリンなどの楽器を手にする天使を描いた宗教画に由来するこの文語表現が、この場面にどれほど似つかわしくないか、改めて論じるまでもないだろう。

活き活きとした子どもの語り口が特徴的なこの作品において、アーベントシュトゥンド氏が口にする空疎な定型表現、杓子定規の決まり文句は異彩を放っている。そういった言葉で話される内容は、きわめて保守的な、体制側の価値観を類型化したものであり、その意味で彼はこの物語の悪役を一手に担っているといえるだろう。エデの父マルティンに対する彼の発言から、典型的な例をふたつ引用する。

「シュパーリングさんよ、私の前でお上を悪く言うのはおよしなさい。とにかく政治には関わらないことです。政治は人間をだめにするというじゃないですか。元郵政局長としての経験談ですがね、役人はよくやっていますよ。公共の福祉以外、何も望んじゃいない。それでもやっぱり貧困はあるんです。だけど怠慢だってあるじゃないですか。働かないくせに保護だけは求める輩もいますからね。本気で探せば仕事なんて見つかるもんです。労働は恥ならず、小人閑居して不善をなす、ですよ」（49）

「節約なら日頃からできるでしょう」アーベントシュトゥンドは困ったように言った。「貧乏は恥ならず、大事なのは身だしなみを整えておくことです。新品を買う金がないのなら、古着をきれいにしておけばいい。考えてもごらんなさい。車にでもひかれた日に、汚い下着を身に付けていたり、穴の開いた靴下を履いていたんではは、恰好が付かんでしょう」(50–51)

実際にヴァイオリンを手にしてロマ音楽を演奏するヌッキと、およそシュパーリング家の実情にそぐわない、わざとらしい言葉遣いの中で「ヴァイオリン」という語を口にするアーベントシュトゥンド氏は、対照的な人物として造形されたものと考えられる。たしかに両者とも、マルティンやマクセの父のように、本格的にエデの人生に影響力を行使し得る大人の男ではない。しかし男の子の成長にとって、垂直の関係で対峙し、乗り越えるべき存在である父親とは別に、やや斜めの位置から、適度な距離を取りつつ成長を見守ってくれる気楽なおじさんの存在もまた、欠くことができないのではないか[12]。前節で論じた実父の超克、すなわち「父殺し」が少年の成長を決定付ける王道であることは誰もが認めるものとして、不要になれば捨てられ、交換される程度のおじさんとの関係にもまた、少年の成長が反映されるというのが筆者の主張である。おじさんは少年に対し、責任を負うことなく、自由に振舞える分、父よりも揺れ幅の大きい成人男性である。そして少年は彼らに飽きると、ドラスティックに取り替えることができる。なぜならおじさんは、父親のようにつねに少年と正面から向き合う必要などなく、少年の側から利用するしかないのだから。そういった意味で、筆者はエデがアーベントシュトゥンド氏を「おもしろい奴」のひと言で片付け、新たにウンクのおじのヌッキに惹かれていく変化を、「おじさんの交換」と名付けたい。

アーベントシュトゥンド氏とヌッキを対極的なおじさんと見なす論拠をもうひとつ指摘する。前者はマルティンに臨時の職を斡旋する際、明朝五時に自分の家に来れば「車で」職場に連れて行く、と告げる。それに対しヌッキは、愛馬の引く馬車でエデの自転車泥棒を追いかける。

「ヌッキさん、自転車を盗まれたんです」パニックになっているエデはつっかえつっかえ訴えた。「あそこを走っています」

ヌッキはエデが指さした方向に青い伝書鳩の入れ墨のあるこぶしを振り上げた。そして耳のうしろを撫でてから、子どもたちを馬車に乗せた。「進め！」と叫んで鞭を打つ。ウンクが手綱を引く。三人は勇んで泥棒を追いかけた。(105)

マルティンは危うくアーベントシュトゥンド氏が用意した自動車に乗せられ、身の危険を伴うスト破りに連れて行かれるところだった。他方、エデは彼の新しいおじさん、ヌッキの馬車に乗せてもらうことで、買ったばかりの自転車を取り戻すことができた。ふたりのおじさんの交通手段のコントラストはもとより、エデがその中間形態である自転車を、ヌッキの馬車のおかげで取り戻す点にも注意したい。

## 5　「男の物語」を支えるもの

前節では「おじさんの交換」という観点から、エデとヌッキの関係に焦点を当てて考察してきた。しかしウンクとの出会いを通じ、エデが心を寄せるロマは、ヌッキひとりではない。初めての新聞配達中、エデはウンクから、彼女が祖母や母といっしょに居住車で田舎に旅した際の話を聞く。

「農家の人たちはあたしらに犬をけしかけてくるけど、田舎はお金がかからないからいいの。林檎もさくらんぼもプラムも木になっていて美味しいよ。川魚をひもで捕まえるんだ」

「それって泥棒じゃないか！」エデはびっくりして大声を出した。危うく自転車のペダルを踏むのを忘れるところだった。［中略］

「あたしだって金持ちみたいにホテルで何メートルもあるメニューを見て注文したいよ。エデからは何も盗んでないじゃない。おなかが鳴って、林檎がそこにあるんだよ。魚が泳いでいるんだよ。ばかじゃないの」ウンクは真っ赤になって言い返した。

「うーん、たしかに魚は泳いでいるんだよね……。クラブンデさんは何でもみんなのものだ、働いている人は誰だっておなかいっぱいにならなきゃいけない、と言ってたしなあ。言われてみればウンクの言う通りかもしれないね。僕もじっくり考えてみるよ」(97)

機械に仕事を奪われる両大戦間期ベルリンの労働者の生活環境との対比として、機械以前の世界、すなわち原始共産制的なユートピアを、よりによって被差別者のロマに仮託して持ち出すのは、あまりに非現実的であるばかりか、話を単純化していると批判せずにはいられない。しかしウンクの語る田舎でのエピソードで重要なのは、彼女が父でもおじでもなく、祖母と母といっしょに出かけたと言っている点である。

ウンクとの出会いを通じ、「男の物語」を中心に展開してきたこの小説に、母系(女系)の原理が導入される意義は大きい。筆者は物語の終盤、エデの仲介でマルティンとマクセの父、すなわち新旧ふたりの父親が初めて対面する場面に、この女性的な視点が取り入れられていると考える。突如現れたクラブンデ氏にコーヒーを勧めたいものの、シュパーリング家にはコーヒー豆がない。

「アーベントシュトゥンドみたいな奴と銀の器でコーヒーを飲むより、仲間と水を飲む方がいいですよ」「でもオープンサンドくらい召し上がるでしょう」シュパーリング夫人はそう言いながらサンドウィッチを差し出した。

「とてもくつろいだ気分になりますね」クラブンデは手を伸ばした。「どうもありがとう。いただきます」シュパーリング氏はぎこちなく立ち上がり、客に両手を差し出した。(122)

かつてエデが初めて訪れたクラブンデ家で「自分もこの家族の一員のように感じた」のと同じように、マクセの父にも初めて訪れたシュパーリング家で同じ思いをさせているのは、序盤での伏線を活かした巧みな構成といえる。

この場面でクラブンデ氏が口にする「くつろいだ気分になる」という表現に、一般的な sich zu Hause fühlen（わが家にいるように感じる）ではなく、sich wie bei Muttern fühlen（母親の元にいるように感じる）が使われているのは目を引く。男同士の政治的な和解を演出する場面に「母親」Mutter という語が差し挟まれる違和感や唐突さを解消するのは、彼らにオープンサンドウィッチを差し出すシュパーリング夫人の母性だけではなく、小説全編にわたって「男の成長物語」を下支えしているウンクたち、母系のロマ一族の影響もあるのではないか。そう考えると、エデが成長過程で行なった「おじさんの交換」は、単に保守的な元郵政局長から馬車に乗ってヴァイオリンを奏でるロマへの乗り換えにとどまるものではなく、後者の新しいおじさんの背後に広がる女性原理の取り込みをも含んだ、価値観の大転換だったと結論付けられるのである。

## 6　父を殺さず、おじさんもなく

『エデとウンク』が発表された一九三一年、ケストナーは同じくベルリンを舞台にした児童文学『点子ちゃんとアントン』を発表している。両作品の比較は別の機会に譲るとして、この作品の中でケストナーが年若な読者に宛てて書いた以下の記述は、ケストナーとウェディングの違いを考える上で、たいへん示唆に富んでいる。

もしも金持ちが、貧しいことはどれほど惨めか、子どもの頃から知っていたら、貧困問題は簡単に解決できると思わないか。金持ちの子どもらが、僕たちが大人になって父さんの銀行や土地、工場を受け継いだら、そこで働く人たちの暮らしをもっとよくしてやるんだ、だって彼らとは、子どもの頃から遊び仲間だったんだもん、って言うと思わないか。[13]

ケストナーが（金持ちの）読者に求めたのは、急進的または革命的な「父殺し」ではなく、将来的に父の有する財産を継承し、それを貧しい者にも分配しようという漸進的な改革だった。ここにウェディングとケストナーの決定的な違いがあることは間違いない。

そして一九三一年時点のケストナーには、父親とは別の立場から、少年の成長を付かず離れず見守ってくれるおじさんの存在意義を認める視点が欠けていた点は、すでに前章で指摘した通りである。父と息子を描かないケストナーが、おじと甥またはおじさん的存在と少年の関係について本格的に取り組むのは、次作『五月三五日』（一九三三）を待たなければいけないのである。

## 注

（1）Vgl. Susanne Blumesberger u. Ernst Seibert（Hrsg.）: *Alex Wedding（1905–1966）und die proletarische Kinder- und Jugendliteratur*. Wien（Praesens）, 2008.

（2）ウェディングの生涯については、Manfred Altner: Art. Alex Wedding. In: Kurt Franz, Günter Lange u. Franz-Josef Payrhuber（Hrsg.）: *Kinder- und Jugendliteratur. Ein Lexikon*. Meitingen（Corian）, 15. Erg.-Lfg. 2002, Susanne Alge: Alex Wedding zum 100. Geburtstag. In: *Salz. Zeitschrift für Literatur*. Jg. 30, Heft 119. Salzburg（Salzburger Literaturforum Leselampe）, 2005, S. 40–47. Susanne Alge: Susanne Alge über Alex Wedding. In: Karl-Markus Gauß u. Arno Kleibel（Hrsg.）: *Literatur und Kritik*. Nr. 397/398. Salzburg（Müller）, 2005, S. 101–110 u. Susanne Blumesberger: Grenzenloses Schreiben, grenzenloses Denken. Die Schriftstellerin, Übersetzerin und Journalistin Grete Weiskopf（Alex Wedding）. In: S. B. u. Ernst Seibert（Hrsg.）: *Alex Wedding（1905–1966）und die proletarische Kinder- und Jugendliteratur*. Wien（Praesens）, 2008, S. 13–40 を参照。

（3）マーリク社については、長橋芙美子「革命勢力の知的結集の貯水池——マーリク社に集まった人びと」、山口知三・平田達治・

鎌田道生・長橋芙美子『ナチス通りの出版社』人文書院、一九八九年、二二五―二八一頁参照。なお、ウェディングの姉ゲルトルートは、この出版社の設立者のひとりであるヴィーラント・ヘルツフェルデ（一八九六―一九八八）と一九二四年に結婚している。

（4）Heinz Wegehaupt: Bibliographie der Veröffentlichungen Alex Weddings. In: Susanne Blumesberger u. Ernst Seibert (Hrsg.): *Alex Wedding (1905–1966) und die proletarische Kinder- und Jugendliteratur.* Wien (Praesens), 2008, S. 171–188, hier S. 172. 戦後の受容史も同論文に拠った。

（5）Vgl. Dieter Wrobel: *Vergessene Texte der Moderne. Wiederentdeckungen für den Literaturunterricht.* Trier (WVT), 2010, S. 116. DEFA が製作し、Helmut Dziuba が監督したこの映画のタイトルは、Als Unku Edes Freundin war（ウンクがエデの友達だった時）。

（6）Alex Wedding: *Ede und Unku.* Berlin (Neues Leben), 2005. これ以降の同作品からの引用は同書に拠り、本文中に括弧でページ番号のみアラビア数字で記す。なお、訳出に際しては以下の翻訳を参考にした。アレクス・ウェディング『エデとウンク――一九三〇年ベルリンの物語』金子マーティン訳、影書房、二〇一六年。

（7）以下、本書では原則として「ロマ」という呼称を用いるが、作品からの引用など、歴史的な文脈を考慮すべき際は「ジプシー」という呼称も併用する。

（8）Wrobel: a.a.O., S. 122ff.

（9）一八八三年に設立されたドイツの電機メーカー。Allgemeine Elektricitäts-Gesellschaft の略。

（10）Vgl. Wedding: a.a.O., S. 124ff. ウェディングがエデとウンクのモデルについて公表したのは、戦後、東ドイツで出版された版に付された（まえがきのような）第一章からである。

（11）Vgl. Janko Lauenberger u. Juliane von Wedemeyer: *Ede und Unku – die wahre Geschichte. Das Schicksal einer Sinti-Familie von der Weimarer Republik bis heute.* Gütersloh (Gütersloher Verlagshaus), 2018, S. 229–230.

（12）海野弘：『おじさん・おばさん論』、幻戯書房、二〇一一年参照。

（13）Erich Kästner: Pünktchen und Anton. In: E. K.: *Werke. Parole Emil. Romane für Kinder I.* Hrsg. v. Franz Josef Görtz.

München/Wien（Hanser）1998, S. 451-545, hier S. 492. 訳出に際しては以下の翻訳を参考にした。エーリヒ・ケストナー『点子ちゃんとアントン』池田香代子訳、岩波書店、二〇〇〇年。

# 第5章　父なき家庭の母娘 あるいはおばさん文学の（不）可能性

ワイマール共和国期のドイツ児童文学には、少年のみならず、少女を主人公にしたものもまた多い。ベルリンやハンブルク、シュトゥットガルトなどの大都市に暮らす彼女らに共通する特徴として、男勝りなまでに活発な点が挙げられよう。カウボーイの格好で仮装パーティに参加する子もいれば、普段着がジャージズボンの子もいる。三人の兄たちと同様に育てられた子もいれば、ひとりで質屋に入り家計を助けようとする子もいる。

本章では、一九三〇年代初頭に発表された五つの少女文学に登場する五人の表題主人公に焦点を当て、彼女らと家族、とりわけ親子の関係について考察する。第一次世界大戦後に起こった近代市民家族の変容あるいは崩壊は、十代の少女の日常にどう作用したのか。同時代の少年文学に描かれた家族、あるいは少年と（旅する）おじさんの関係に対応するような、少女に固有の家族関係は存在するのか。とりわけ同性の母と娘あるいはおばと姪の関係に注目しながら、両大戦間期ドイツ児童文学に描かれた少女像の一側面を明らかにしたい。

## 1　一九三〇年代初頭の五つの少女文学

一九四〇年代以降、ドイツ本国においてすら再版されず[1]、また邦訳もないため、現在ほとんど知られていない五つの作品のあらすじを簡単に紹介する。なお、順番は表題主人公の年齢の低いものからとした。

（1）エルフケン『ニッケルマンのベルリン体験』

出版当時、すでに教育学者として名をはせていたタミ・エルフケン（一八八八―一九五七）が、初めて子ども向けに書いた小説『ニッケルマンのベルリン体験』（一九三二）では、ベルリンに暮らす一〇歳の少女ニッケルマンの日常が物語られる。ある日、彼女の住むアパートの前で映画撮影が行われ、見物中のニッケルマンも急きょ出演させてもらえることになる。親友とふたりで出かけたデパートでは、万引き犯を目撃して衝撃を受ける。最後は子ども仮装パーティに参加し、ニッケルマンの親友が大賞を獲得したところで幕を閉じる。

（2）ベルゲス『リゼロット、平和条約を締結する』

ラジオ番組の制作に携わるジャーナリスト、グレーテ・ベルゲス（一八九五―一九五七）の『リゼロット、平和条約を締結する』（一九三二）は、ハンブルクに暮らす一一歳の少女リゼロットの秋からクリスマスまでを描いた物語である。少年グループを結成した男子たちが、女子に対し荒っぽく振る舞うことに義憤を覚えたリゼロットは、二五名の女子を束ねてグループを結成し、自らリーダーに名乗り出る。男女それぞれのグループの存亡をかけた決戦は、リゼロットの作戦が功を奏して女子グループが勝利する。そして彼女主導で男女間の平和条約が締結される。この様子が地元の新聞に掲載され、さらにラジオ放送や映画化・書籍化までされることで、リゼロットの勇気は世界中に知れ渡ることになる。

（3）アルンハイム『ルッシュの成長』

生没年など不詳なロッテ・アルンハイム『ルッシュの成長』（一九三二）の主人公ルッシュは、ベルリンの女子ギムナジウムの二年生（一一～一二歳）である。出張先で父が骨折したため、母も父を迎えに出かけ、しばらく家を空けることになる。その間、ルッシュは妹の世話などの家事をひとりでこなす。帰宅した父は自宅療養せざるを得ず、母は収入の減少を心配する。ルッシュは両親に内緒で質屋に行ったり、家庭教師のアルバイトを探す。そうやって稼いだ金で家族にクリスマスプレゼントを用意し、ルッシュはみなに喜ばれて満足する。

（4）ヒンツェルマン『ベルベルが街にやって来た』

ライプツィヒに生まれ、スイスで亡くなったこと以外、生い立ちについてほとんど知られていないエルゼ・ヒンツェルマン（一八九五―一九六九）の『ベルベルが街にやって来た』（一九三二）は、ハルツ山麓の農場で暮らす一五歳の少女ベルベルが、子どものいないおばに連れられ、ベルリンにやって来るところから始まる。大学教授のおじ、その母らと暮らす中、それまで田舎で野生児のように育てられた少女は、徐々に都会の生活に馴染んでいく。クリスマスに帰省し、郷里で一六歳の誕生日を迎えたベルベルは、再会した幼馴染みの少年には距離を感じる一方、おじの教え子で大学講師の青年に惹かれるようになる。その後、彼女はふたたびベルリンに戻り、カメラマンを目指して女子専門学校に通う。さらにベルリン大学に職を得た青年と婚約する。

（5）ホーラート『ハネローレ、大都会で暮らす』

クララ・ホーラート（一八七三／七八―一九六二）の『ハネローレ、大都会で暮らす』（一九三二）もまた、地方出身の少女の視点から都会の風俗を描いた小説である。シュトゥットガルトの音楽学校に通う一七歳のハネローレは、親戚夫妻のもとに下宿している。初めて体験する大都市での生活や、田舎にはいないタイプの同世代との出会いについて、ハネローレは両親や双子の妹に宛てて手紙で報告する。やがてハネローレは文明よりも自然を愛する、はとこの青年（下宿先の親戚の次男）に惹かれて婚約する。そして彼が目指す雑誌の発刊に協力することを誓う。

## 2　父の不在あるいは不可視化

これら五作品に共通する主人公の家族関係でまず目を引くのは、父親の存在感のなさである。最年少の少女、ニッケルマンは写真でしか父親を知らない。

　ニッケルマンは父親を知らない。彼女が生まれるずいぶん前にもう亡くなっていた。母の手元にはたくさんの写真が残っていたので、ふたりとも父の外見には親しんでいた。[2]

ハルツ山麓の農場に暮らすベルベルも、二歳の時に父を亡くしている。ふたりの父の死因は、ともに第一次世界大戦での戦死である。

ハンブルクで祖父母および母親と暮らすリゼロットにも父親はいない。それが死別なのか離婚なのかは判然としないが、作中、彼女の父親はまったく話題にされない。

ルッシュの父は物語の冒頭で足を骨折し、自宅で療養している。にもかかわらず、父が娘と積極的に関わる場面は存在しない。

　パパは最近、不機嫌なことが多い。前はあんなによく気が利いたのに。こっちがせっかく親切にしてあげても、急に怒り出したりする。足が悪いから神経質になってるんだろうな。[3]

　ルッシュが家に帰ると、なんだか重たい空気が漂っていた。ママはぜんぜん喋らないし、パパは机に向かっていて頭も上げない。(119)

ハネローレの父は田舎の牧師として健在だが、親元を離れ、都会で成長していく主人公の手紙および日記から成る小説には、手紙の受取人として登場するだけである。

戦死によって文字通り父がいなくなる他にも、障害を負って復員したり、戦後の不景気で失業するなどして、父親の影が薄くなる傾向は、同時代の少年文学にも見られた。その際、少年文学では父に代わっておじが活躍し始めた。少女文学においておじはどういった存在として登場するのか。次節では、父とは異なり五作いずれにも登場する少女のおじについて検討する。

## 3　おじさんの存在感

不在の父とは対照的に、五つの少女文学すべてに「おじさん」と名の付く人物が登場する。少年文学同様、少女文学においても、父とは逆相関の関係で存在感を発揮するのがおじなのである。

ニッケルマンのハンスおじさんは、大通りを隔てた向かいに住んでいる。幼い頃のニッケルマンは、ベランダ越しにおじとジェスチャーゲームをして遊んだという。しかし彼女が学校に上がり朝が早くなると、おじと縁遠くなる。なぜなら「寝ているのが健康に一番いい」と公言するおじの職業は作家で、ニッケルマンの通学時にはまだ寝ているからである。

　通りで見かけるおじさんはふつうの男の人みたいだった。煙草の匂いがして、手袋のままニッケルマンのあごを触ってきた。ニッケルマンはそうされるのが嫌だった。もしもおじさんがフレ〔引用者注：犬の名前〕の飼い主じゃなかったら、とっくに忘れられていただろう。(20)

ニッケルマンが近年、ハンスおじさん以上に懇意にしているおじさん、あるいは父親代わりの成人男性は、アパートの管理人のミートケさんである。ある日、ニッケルマンの親友でユダヤ系のマリアンネが、クラスメイトから「イエスさまを磔にしたのはユダヤ人」「ユダヤはドイツから出て行け」と罵られる。するとふたりはミートケさんを訪れ、「本当にユダヤ人がイエスさまを殺したの？」と質問する。それに対しミートケさんは以下のように答える。

ミートケさんはタンスの上に目を向けた。そこには軍服にエーデルワイスを挿したミートケさんの写真が飾ってあった。

「ずいぶんと昔のことだから、もう誰もそんなこと知らないいんじゃないか。だけどキリスト教徒が殺し合ったのはそれほど昔のことじゃない。四年もの間ずっとな。命令されたからやったけど、何のためにそんなことをしているのか、誰もわかっちゃいなかった。人殺しなんて世界中にいるもんだ。私もそのひとりだ」

びっくりしてニッケルマンとマリアンネは目を合わせた。

「お前の父さんもそうやって殺された口だよ。イギリスで長い間、捕虜になって病気にもなって、出られた時にはもう死んだに等しかった。いい奴だったよ。このアパートの階段を昇る姿をいまでも思い出すんだ。お前はまだいなかったから、覚えてないだろうけどな」

するとミートケさんの奥さんが来て、子どもに政治談議なんてやめてよ、と言った。あんたの仲間と違って、アパートにはそれで気を悪くする人だっているかもしれないんだから。だけどふたりはミートケさんの考えを聞けて大満足だった。ミートケさんは間違っていないと確信した。（59–60）

夫人と違って一〇歳児を子ども扱いしないミートケさんにニッケルマンは懐く。この章のタイトルが「ミートケさんちで哲学する」であるように、少女は父代わりのおじさんを通じて、未知の世界を垣間見、考えを巡らせるのである。

ニッケルマン同様、ひとりっ子のリゼロットには、マックスおじさんがいる。同居はしていないが休日の昼食時などに頻繁にやって来ることから、彼も近くに住んでいると考えられる。リゼロットが女子グループの結成を思いつき、規約を起草していると、おじは「飯が冷めるぞ」と邪魔をする。

マックスおじさんは、何にそんなに夢中になってるんだ、とリゼロットをからかった。だけどおじさんが本気で怒っていないことはわかっていた。リゼロットはおじさんに言われるままにしておいた。おじさんは本当に賢くていい人だから。(4)

リゼロットは部屋の中を大またで歩きながら、女子グループの結団式で披露するスピーチの練習をする。なぜなら「おじさんも講演の準備をする時はいつも、あちこち歩きながらやっているのを見たことがあったから」。平和のための彼女のスピーチの決め台詞「だってみんな人間でいたいもの」の出典がマックスおじさんであることも明かされている。

ベルベルが農場からベルリンにやって来ると、彼女のおじはバラの花束を手に駅で出迎えてくれる。おじの職業はベルリン大学ドイツ文学科教授。そんな彼をベルベルは「おじさん」でなく「プロフェッサー」と呼ぶ。タイピングを覚えたベルベルは、おじの手書き原稿のタイプを引き受け、秘書のような存在になる。おじは姪っ子に田舎では触れることのなかった美術やドイツ文学の世界を教えてくれる。やがてベルベルはおじのかつての教え子で、同じくドイツ文学を講じる若手研究者と婚約する。ここでも「プロフェッサー」は姪にとって父親代わりの役割を果たしているといえるだろう。そんなおじと姪の関係、両者の相互作用について、おばは次のように評している。

「あの人がベルベルをまじめに仕向けたのか、それともベルベルがあの人に笑うことを教えたのか、それははっきりしないわね」(5)

父が健在なハネローレにとっても、郷里を離れた現状では下宿先のおじさんが父親代わりを務めている。ただしこのおじは戯画化されて描かれており、彼の愛情は必ずしも姪には届かない。年金生活者で時間に余裕のあるおじは、毎朝水泳パンツ姿でベランダで体操したあと、森までジョギングをする。裸で体操するおじ（の後ろ姿）を初めて目にしたハネローレは、当然のことながら彼を不審者と見まがう。おじはハネローレを伴い郊外の宮殿まで「競技ランナーのように」走って出かける。おかげでふたりは通常二時間から二時間半かかるところを一時間半で着いてしまう。おじいわく、「血の巡りがよくなって、これが身体にいいんだ」[6]。他におじがハネローレを連れて行く場所はプールであったり、自然療法医の講演会であったり、自身の偏った主張に則ったところばかりである。健康オタクのおじは、心理的抑制がはたらいて学校で思うように歌えないハネローレに対し、運動と食事療法を唱える健康冊子を手渡す。しかしハネローレがそれを参考にすることはない。

五作中、唯一父と暮らしているルッシュにとっておじさんは、父と並び称される存在である。

> ルッシュがこれまでの人生でよく知っていて尊敬できる男の人はふたりだけ、それはパパとオットーおじさんだった。おじさんに関して言うと、おじさんはとてもいい笑顔をしていて、いつもご機嫌だし、子どもの考えていることがわかるという、すごい才能の持ち主だった。［中略］要するにおじさんは、あんなに人生を楽しんでいる人はいないんじゃないかと思わせる人だった。
>
> パパはぜんぜん違っていた。パパはもっとずっとちゃんとしている。
>
> 小さい頃、ルッシュはため息をつきながら「パパはもう独身じゃないから、私は誰とも結婚しない」なんて言ったことがあった。
>
> パパはとにかく力持ち。簡単にママを片腕で持ち上げて、もう片方にはルッシュと妹のシュパッツをまとめて抱いて、口笛を吹きながら部屋を歩き回ったりもできる。それでもぜんぜん疲れたそぶりを見せない。（31-32）

そんなにたくましい父も、本作に登場して早々に骨折し、無力な存在と化している。その結果、父に代わって、あるいは父の分まで、おじが存在感を発揮することになる。第一三章「オットーおじさん」では、「絶対にタネを教えてくれないし、絶対に失敗しない」おじの手品に熱狂する姪たちの様子が描かれる。ルッシュにとっておじは「尊敬できるだけでなく、半分神さまみたいなもの」であり、学校の成績表にならって点数を付けるとすると、最高点の「一」より上を行く「一プラス」とまで言い切る。

　クリスマスが近づくとオットーおじさんは、**図版12**に描かれた通り、バスローブにシルクハット、付け髭、フェルトのスリッパという「超モダンな」な従者ループレヒト[7]に扮して登場する。そしてルッシュに警官の首振り人形をプレゼントする。最近、警察に補導されたばかりのルッシュは、このプレゼントにぐうの音も出ない。昔ながらのループレヒトは悪事を働いた子どもを鞭打つことで反省を促したが、オットーおじさんはそれとはまったく別の

**図版12：『ルッシュの成長』より，挿絵**
Lotte Arnheim: *Lusch wird eine Persönlichkeit. Ein lustig-nachdenkliches Mädelbuch*. Stuttgart (Gundert) 1932, S. 110.

方法で姪への教育的効果を狙ったものと考えられる。

以上のように、父に代わって、あるいは父よりも近しく少女たちと交流し、彼女らの成長を見守るおじの存在は、どの作品にも見て取ることができる。その際、おじの定義は古典的なそれ、すなわち母の兄弟に限定されることはなく、もっと広義に、近所のおじさんにまで拡大されて解釈される。しかし少女文学におけるおじさんは、少年文学におけるおじさんほど、主人公の将来に決定的な影響を与えていないように思われる。そもそも少女文学のおじさんは旅をしない。出征を旅の変種と見なしたところで、その経験を少女に還元することはできまい。したがっておじさんが少女に提示できる異世界や未来像は、そう多くはないのである。不在の、あるいは影の薄い父親に代わり、おじが姪を楽しませたり、半ば友達感覚で付き合える大人として寄り添うことはあっても、少女の成長に指針を与えることは（でき）ないのではないか。そこにはやはり性差、男女の性役割の違いが影響していると考えて差し支えないだろう。少女文学における親子関係を考える上でより重要なのは、男親（やその亜種であるおじ）ではなく、むしろ同性の母親かもしれない。次節では少女文学に描かれた母と娘の関係に論を進めたい。

## 4　母と娘のアンビバレントな関係

父親のいないベルリンのニッケルマンとハンブルクのリゼロットの母親は、ひとり娘を養うため、どちらも忙しく働いている。幼い娘らはそのことを理解しながらも、母が家にいてくれることを何よりも望んでいる。

クリスマスイブの日、ニッケルマンはとにかくうれしかった。お母さんが四日間の休暇を取れたからだ。四日のあいだにふたりで何をしようか、全部を考え出すのはたいへんだった。いっしょにゆっくり朝ごはんを食べて、散歩して、向かい合ってクリスマスの本を読んでもらえたら、どんなに素敵なことだろう。(65)

母ちゃんが私の計画［引用者注：女子グループの結成］を知ってもきっと怒らないはず、リゼロットはそう確信していた。母ちゃんが稼ぎに行かずにいつも家にいてくれたら、何でも打ち明けられるんだけどな。マックスおじさんも私のことをわかってくれる。だから何でも話せる。おじいちゃんとおばあちゃんも大丈夫。だけど絶対に必要なのは母ちゃんひとりだけ。母ちゃんが暇な時は何だってずっと話していられる。（54）

ニッケルマンは母親をファーストネームで呼ぶ。リゼロットも「お母さん」Mutter ではなく「母ちゃん」くらいの愛称形の Mutti と呼ぶ。ふたりより年上のベルベルも片親の母を愛称形の Mutsch と呼んでいる（以下では Mutsch を「おっ母」と訳する）。ベルベルいわく、「お母さん（Mutter）なんて味気ない呼び方は嫌い」。こういったところにも、父なき家庭の母と（ひとり）娘の距離の近さ、権威でなく友愛に基づいた両者の関係が表れている。(8)都会で勤めに出るニッケルマンやリゼロットの母とは異なり、ベルベルの母は亡夫から引き継いだ大農場を経営している。自然に囲まれた暮らしゆえ、乗馬やスキーが得意な母は、帰省した娘とスキーを楽しんだあと、娘から意中の人の存在を告白される。

「おっ母、彼っていい人でしょう」

ベルベルはお気に入りの体勢で母の枕元に座った。母はまだ横になっていた。パジャマ姿のままやって来たベルベルは、ベッドの足元に体育座りをした。いつもこの状態で母に思いの丈を打ち明けたり、母からベルベルの知らないことを教えてもらったりしたものだった。そんな時、母と娘は心からの対話を楽しんだ。（92）

父のいない娘にとって、片親の母の影は決して薄くはない。多忙や別居が原因で、母親との物理的心理的距離が大きくなればなるほど、娘が思慕を募らせている事実から、両者の親密な関係性を読み取ることはそう難しくない。それは親の威厳を盾にした、旧来の親子関係とはまったく異なるものである。

この傾向はもうふたりの少女、ルッシュとハネローレの母との関係にも共通している。ルッシュは母を英語風に「ママ」Mumと呼ぶ。父が旅先で怪我したことに動揺するママに代わり、娘は率先して荷作りを行う。


「クリームでしょ、室内履きでしょ、便せんでしょ」ルッシュは数え上げ始めた。

「万年筆は入れた？　タオルも要るわね。お風呂セット、歯ブラシ、部屋着。これは旅先で読むロッテ・アルンハイムの本。予備の薄着と厚着も入れておくわ、道中、何があるかわからないから」

「もうじゅうぶんよ」

ママはこれほどの細かい気配りは自分にはできないと思った。（33-34）

両親が帰宅したのちも、母の様子がおかしいと察知したルッシュは、それとなく母とふたりだけで話す機会を窺い、相談に乗ろうとする。


「今度ばかりはあなたにもどうしようもできないわ」

ママは廊下で手短にそう言った。

「私があなたくらいの歳の頃には、そんなことぜんぜん考えたこともなかった。困ったことにお金の心配なの」

ルッシュは黙って聞いていた。いま自分が何か言ったら、ママはこの話をすぐにやめてしまうとわかっているかのようだった。ルッシュはすべてを聞きたかった。子どもにはここまで、なんて配慮は必要なかった。（62-63）

こうして母から家計の窮状を打ち明けられたルッシュは、ひとりで質屋に駆け込む。あるいは買い物に行く持ち合わせがないと嘆く母に対し、商店で付けにしてもらうことを提案する。

「いままで付けにしてもらったことなんてないんだから、一度くらい大丈夫だよ。〔中略〕ママが嫌なら私が買い物に行ってあげる。お金持ってくるの忘れました、くらい言えるよ」（120）

ルッシュは母の弱さや頼りなさを認めた上で、それを軽蔑することもなければ非難することもない。むしろ母の幼さあるいは若さを楽しんでいるかのようである。

「ママと出かける時はいつも姉妹みたいに振る舞ってあげるの」（18）

その一方で、彼女は母を冷静に分析する視点も併せ持っている。すでに述べた通り、ルッシュは作中、いたずらの度が過ぎて警察に補導される。その際、別の女生徒はすぐに母親が引き取りに来てくれたが、ルッシュの場合、そうはいかなかった。

「君のほうはお父さんが電話に出られてね。いい加減、自分の始末は自分で付けろとおっしゃっていたよ。誰も引き取りに来てくれないとなると、明日の朝までここにいてもらうしかないか」

ルッシュは歯を食いしばった。ママなら喜んで私を救ってくれるのに。だけどママはパパに反対されたなら何もできない。そのこともルッシュにはわかっていた。（97）

ルッシュの母親はワイマール共和国期を象徴する自立した「新しい女」[9]とは対照的な人物、家長である夫に恭順な古い世代を象徴する女性と見なして間違いない。そんな母親にルッシュは変化を求めない。むしろ理解すら示しながら、自らは母親とは違う道を歩む意思を隠そうとしない。彼女の日記には以下のような記述がある。

「ママを見ていると時々とても心配になる。いつも元気に振る舞っているけど、弱いところがありすぎるから。ママには助けてくれる人、ママの悩みを全部引き受けてくれる人が必要なんだ。私はまだ学校に行かなきゃいけないけど、卒業したらめちゃめちゃ儲かる仕事を考え出したい。そしたらママにはお手伝いさんを付けてあげよう。たまにはお芝居にも行かせてあげなきゃ。もちろんいつも桟敷席で、毎回新しいドレスに身を包んで」（48）

自らは「新しい女」になることを自覚しながら、古い世代への共感を忘れないのは、ハネローレもまた同様である。ハネローレは母が「若い世代の人間でもなければ、新しい考えの持ち主ではない」と認めた上で、それにもかかわらず、シュトゥットガルトでできた最初の友人、シルクのパジャマを着用し、煙草を吸ったり、ロシア人（厳密にいうとソ連人）の彼氏のいる、田舎にはいないタイプの女友達と母を引き合わせようとする。

ハネローレの母はかつてピアノ教師だった。その点で娘の音楽の才能は母親譲りと考えられる。とはいえ、同じ音楽の世界を志しながらも、娘が母よりも高度な教育を受け、母の知らない世界へ羽ばたきつつあることは、母に宛てた以下の手紙の一節から窺い知ることができる。

「ピアノの先生だったお母さんでも、声楽の勉強のことはわからないと思うわ。イタリア語の授業もあるし、リトミックや発声、理論、ソルフェージュもあって、いろんな先生が教えてくれるの」（23）

母のことは好きだけれど、母との違いに自覚的な十代の娘たちが今後、母の生き方を再生産するとは考えにくい。(10) そのことは小説の最後に婚約する、つまり新しい家庭を築こうとする年長のベルベルとハネローレがすでに実践している。その際、ふたりが目下、母とではなくおばと同居している事実を見逃してはいけない。さらには十代前半のニッケルマン、リゼロット、ルッシュの周囲にも、母とは異なる成人女性、おばさん的人物が登場する。次節では少女文学に現れるおばさんの存在意義について、少年文学におけるおじさんとの比較を交えながら考察する。

ニッケルマンにとってもっとも身近なおばさんは、同居するズーザおばさんである。語り手が彼女は母といっしょにデンマークの学校に通っていたと述べていることから、このおばは母の姉妹と考えられるが、作中、彼女の影はたいへんに薄い。学校に上がり、だんだんと行動範囲を広げていくニッケルマンを、ズーザは必要以上に心配する。

## 5　おばさん文学の（不）可能性

それからニッケルマンの「裏通り探検時代」が始まった。おばさんはそれを「うろつき回る」と言って許してくれなかった。ベランダから通りの隅々までは見渡せないからだ。だけどお母さんは、子どもは年を追うごとに自分の世界を広げていくものと思っていた。(14)

ニッケルマンにとって「おば」と名の付くもうひとりの人物、ケーテおばさんは、作中言及されるが登場はしない。アパートの管理人のミートケさんの妻も、夫ほどニッケルマンとの交流はない。担任のフランケ先生に至っては、きわめて辛辣に評されている。

クラスでニッケルマンほど先生のことが好きじゃない生徒はいなかった。ニッケルマンには他の誰とも比べものにならないくらい、すてきなお母さんがいたからだ。たしかに忙しいお母さんとはゆっくり会えないけれど、仮に先生とお母さんを比べてみたところで、フランケ先生のほうがずっと頭が悪くて器が小さいのはわかりきっていた。それに先生はしゃべりすぎる。［中略］怒らないから先生の悪いところを教えてちょうだい、なんて言うから「先生はしゃべりすぎです」とはっきり言ってやった日から、ニッケルマンは先生のお気に入りじゃ

なくなった。(44-45)

ズーザおばさん然り、フランケ先生然り、ニッケルマンの母と同年配の成人女性は、あたかも母と比較され、母の優位を強調するために登場しているかのようである。この構図が娘の視点から繰り返されるさまをここでは確認しておきたい。

ニッケルマンのズーザおばさん同様、忙しい母に代わりリゼロットの世話をしてくれるのは、同居する祖母である。しかし彼女と孫娘の距離はつねに存在する。例えば男子グループとの争いで活躍するリゼロットの写真を見せられた祖母の反応は、おじや母と異なり芳しくない。

「おお、有名人みたいだな、リゼロット。新聞に載るかもな」

マックスおじさんにそう言われるとリゼロットは顔を赤らめ、母ちゃんの様子を窺った。母ちゃんはやさしくうなずいた。だけどおばあちゃんは、嫌だよ、という様子で黙って首を横に振った。(89)

リゼロットが女子グループの結成という一大事に関し、留守がちで相談に乗ってもらえない母や無理解な祖母に代わって頼りにするのは、彼女が「赤ちゃんの頃から面倒を見てくれている」家政婦のクリストファースさんである。結団式には呼び鈴が欠かせないと考えたリゼロットは、その調達をクリストファースさんに依頼する。

食器棚の奥深くまで探し回り、台所の端々に手を伸ばし、いくつもの引き出しをひっくり返すクリストファースさんの動きを、リゼロットはドキドキしながら見守った。そしてクリストファースさんのがっちりした手の中に、古びて錆びついた呼び鈴があることにはっと気づいた。机に置いてみたら問題なく音が出た。リゼロットはうれしさのあまり片足ずつジャンプした。クリストファースさんはすぐに窓辺に行って庭を見やったけど、祖母には気づかれていなかった。(50)

図版13：『リゼロット，平和条約を締結する』より，扉絵

Grete Berges: *Liselott diktiert den Frieden. Eine Geschichte mit heiteren Zwischenfällen. Für die Jugend von heute*. Stuttgart, Berlin, Leipzig (Union Deutsche Verlagsgesellschaft) o.J. [1932], Frontispiz.

**図版13**はリゼロットのために呼び鈴を磨き上げるクリストファースさんを表しているが、作中、この場面にしか登場しないクリストファースさんは、祖母と同じく台所を持ち場とする女性である。たしかに彼女は「リゼロットを自分の子どものように思っている」が、だからといって彼女をリゼロットの母と同列に並べるのは無理がある。クリストファースさんは、家事を取り仕切る祖母との比較において、祖母よりもリゼロットに近しい人物として登場しているに過ぎない。したがって彼女がどれだけリゼロットに慕われようとも、そのことで母の地位が脅かされることはないのである。

専業主婦の母を持つルッシュには、母代わりのおばは存在しない。しかし彼女の周囲にも、母親以外の成人女性がたびたび姿を現す。第一六章「ルッシュ、とても風変わりな婦人と知り合う」に登場する婦人は、ルッシュが家庭教師の面接に訪れた先の奥様である。午後なのにガウンを羽織り、くわえ煙草で現れた彼女の応接間のブロンズ像や大理石像について、ルッシュは否定的な評価を下す。

> 実用的じゃないものはせめて感じくらいよくないと、存在する理由なんてないわ。(71)

母とはあまりに対照的なこの婦人とルッシュの面会は、母娘関係から派生して生じた母とは異なる成人女性と少女の関係を考える上で興味深いものがある。

「インゲの勉強を見てくれるんだったわね」
慌ててやって来た婦人は息を切らしながらそう言った。
「それにしてもあなた、まだまだ子どもでぜんぜんしっかりしてそうには見えないわね。うちの娘は八歳。忙しくてあの子にかまってる暇なんてないから、かなり荒れてるわよ。仕事があるから私はほとんど家にいない。その結果どうなるか、私にはわからないわ。いまの時代、私じゃなくったって誰にもわからないでしょうけど。嫌になるわよ、何もかもが。から元気でも出してやっていかなきゃ、すぐにすってんてんになってしまうからね、この時代は」
ルッシュは黙って聞いていた。「すっきり全部話させよう」博愛精神でそう考えていた。感情をぶちまけることで、婦人の気分はよくなったみたいだった。前々からそうなのだが、ルッシュにはおかしな人を見つけるのが何よりも楽しかった。(73)

ルッシュは担任の女性教師にも手厳しい。オットーおじさんにしたのと同様、女教師にも点数を付けるとすると、最低点（五点）とは言わないまでも、三点ないし四点という。

これら三作品に登場する母とは異なる成人女性、おばさん的人物を見る限り、彼女らが母よりも魅力的に映ることはあり得ないように思われる。ひとつ屋根の下で暮らす母娘の関係が強固な状態にある限り、母とは異なる成人女性は母を引き立てる脇役でしかないのかもしれない。

しかし少女がだんだんと歳を重ね、母と別居し、母の知らない自分の世界を持ち始めると、母代わりのおばと少女の関係が密になる傾向が見て取れる。以下、年長のふたりの少女、小説の最後に婚約するベルベルおよびハネロ

**図版14：ベルリンの大学で学ぶ女子学生たち（1930）**
Manfred Görtemaker und Bildarchiv Preußischer Kulturbesitz (Hrsg.): *Weimar in Berlin. Porträt einer Epoche*. Berlin (be.bra) 2002, S. 95.

ーレとおばとの関係を見てみよう。

ベルベルのおばは母より六歳年下で、夫同様ベルリンで教職に就いている。母よりも大柄だが、母が妹を「おチビちゃん」と呼ぶのに習い、ベルベルも彼女を「小さいおばさん」と呼ぶ。子のいないおばは姪を里子として預かり、ベルリンで育て直すことを姉に提案する。それまで田舎で自由に、甘やかされて育ったベルベルを、新しい環境下で生まれ変わらせようとするのである。

ベルリンでおばは、姪をカフェやデパートに連れ出すほか、信号の渡り方や二階建てバスの乗降の仕方を教える。夫とふたりでベルベルを映画館や劇場に連れて行く。それまで話し言葉だけの世界に生きていた姪に、正書法通り綴ることを指導する。そうやって啓蒙されたベルベルが、おじのドイツ文学の講義を聞きたいと言い出すと、おばは姪を大学に案内する。**図版14**は当時のベルリンの大学の講義風景を示したものだが、女子学生の多さが目につく。ベルベルは都会で暮らすおばの姿を通じて、母とは異なる「新しい女」の生き方を知ることになる。彼女が母に宛てた最初の手紙には以下のように記されている。

イレーネ［引用者注：おばの名］は「教授夫人」と呼ばれるのを嫌がるの。いまは女の人も自分で肩書きを手に入れられるんだから、パートナーの称号で呼ばれたくないんだって。［中略］これって間違ってないよね？　イレーネは本当に賢いと思うわ。おっ母の妹だもん。だけどおっ母のほうがずっとずっとかわいいよ。(32)

イレーネとベルベルの共同生活が進行すると、おばと姪の距離は一層近づいていく。

ここベルリンではたくさんの女の人が働いていることをベルベルは知った。男女が並び立ち、お互いに日々の生活に協力し合うのがどんなにいいことか、おばにすっかり教えられた。(112)

その一方で姪がおばの生き方をそのままなぞろうとしていないことは、引き続き発せられる以下のひと言から垣間見えよう。

「だけどね」ベルベルは無邪気に付け加えた。
「子どもがたくさんできたら私は家にいるつもり。自分の子どもの写真だけを撮りたいの」(112)

ところでベルベルにとってベルリンで母代わりとなる人物は、イレーネだけではない。彼女らと同居するイレーネの義母、「プロフェッサー」の母もまた、ベルベルと親密な関係を築いていく。初対面の時からベルベルに自らを「おばちゃん」Mühmchen[(11)]と呼ぶよう指示するこの人物は、ベルベルにとって祖母くらいの年齢の老婆と考えられる。しかし都会で生まれ変わりつつあるベルベルに対し、おばちゃんは折に触れて貴重な、適切な助言を与えてくれる。ベルベルが初めて帰省した折、四か月前までは当たり前だった田舎の暮らしに違和感を覚え戸惑っていると、彼女は「本当の孫のように」ベルベルを抱きしめてこう諭す。

「生きているとサイズが小さくなって合わなくなるものもあるさ。仕方ないことだよ、ベルベル。また新しいものを見つけて、それに馴染んで、そうやって忘れるってことを知るんじゃないか。なんだっていつかは過去になるものさ。なんにもおかしなことじゃないから、自分を責めたりしちゃいけないよ」

ベルベルはおばちゃんが心の奥底まで見通していることを、まったく不思議に思わなかった。母以外にここまでベルベルの気持ちをわかってくれた人は、これまでいなかった。（84）

おばちゃんの存在によってイレーネの地位は霞む。もしもおばちゃんがいなければ、イレーネは姉に代わり、ベルベルの第二の母になり得たかもしれないが、現実にはそうはいかない。

他方、おばちゃんが母に取って代わるかというと、さすがにそれは起こらない。おばちゃんという人物は、母と娘の関係を脅かしかねないおばへの緩衝材として、おばの活躍を阻止するため（だけ）に投入されたのではないか。その結果、父に代わっておじが少年の成長の模範となったおじさん文学のように、おばが少女の理想を示すおばさん文学は成立し得ないのである。

ベルベル同様、親元を離れて都会に出たハネローレもまた、おばから都会での生活様式を学ぶ。前述の通り、おじが行き過ぎた健康オタクであるため、ハネローレはむしろおばに懐く。おばは姪の音楽学校の入試に同行してくれる。ただし建物の中までは入ってくれない。

おばさんがいっしょに行ったっていいことなんてないんだから。いまの若い女の子は自立しなきゃ。（14）

おばは学校に馴染めず元気をなくしたハネローレを、デパートに連れて行き、流行りの洋服を着せ、「鏡で見ても自分だとわからないくらい」にヘアスタイルを変えさせる。この日のハネローレの日記を見てみよう。

学校でうまくいかない原因がわかった、とおばさんは言った。だいたい人は見た目で評価するから、見た目を変えちゃえばいいのよ。お前を流行りの衣装で着飾ってあげる。そしたら誰からもばかにされないわよ。（37）

おばとハネローレはおじを放置し、ふたりで映画・演劇・オペラを鑑賞する。夏の暑い盛りには市電で近くの森まで赴き、カフェで絶景とケーキを堪能する。甘いもの好きなおばに対し、おじは脳卒中の危険性を指摘するが、当然彼女は耳を貸さない。

授業でうまく歌えないハネローレを心配したおばは、「お母さんならそんなこと絶対にしないだろうけど、おじさんには内緒で」ハネローレに精神科を受診させる。この精神科医との面接がうまく行き、やがてハネローレは声楽の先生に「醜いアヒルの子の段階を克服した」と褒められる。本人いわく、それは医師のおかげだけでなく、「私を導いてくれたのはフーク、かつてイスラエルの民をあらゆる危険から遠ざけて導いたあの有名な火の柱のように[12]、フークが私の進むべき道を照らしてくれたの」(93)。

ここに忽然と現れるフークとは誰か。それはおばの自慢の息子、ハネローレにとってはとこの青年である。おじとおばにはふたりの息子がおり、それぞれが帰省してハネローレと交流するが、彼女が惹かれるのはおじのお気に入りの長男ではなく、おばのお気に入りの次男だった。二四歳のフークは近隣の少年らを国内外の自然に連れ出し、合宿体験させるグループのリーダーをしている。

いつもおもしろいことを言うおばさんは、フークはルターよりも厳格な改革者なの、と言った。ルターは生きる喜びに酒と女と歌を愛したけど、フークは歌しか認めないからね。(81)

両大戦間期ドイツでは「青年運動」と称される若者の理想主義的反抗運動が広まった。いわゆるワンダーフォーゲルはその前史あるいは初期運動に位置付けられるが、フークのグループはそれとはまったく異なるという。

直立不動の少年たちは歌う時もわめいたりしなかった。フークは全員に注意を払い、全員がフークを尊敬のまなざしで見つめていた。［中略］彼らはだらしないワンダーフォーゲルとは大違いだった。ヒンタービーディンゲン［引用者注：ハネローレの郷里の地名］にやって来た時のワンダーフォーゲルには、女の子も混じっていたくらいだったから。[13]（81）

そんなフークにハネローレは徐々に惹かれていく。ふたりだけの山歩きや、その後の文通を通じて、文明より自然を優先する彼の生き方に感銘を受ける。そして彼の同志として生きることを決意する。

ハネローレがフークと婚約することで、彼女のおばはもはやおばではなく、もうひとりの母、義母になった。シュトゥットガルトに来て以来、ハネローレはおばから都会の娯楽について多くを学んだが、最終的にそういった享楽的な文明生活を否定するパートナーを選んだため、彼女が今後、おばの生き方をなぞるとは考えにくい。やはりここでもおばが姪の人生に決定的な影響を与えることはなく、おばさん文学の誕生はまたもや阻まれるのである。

これからはシンプルに自然を楽しもう、複雑に入り組んだり腐りかけたりしている文明を楽しむのはやめようと思った。

そう誓ったあとに食べたジャガイモは煙の味がしたけど本当に美味しかった。おばさんがこっそりリュックに忍ばせてくれたチョコレートは食べなかった。文明の味が強すぎる気がしたからだ。（90–91）

ここまで、少女と家族、具体的には両親およびおじ・おばとの関係について考察してきた。その結果、少年にとってのおじとは異なり、おばが少女の成長・変容に決定的な役割を果たすことはないということが確認できた。そのことは必ずしも母と娘の親密な関係を保証するわけではない。娘は仕事が忙しく、あまりかまってくれない母の愛情に飢えていることもあれば、母を自分とは異なる旧世代の女と冷静に見なすこともあった。

不在の父を含め、いまある家族に満たされていない少女は、今後どういった道に進もうとするのか。少女は家族を捨ててひとり別世界に旅立ってしまうのか。次節では本章のまとめとして、少女と家族のさらなる関係、新たな関係性が構築される可能性について言及したい。

## 6　対等な男女関係の模索

ハネローレが婚約したフークは、人間が文明に毒される以前の、神に護られた状態の自然人を理想と見なす青年運動に従事している。ナチスの支持者なのかというハネローレの〔鋭い〕質問に対し、フークはこう答える。

フークは自分はどんな党派にも属していないと答えた。一年間ラップランドで暮らし、トナカイを捕まえたり、現地の人たちと寝食をともにするなかで、ただのひとりの人間でいること、他の人のこともそうやって見ることに馴染んだらしい。属する宗教とか党派とか国籍を問うのではなく、その人自身が正しいか、立派か、信頼できるか、まずは人間性を問うてみるのだという。（110）

そんなフークの考えに共鳴したハネローレの婚約は、一般的な恋愛結婚ではなく、思想信条を共有する同志婚とでも呼ぶことができるだろう。

ベルベルとおじの教え子、若い大学講師のデーリングとの婚約もまた、新しい男女関係のあり方を予感させる。当初はデーリングに子ども扱いされていたベルベルも、大学構内で「打倒デーリング」を訴える学生グループを見つけると、身体を張って彼を守ろうとする。年の差、収入の少なさゆえ、プロポーズの言葉をためらうデーリングに対しベルベルは、「私がカメラマンになって稼ぐから」「論文の原稿は私がタイプしてあげるから」と先走って申し出る。「ベルベルといると何もしゃべらせてもらえない」と嘆くデーリングに、彼女は次のように反論する。

「そんなにしゃべりたければ大学で好きなだけしゃべればいいじゃない。あなたのお好きなドロステ〔引用者

注：デーリングが研究対象とするドイツ・ロマン派の女流作家。アネッテ・フォン・ドロステ＝ヒュルスホフ（一七九七―一八四八）」と結婚したら、奥様はずっと黙っていてくれたのにね」

「ドロステはもうとっくに死んでるよ。僕は生まれるのが遅すぎたんだ。こうなったら田舎者で男勝りな君で我慢するか」（130）

結婚したら執筆に励むという未来の夫にベルベルは、いまから「妻バルバラへ」との献辞を要求する。婚約時からすでにかかあ天下を予感させるベルベルとデーリングの関係は、同様に大学教員の夫を持ちながら、事あるごとに夫の機嫌を伺いがちなイレーネと「プロフェッサー」の関係とは大きく異なるのである。

婚約するにはまだ若すぎるもう三人の少女たちの言動からも、新しい男女関係を模索する姿を読み取ることができる。突然の母の出立にさびしがる妹に対し、ルッシュは「結婚」という語を用いて奇妙な説得を試みる。

「パパが急にママに会いたくなったっていうんだから、行ってあげなきゃ仕方ないでしょう。結婚するとそんなもんよ」［中略］

「あんただって将来、結婚相手にいますぐ会いたいって言われたらすぐに飛んで行くわよ」（35）

両親の留守中、母から家事を任されたルッシュは、妹を以下のように誘導して皿洗いを手伝わせる。ここでもキーワードは「結婚」である。

「皿洗い」さしあたりこいつがルッシュの難問だった。

「シュパッツもおとなしく手伝ってくれるわ」ママは無邪気なそんなことを言っていたけど、［中略］何か別の手を打たなきゃ。

「まずはそのドレスを脱ごうか」

ルッシュはシュパッツに巧みに言って聞かせた。

「その代わりパパの帽子をかぶってごらん。私と幸せな夫婦ごっこをやろう。シュパッツは旦那さん役をお願い。幸せなカップルなんだけど、お金がないから自分たちで家事を全部やらなきゃいけないんだ。本当はすごく能力があるんだけど、まだあまり仕事がなくって、だからこれからどんどん頑張る男の人がシュパッツね。すごく性格がよくって、アメリカにいる新しいタイプっていうのかな、奥さんの仕事なら皿洗いだって何だって手伝ってくれるんだ」

この設定にはシュパッツも逆らえなかった。パパのくたびれた帽子と琥珀のパイプに身を包むと、喜んで皿洗いを始めた。（41-42）

骨折してふさぎがちなパパと何もかも娘に頼りがちなママを尻目に、ルッシュは両親とは違う男女（夫婦）関係を夢見ていることが伺える。以前は「パパ以外の誰とも結婚しない」と口にしていたルッシュのいまの理想の男性は「アメリカにいる新しいタイプ」、女性と家事を共有するパートナーであるように思われる。

男子だけのグループに対抗し、女子だけのグループを率いるリゼロットも男嫌いなわけではない。とりわけ少年グループのリーダー、ペーターとの関係は注目に値する。ペーターは当初からリゼロットを評価していた。


グループのリーダーたるもの、女にかかずらってはいられない。父さんならきっとそんなことしないはずだ。だけどリゼロットは違うんだ。そのことは誰もが認めるだろう。あいつはいつもがむしゃらで、こっちがちょっと強く出たところで、他の女みたいに絶対に泣いたりしない。（24）

その後、男女間のグループの抗争が原因でペーターとリゼロットは仲違いする。するとペーターは「僕たちの友情を終わりにしたくない」と詫び状をしたためるが、リゼロットは「とても上機嫌でその手紙を枕の下に押し込んで」眠りにつく。ペーターからグループの存亡をかけた決闘を申し込まれた際も、リゼロットはすぐには彼の手を握り返そうとせず、「ひとつだけ条件があるんだけど」とタフ・ネゴシエーターぶりを発揮する。はたしてその戦いが少女グループの勝利に終わると、ふたりの関係は完全にリゼロット主導で展開されることになる。

リゼロットは通りを横切ってペーターのところに行き、片手を差し出した。満面の笑みを浮かべた彼女には、男子と敵対する気などまったくなかった。ペーターはためらいがちに手を握り返した。リゼロットはうれしそうに「また友達同士だからね、ペーター。明日の午後、いつものハインシュトラーセとヘーゲシュトラーセの角で会おうよ。平和条約を結ぶから」(83)

ここでも男女が同等に意見を述べ合える関係、場合によっては女が主導権を握る関係の芽生えを見て取ることができよう。

本章で扱った最年少の少女、一〇歳のニッケルマンの男関係を探るのは難しい[14]。親友マリアンネの兄弟シュテファンから『トム・ソーヤ』を借りているが、それ以上の展開は見られない。そんな中、小説の終盤に急きょ、ニッケルマンの住むアパートに一四歳の少年が転がり込む事件は目を引く。

カリ・ムルクスと名乗るこの少年とニッケルマンの共通点は少ない。強いて挙げれば父が従軍したことくらいか。ただし少年の父は生還している。もっとも片腕をなくしての帰還なので、戦後の苦労はいうまでもない。少年には両親も弟妹もいる。しかし父の年金と母の稼ぎでは食うに事欠き、少年は非行に走る。そして福祉施設に入れられる。施設での虐待に耐えられず脱走した少年は、ニッケルマンらの住むアパートに侵入する。そこでニッケルマンの母に保護され、彼女の尽力によってアパートの管理人のミートケ夫妻のもとに住むようになる。

博士の学位を有する母と女子ギムナジウムに通うニッケルマンにとって、これまでカリのような生い立ちの少年と出会うことはなかったはずである。にもかかわらず、敢えて小説の最後に、フルネームまで与えられて登場するこの少年はどういった役割を担っているのか。「共和国では禁止されている」児童虐待を告発するためにしてはあまりに唐突でないか。

本章で考察の対象とした少女たちが、それぞれ対等な、新しい男女関係の構築を模索していたことを考え合わせると、ニッケルマンとカリが今後どういった関係を発展させるのか、筆者には興味深い。それに関連し、カリの入居を誰よりも楽しみにしているのは意外にも管理人のミートケ夫人であるという。

　ミートケ夫人は大急ぎでえんどう豆のスープを火にかけた。カリは七時に来ることになっているが、もう六時を回っていた。あっという間に時間は過ぎて行った。何十年ぶりにミートケ夫人の鼻歌が聞こえてきた。ちゃんと歌えていなかったが、それは仕方のないことだった。夫人はこれまでめったに歌なんて歌わなかったのだから。（131）

すでに述べた通り、ニッケルマンは実のおじよりもミートケさんを父代わりとして慕っていた。その彼のもとにカリが住むことになった。すると夫人は突然、母性に目覚めた。この変化をどう解釈すればよいのか。筆者はここにミートケ夫人がカリの新しい母親になる可能性を見出した。そしてこれから先、ハネローレがおばのお気に入りの息子の思想に共鳴して婚約したように、あるいはベルベルがおじの教え子に半ば迫る形でプロポーズしたように、ニッケルマンとミートケ夫妻の「息子」カリとのあいだにも、新しい男女の関係が築かれるのではないかと夢想した。もっともその前にふたりが――リゼロットが少年グループのリーダーと交わしたような――男女の友情を結ぶ可能性も大いに考えられるだろう。[15] 必ずしも女性を連想させない中性的な名前のニッケルマンが、[16] カリと共同で家事（皿洗い）を行う姿も期待したくなる。ルッシュの夢見た「アメリカにいる新しいタイプ」の男に成長したかもしれない少年カリが登場する『ニッケルマンのベルリン体験』は、ナチスが政権を掌握すると発禁処分を受けた。[17] その事実を知ってなお、いや、知っているからこそ、ニッケルマンとカリの将来について、筆者の想像力は刺激され

るのである。(18)

## 7　早すぎた新しい家族

ワイマール共和国期末期に書かれた少年文学の主人公が、海の向こうへ旅するおじさんに憧れたのに対し、同時代の少女文学の主人公は、おじさんに憧れることもなければ、同性のおばさんを理想とすることもなかった。その代わり、彼女らは夫と対等な関係を築けなかった母の姿を目の当たりにしながら、自らはパートナーと対等な、あるいはパートナーより優位な男女関係を目指そうとした。これを少女たちの視野の狭さ、眼前の卑俗な男女関係しか見ようとしない底の浅さと片付けることはたやすいだろう。しかし筆者はここに両大戦間期ドイツ児童文学の新しさ、同時代性を反映したアクチュアリティを見出すことができると考える。

一般にドイツ児童文学に家長である父の権威が弱まった家族が登場するようになったのは、一九七〇年代以降といわれている。しかし父権の失墜は第一次世界大戦に敗れ、帝国の崩壊を目の当たりにしたドイツ語圏において、すでに見られた現象である。したがってその後の一九二〇年代終わりから三〇年代初頭に書かれた児童文学に、この現象を反映した新しい家族が描かれていても何らおかしな話ではない。少年が父ではなくおじの背中越しに遠い世界に目を向けるようになったのが新しい流れのひとつだとすれば、少女が母やおばの姿を通じて対等な男女関係を夢見るようになったのもまた、父なき世代の子どもが選んだ新しい生き方といえるのではないだろうか。もっとも、数十年先を見通していたはずの彼女たちのまなざしは、わずか数年後、ナチスの台頭によって曇らされてしまう。一九三〇年代後半の少女たちが生きた世界については、章を改めて論じたい。

## 注

（1）『ニッケルマンのベルリン体験』のみ、二〇二〇年八月に再版されている。Tami Oelfken: *Nickelmann erlebt Berlin. Ein Großstadt-Roman für Kinder und deren Freunde.* Mit Fotomontagen von Fe Spemann. Herausgeben und mit einem Nachwort von Gina Weinkauff. Berlin u. Leipzig（Hentrich & Hentrich）2020.

（2）Tami Oelfken: *Nickelmann erlebt Berlin. Ein Großstadt-Roman für Kinder und deren Freunde.* Potsdam（Müller & Kiepenheuer）1931, S. 10f. これ以降の同作品からの引用は同書に拠り、本文中に括弧でページ番号のみアラビア数字で記す。

（3）Lotte Arnheim: *Lusch wird eine Persönlichkeit. Ein lustig-nachdenkliches Mädelbuch.* Stuttgart（D. Gundert）1932, S. 62. これ以降の同作品からの引用は同書に拠り、本文中に括弧でページ番号のみアラビア数字で記す。

（4）Grete Berges: *Liselott diktiert den Frieden. Eine Geschichte mit heiteren Zwischenfällen. Für die Jugend von heute.* Stuttgart, Berlin, Leipzig（Union Deutsche Verlagsgesellschaft）o.J. [1932], S. 39. これ以降の同作品からの引用は同書に拠り、本文中に括弧でページ番号のみアラビア数字で記す。

（5）Else Hinzelmann: *Bärbel kommt in die Stadt. Heitere Großstadt-Erlebnisse.* Stuttgart, Berlin, Leipzig（Union Deutsche Verlagsgesellschaft）o.J. [1932], S. 128. これ以降の同作品からの引用は同書に拠り、本文中に括弧でページ番号のみアラビア数字で記す。

（6）C[lara] Hohrath: *Hannelore erlebt die Großstadt. Eine vorzügliche Geschichte von den heutigen Schwaben.* Stuttgart（Thienemann）o.J. [1932], S. 21. これ以降の同作品からの引用は同書に拠り、本文中に括弧でページ番号のみアラビア数字で記す。

（7）一二月六日に聖ニコラウスの従者として現れ、悪い子に罰を与える伝承上の存在。

（8）ベルベルには三人の兄がいるが、すでにみんな家を出ており、彼女がベルリンに出るまで、実質ひとり娘として母と暮らしている。

（9）両大戦間期ドイツの「新しい女」については、田丸理砂・香川檀（編）『ベルリンのモダンガール――一九二〇年代を駆け抜けた女たち』三修社、二〇〇四年、田丸理砂『髪を切ってベルリンを駆ける！　ワイマール共和国のモダンガール』フェリス女学院大学、二〇一〇年、田丸理砂『「女の子」という運動——ワイマール共和国末期のモダンガール』春風社、二〇一五年参照。

（10）一九二〇年代から三〇年代にかけてのドイツ少女文学における弱い母と自立した娘については、以下の文献を参照。Carmen Wulf: *Mädchenliteratur und weibliche Sozialisation. Erzählungen und Romane für Mädchen und junge Frauen von 1918 bis zum Ende der 50er Jahre. Eine motigeschichtliche Untersuchung.* Frankfurt am Main（Lang）1996, S. 121-165. ただしヴルフは本章で考察の対象とした五作品を扱っていない。

（11）「おば」を意味するMuhmeという語に、縮小語尾-chenが付いた形。

（12）出エジプト記一三章二一—二二節参照。

（13）当時のワンダーフォーゲルにおける女子排除の問題については、田村栄子『若き教養市民層とナチズム——ドイツ青年・学生運動の思想の社会史』名古屋大学出版会、一九九六年より、とくに第六章参照。

（14）斎藤美奈子は少女文学（少女小説）の特徴のひとつとして、恋愛よりも友情の重視を挙げている。斎藤美奈子「「少女小説」の使用法」、文藝春秋『文學界』二〇〇一年六月号、二四六—二七四頁、斎藤美奈子「現代文学における「少女小説」のミーム」、菅聡子（編）『〈少女小説〉ワンダーランド　明治から平成まで』明治書院、二〇〇八年、六六—七四頁および斎藤美奈子『挑発する少女小説』河出書房新社、二〇二一年参照。それに従えば、マリアンネとの友情に厚いニッケルマンに恋愛的要素を探るのはかなりの無理があるだろう。

（15）斎藤美奈子によると、少女文学（少女小説）に登場する少年と主人公のあいだに結ばれるのは恋愛関係ではなく、友情関係である。斎藤（前掲書、二〇〇一、二〇〇八および二〇二一）参照。それに従えば、物語の最後に婚約するベルベルやハネローレは、もはや少女文学（少女小説）を卒業した存在といえるだろう。

（16）そもそもニッケルマンは主人公の本名ではなく、この小説が「ニッケルマンは女の子である」という但し書きのような一文から始まっている事実をここでは指摘しておきたい。なお、ハウプトマンの童話劇『沈鐘』（一八九六）に登場するニッケルマン（水の精）は男性である。Vgl. Birte Tost: Nesthäkchens freche Schwestern. Das ‚neue Mädchen' in kinderliterarischen Texten von Autorinnen der Weimarer Republik. In: Walter Fähnders u. Helga Karrenbrock (Hrsg.): *Autorinnen der Weimarer Republik.* Bielefeld（Aisthesis）2003, S. 239-255, hier S. 243f. und auch Birte Tost: *Moderne und Modernisierung in der Kinder-*

*und Jugend-literatur der Weimarer Republik. Frankfurt* am Main（Lang）2005, S. 276.

（17）Vgl. Tost（2005）: a.a.O., S. 75.

（18）戦後、エルフケンは友人宛ての手紙の中で、この小説の続編計画について記している。Vgl. Weinkauff: a.a.O., S. 118f. しかし草稿が失われているため、ニッケルマンがどういった男女関係を築き得たのかは不明である。

# 第Ⅱ部　聖家族から遠く離れて

# 第6章

## 季節はずれのクリスマス
## ――一九三三年ドイツのふたつのクリスマス児童文学

エーリヒ・ケストナー（一八九九―一九七四）の『飛ぶ教室』（一九三三）は、ドイツ語圏のみならず、世界文学を見渡しても、二〇世紀を代表するクリスマス児童文学のひとつに数えられるだろう。家族でクリスマスを祝う風習は、ドイツ語圏では一九世紀を通して近代市民家族の展開とともに普及した。しかし、おもに寄宿学校が舞台の『飛ぶ教室』に描かれるクリスマスは、必ずしも家族のそれではない。

『飛ぶ教室』が発表されたのと同年の一九三三年、ドイツではもうひとつのクリスマス児童文学が出版された。フリードリヒ・シュナック（一八八八―一九七七）の『おもちゃ屋のクリック』である。この作品で描かれるクリスマスは、都市ドレスデンに暮らす少年少女のそれである。しかし彼らもまた、父子家庭の子であったり、孤児であったり、両親と子から成る近代市民家族の一員ではない。

本章ではこれら二作品をもとに、一九世紀型市民家族の象徴であったクリスマス（文学）の変容について考察する。一九三三年とは、ナチスが政権を掌握した年である。ことさらそのことにこだわるつもりはないが、すでにヒトラーが登場していた時代のドイツ児童文学は、近代市民家族の祝祭であったはずのクリスマスをどう描いたのか。一九世紀のそれとは異なる一九三三年ドイツのクリスマス児童文学の特徴の抽出に努めたい。

# 1　近代市民家族と一九世紀ドイツ語圏のクリスマス文学

## （1）　近代市民家族とドイツ児童文学の誕生

中世から近世初期にかけての全き家あるいは大所帯家族では、血縁や親族ではない奉公人もまた、家族の主たる構成員に含まれていた。なぜなら当時の家族は、生産の場として機能していたからである。その後、行政機構の拡大によって官吏の需要が増すと、教養市民層の家長は家の外に仕事を持つようになる。あるいは工業化によって経済ブルジョワジーが力をつけてくると、彼らも家の外でより大きな経済活動を行うようになる。こうして家庭は生産の場としての社会的機能を失い、もっぱら私的な生活空間、あるいは消費の場に縮小されていった。その結果誕生したのが、両親と子から成る血縁集団、すなわち近代市民家族である。

近代市民家族の配偶者の選択では、親の意向に沿って家柄や実用性を重視することよりも、当事者間の恋愛が理想視された。やがて夫婦間の愛情は子どもにも向けられるようになる。イデオロギーとしての母性愛が提唱され始めたのも、一八世紀末から一九世紀にかけてのことである。子どもの教育（人格形成）に関し、啓蒙主義の思想では情緒的な母より理性的な父のほうがふさわしいと考えられていたが、この考えも時代とともに変化していく。

父親が教育担当者となったのは、父親の権威を実現するためでもあった。当時の教育理念は、教育者と生徒のあいだに一定の距離が必要だと考えていたので、愛されるとともに畏れられる存在だった父親が教育者に適していたのである。［中略］

だが、学校教育が発達し、職場が家庭外へ移るにつれて、「公的な空間」と「私的な家庭領域」とのあいだに引かれる境界線は鮮明さをまし、それとともに子ども期の自叙伝のなかで父親の姿は遠い存在になっていく。

**図版15：近代市民家族のクリスマス**
Ingeborg Weber-Kellermann: *Die deutsche Familie. Versuch einer Sozialgeschichte*. Frankfurt am Main (Suhrkamp) 1974, S. 241.

かわりに母親が、育児だけではなく、子どもの教育の担い手としても浮上してくるのである。[1]

親子から成る小家族の情緒的な結びつきを確認する風習あるいは制度として、クリスマスの果たした役割は小さくない。ドイツの家族史についての記念碑的著作『ドイツの家族』（一九七四）を著したヴェーバー＝ケラーマンは、最終章（第六章）の補論「ドイツ市民家族とクリスマスにおける彼らの行動様式」において、そのことを明確に指摘している。

> 小家族圏の閉ざされた扉の向こう側でクリスマスツリーに明かりをともすこと、これは、一九世紀のブルジョワ的家族生活の特徴である親密さの要求と外的なものの拒否に、ぴったり合っていた。このセレモニーの中心にあるのは、ほとんど典礼といった感じのする優雅な祭りのプログラムである。これは今日でも多くの家庭で通用している。つまり、親たちがたくさんの伝統的な小道具（緑の枝と明かり、合唱と合同の遊戯、贈り物、一緒に飲み食いすること）を活用し、長時間準備して、家族的な内的調和の夕べを作りあげる。それによって

すべての葛藤を和らげ、ひとときだけでも聖なる世界のユートピアを魔法で呼び出そうとしたのだろうか。

こうして、クリスマスツリーのしたで祝う市民家族の聖夜は、さまざまな行動規範を神聖化し、促進し、あるいはまたタブー化することによって、家父長的家族理想の安定に奉仕する制度となった(2)。

両親を中心にクリスマスツリーのもとに集う家族の様子は、図版15に描かれた通りである。

ヴェーバー＝ケラーマンが社会史の研究を通して確認した事実は、一九世紀のドイツ児童文学とクリスマスの関連を追うことでも跡付けられる。そもそもドイツ児童文学の始まりは近代市民家族の成立と軌を一にする(3)。子どもの教育への関心が高まり、子ども向けの書籍や雑誌の需要を見込んだ作家や出版者にとって、「クリスマスツリーとプレゼントを伴う家族のお祝いとしてのクリスマス(4)」は格好の主題だった。ここで思い出されるのは、いわゆる『グリム童話』の初版が一八一二年のクリスマス直前に出版された事実である。その後の一九世紀児童文学の多くがクリスマスプレゼントとして売買されたことも忘れてはならない(5)。

### （2）一九世紀ドイツ語圏のクリスマス文学の変遷

一九世紀のドイツ文学に描かれた家族をめぐるクリスマスの変遷は、ホフマン『くるみ割り人形とネズミの王様』（一八一六）からシュティフター『水晶』（一八五三）を経て、ザッパー『プフェフリング家』（一九〇七）に至る流れを追うことで、おおよそ概観することができるだろう。

『くるみ割り人形』の冒頭に描かれるクリスマスイブは、上流家庭のそれである。

医学参事官シュタールバウム家の子どもたちにとって、一二月二四日は一日中、居間に入ってはいけない日だった。そのとなりの豪華な部屋なんてもってのほかだった。フリッツとマリーは、奥の小部屋の隅っこにうずくまっていた。すっかり日も暮れてしまっていた(6)。

クリスマスイブの午後、フリッツとマリーの兄妹を含む三人の子を居間から閉め出した両親は、クリスマスツリーの飾り付けに従事する。クリスマスツリーを飾る風習は、一七世紀から一八世紀にかけてプロテスタント系の諸都市で広まったのち、一九世紀を通してドイツ語圏全土に普及した[7]。その際、くるみ割り人形で名高いエルツ山地の木工品やガラス玉などが、ツリー飾りとして人気を博すようになる[8]。また、ツリーにリンゴやお菓子を飾るだけでなく、ろうそくを灯す習慣は、貴族や富裕層などの上流階級に由来するといわれている[9]。シュタールバウム家もそのひとつに属するのだろう。飾り付けを終えた両親は、ようやく子どもたちを居間に招き入れる。

> その時、リンリン、リンリン、と明るい音が響いた。両方のドアがぱっと開くと、部屋全体から光があふれ出た。
>
> 「うわぁ！　すごい！」と叫んだ子どもたちは、敷居に立って見とれた。パパとママが入ってくると、子どもたちの手をつかんで言った。
>
> 「さあ、入って、入って。イエスさまが何をくれたか、見てごらん」［中略］
>
> 部屋の真ん中の大きなモミの木には、金や銀のリンゴがたくさん飾られていた。砂糖をふりかけたアーモンドやカラフルなキャンディー、他にもいろいろなお菓子が、つぼみや花のように枝から出ていた。暗い小枝の中からは、無数の小さな明かりが星のように輝いている。それがこの魔法の木で一番きれいなものだった。モミの木は、光を吸い込んだり吐き出したりしながら、親しげに子どもたちに枝の花や実を取るよう、誘っていた。
>
> (8-9)

クリスマスツリー同様、北ドイツ、プロイセンの人であるホフマンにとっては自明のことだったと思われるが、クリスマスイブに「イエスさま」からプレゼントが贈られるという教えもまた、プロテスタント地域に発祥したのち、一九世紀を通してカトリックの南ドイツ・オーストリアまで広まった。それ以前は一二月六日の聖ニコラウスの日に、子は聖人からプレゼントを受け取るのが常だった（ただしカトリック地域では聖ニコラウスも存続した）[10]。

筆者が「イエスさま」と訳した語の原語は der Heilige Christ、直訳すると「聖なるキリスト」である。ホフマンの『くるみ割り人形』では der（liebe）Heilige Christ と記されていたプレゼントの贈り主は、シュティフターの『水晶』では das heilige Christkindlein、すなわち Christ のあと、「子ども」を意味する中性名詞 Kind に縮小語尾 -lein が付されて記されるようになる。もっとも、子どもが子どもに贈り物をするのではなく、クリストキントラインあるいはクリストキンドル Christkindl には、別のイメージが重ねられた。

最初は幼子イエスのイメージだったクリストキンドルだが、時が経つにつれ、天使のような姿に変わっていった。白い衣装にヴェールや宝冠を身に着け、金の翼がある。杖を持っていることも多い。家に入るときは煙突ではなく窓からで、プレゼントを持ってくると、ベルを鳴らす[11]。

『水晶』の舞台はオーストリアの山間部、そして初出時（一八四五）のタイトルが「聖夜」であったように、物語はクリスマスイブに展開される。一九世紀初頭に北方のホフマンの描いたクリスマスの風習が、世紀の半ばには南方のカトリック圏にまで普及していた事実は、小説冒頭の以下の描写から読み取れる。

子どもたちに贈り物をする習わしの贈り物は、聖なる幼児キリストが子どもたちを喜ばせるために持って来たものだった。この習わしは普通、クリスマスイブの夕暮れが深まった頃に行われた。たいていの場合、その時にはたくさんの明かりが灯された。明かりは小さなろうそくの火であることが多かった。部屋の真ん中にモミやトウヒの木が立てられ、その美しい緑の枝の上で、ろうそくの火は揺らめいていた。子どもらは、聖なるキリストがやって来て、プレゼントを置いていってくれたと合図されるまで、部屋に入ってはいけなかった。やがて扉が開けられ、子どもたちの入室が許可される。するとみごとにきらめくろうそくの光の中、いろいろなものがクリスマスツリーにぶら下がっていたり、テーブルの上にぐるりと並べられているのを目にするのだった[12]。

この小説に登場する家族は、村の靴屋の職人とその妻、そして幼い兄妹である。女中や下男の影は薄い。クリスマスイブの日、ふたりだけで谷の向こうの母方の祖父母を訪れた兄妹は、帰り道で遭難する。一夜を山で過ごすふたりに教会のミサの鐘の音は聞こえない。その代わり、氷の割ける音を耳にしたのち、彼らは不思議な体験をする。すなわち見上げる星空に「ひとつのおぼろげな光が花咲くように現れて広がり」、「ゆるやかな弧を描いた」。そしてその光の弧は次第に明るさを増し、「緑色に輝きながら、静かに、しかし力強く星々のあいだを流れ」、「弧の一番高いところには王冠の波状の飾りのような、さまざまに輝く光の束が現れ燃えた」。さらにその光の束が「静かに火花を散らせ、かすかに瞬きながら、夜空を貫いて進んで」行くのを、兄妹は目撃するのである（244）。

夜が明けると兄妹は救出される。そして一日遅れのプレゼントを受け取る。その直前、母の腕の中、下の娘は「昨日の夜、山の上で座っていた時、幼子イエスさまを見たの」（254）と告白する。

少女の見た「幼子イエスさま」は、天空に現れて弧を描いた光の束と考えて問題ないだろう。この光を見たのち、夜が明けると兄妹の命は救われ、家族とふたりの救出に携わった共同体の結束は強められる。シュティフターは後年に発表したエッセイ「クリスマス」（一八六六）でも、幼子キリストが輝く小型の馬車に乗り、夜空をすばやく駆ける姿を、光ないしは輝きとして描写している[13]。

それから約半世紀を経て発表されたザッパー『プフェフリング家』のクリスマス描写には、こういった神秘性は見られない。表題主人公である一家の構成員は、音楽学校教師の父と専業主婦の母、四男三女の子どもたち、さらに住み込みのお手伝いの計一〇名である。シュタールバウム家のような上流階級でもなく、山村の職人一家でもなく、都市に暮らす中流の教養市民層が主人公に設定されている点に留意したい。小家族とは言い難いほどの子だくさんであることはさておき、この家族が一九世紀型市民家族の生き残りであることを示す証左として、昔ながらのクリスマスツリーへのこだわりが挙げられる。

よその家には、雪とつららでもっと美しく飾られたモミの木もあった。〔中略〕プフェフリング家のクリスマスツリーはそうではなかった。三〇年前にプフェフリングのおじいさんやヴェーデキント〔引用者注：母の旧姓〕のおばあさんが飾ってくれたものとほとんど同じだった。クリスマスツリーは子どもの頃の幸せな思い出と結びついているので、両親ともそれを変える気はなかった。(14)

それでも時は二〇世紀に入り、クリスマスに対する人々の思いの変化は随所に垣間見られる。一家の子どもで学齢に達していないのは末っ子だけ、上の三人はギムナジウムに通うほど大きいため、彼らが幼子キリストについて話題にすることはほとんどない。プフェフリング夫人の「よその人がクリスマスの喜びを家の中まで運んでくることはできません。それができるのは母親だけなんです」(73) という発言からは、本人にその意図がないにせよ、クリスマスから宗教性を除去し、家族のお祝いとして再定義しようとする態度が見て取ることができる。こうして迎えたクリスマスイブは以下のように描写される。伝統を重視する一家の子どもらがクリスマスツリーを取り囲む様子は、ホフマンやシュティフターの場合とそう大差ない。

まもなくするとクリスマスツリーに明かりが灯され、大きなろうそくの発する銀色の光がテーブルを照らした。人形の部屋と台所には小さな明かりが灯される。合図の鐘とともに扉が開いた！　子どもたち全員が部屋に飛び込んできた。そのうしろにはヴァルブルク〔引用者注：住み込みのお手伝い〕もいる。まずはクリスマスツリーに歓声を上げた子どもたちは、ずっとツリーに見とれていた。厳かな気分に満ち足りて、うれしそうに顔が輝いている。それからプレゼントに目を向けた。(75–76)

図版16に描かれるのはプレゼントを喜ぶ子どもたちの様子であるが、『プフェフリング家』では、クリスマスツリーのもと、子から親へもプレゼントが贈られている。それらは自作の詩や絵であったり、演説や歌の披露であったり、「火起こしになるもの」(34)を集めた袋であったりする。このような親子間のプレゼントの交換を通してやり取りされるのは、近代市民家族の情緒的な結びつき以外の何物でもない。彼らは一九世紀に「作られた」クリスマスの伝統を守りながら、図らずもその世俗化・脱宗教化にも貢献しているのである。

オットーの演説に続き、子どもたちは次々と両親を驚かせるプレゼントを披露した。［中略］両親はどのプレゼントにも大喜びしたから大成功だった。ふたりは七人の子どもたちを自慢に思った。(77)

図版16：『プフェフリング家』より，挿絵
Agnes Sapper: *Die Familie Pfäffling. Eine deutsche Wintergeschichte. Neuausgabe mit Federzeichnungen von Martha Welsch*. Stuttgart (Gundert) 1940, S. 135.

ここまで、一九世紀ドイツ語圏のクリスマス文学の展開を概観していえることは、ろうそくの灯されたクリスマスツリーのもとで子どもにプレゼントを贈る風習が、北のプロテスタント地域から南のカトリック地域へと伝播し、あらゆる社会階層にまで普及した事実である。もっとも、その過程でプレゼントの贈り主である幼子キリストは姿を消し、親子間のプレゼント交換へと変化している。

次節以降では、近代化のテンポのより速まった二〇世紀、第一次世界大戦の敗戦と帝国の崩壊を経て、「黄金の二〇年代」と世界恐慌を体験したのちの一九三三年に発表されたふたつのクリスマス児童文学について考察する。具体的には、『飛ぶ教室』を手がかりにプレゼント交換の多様化と幼子キリストの復活について、『おもちゃ屋のクリック』からは、幼子キリストに代わる贈り主の登場と家庭の外のクリスマスツリーの役割について、詳細に検討したい。

## 2　ケストナー『飛ぶ教室』

親元を離れ、南ドイツのギムナジウムの寄宿学校に暮らす一三、四歳の少年たちの友情を、クリスマスを背景に描くこの小説のあらすじは、改めて紹介するまでもないだろう。クリスマス休暇の直前、誰もが期待することは同じはずである。したがって語り手は以下の描写の主語に、不特定多数を表す不定代名詞 man を用いている。

一年でもっとも美しい夜、クリスマスイブまであと数日という日の晩だった。家々のどの窓を見上げても、もうすぐこれらの窓から、クリスマスツリーのろうそくの明かりが暗い通りを照らし出すのだろう、と思わずにはいられなかった。その頃には両親といっしょに、わが家のクリスマスツリーのもとにいるはずだ。[15]

にもかかわらず、クリスマスイブに帰省できない少年が生じてしまう矛盾や不条理を告発した文学として、筆者は『飛ぶ教室』を読んでみたい。そのことを論証すべく、まずはこの小説に描かれた、さまざまなクリスマスプレゼントについて見てみよう。

### （1）　クリスマスプレゼントの脱ロマン化

ギムナジウムの授業が一二月二三日に終わると、クリスマスイブには多くの生徒が列車に乗って帰省する。鉄道網の普及によって実現したこの現象は、一九世紀後半から二〇世紀にかけて、工業化されたヨーロッパ各地で見られたものと思われる。

クリスマスが仲間との集いと家族の再会の時として発展した主因は、一九世紀に安価な鉄道旅行が普及したことである。それ以前の冬の貧弱な道路事情のもとでは、旅行はめったに行なわれず、費用がかかり、短いクリスマス休暇を過ごすにはあまりに時間がかかった。しかし鉄道時代の到来後、イギリスの貧しい人々は休暇旅行を楽しみに待つことができるようになった。［中略］また、鉄道網のおかげで、何千人もの寄宿学校生がクリスマスに帰省できるようになった。(16)

『飛ぶ教室』の生徒たち、とりわけ最上級生は、故郷で両親とプレゼントを交換する前に、駅で女子校生とクリスマスプレゼントの交換を行っている。

九年生はダンスの授業のパートナーの女の子たちとホームを散歩しながら、世慣れた大人みたいにおしゃべりしていた。お互いに花束やレープクーヘンを贈り合っている。美青年ぶったテーオドールは、［中略］本物と見まがうようなシガレットケースをもらい、他の九年生たちに自慢げに見せびらかした。（142）

寄宿学校での共同生活を疑似家族と見なす『飛ぶ教室』では、信頼する舎監の教師と生徒のあいだでもプレゼントが交換される。生徒らは舎監のベク先生に、先生の旧友「禁煙さん」との再会をプレゼントする。他方、先生は満足な仕送りが受けられず帰省できないマルティンに対し、旅費すなわち現金を手渡す。

「旅費は私からのクリスマスプレゼントだ。返すことはない」（145）

こうしてマルティンも他の生徒同様、列車で帰省することができる。その際、彼は前日に母から届いたクリスマスプレゼントの入った小包を、開封せずに持ち帰る。しかしそのことを友人のジョニーには言わない。なぜならマルティンは孤児のジョニーがクリスマスも学校に残らざるを得ないことを知っているからである。

クリスマスプレゼントを持ち帰るなんて、ジョニーには言えなかった。ヘルムスドルフの自宅のクリスマスツリーの下で見つけるはずのプレゼントを、キルヒベルクの学校から持ち帰るなんて、マルティンは言えなかった。(148)

マルティンは先生から受け取った二〇マルクを元手に両親にプレゼントを買って帰る。父親にはハバナ産の葉巻を二五本、母親には暖かそうなスリッパを購入する。

お母さんのラクダの毛のスリッパは、もう捨ててもいいくらい、じゅうぶん古びていた。だけどお母さんはいつも「あと十年は大丈夫」と言っていた。(148)

子から親へのクリスマスプレゼントにスリッパという生活必需品が含まれている点は、次節で取り上げる作品との関連で改めて検討したい。マルティンは先生から現金を受け取る前、両親に宛てて絵を送っていた。当初はこれが唯一のクリスマスプレゼントだった。

今年はお母さんとお父さんに何もプレゼントできないけど、お母さんならわかってくれるよね。来年はきっと新一年生の家庭教師をやって、僕もお金を稼ぐよ。(129)

父の失業によってひとり息子を帰省させる金を用意できなかった両親は、クリスマスイブの晩、マルティンから送られた絵をありがたがる。そしてふたりでクリスマスを祝う。しかしそこには近代市民家族の結束を謳ったはずのクリスマスの喜びはない。

ターラー夫人は裁縫台から、六頭立ての青い馬車の絵を取り出し、小さなクリスマスツリーの下に慎重に立てかけた。〔中略〕
それからふたりはふたたび黙り込み、「十年後」というタイトルの絵をじっと見つめながら、幼い画家のことを考えた。〔中略〕
「なあ、お前。今年はお互いにプレゼントは贈り合えんが、それでもお祝いだけはしっかりやろう」ターラーさんは奥さんの頬にキスをした。「クリスマスおめでとう」
「クリスマスおめでとう」夫人も応えた。そして泣いた。まるで二度と泣き止むことができないような泣き声だった。（151-152）

マルティンの友人には、両親から望み通りのプレゼントを受け取ることのできる裕福な家庭の子もいる。また、上に引用した場面の直後、マルティンは葉巻とスリッパのプレゼントを手に両親の前に現れる。にもかかわらず、この小説に描かれるクリスマスプレゼントの交換には、近代市民家族の情緒的な結びつきを確認する要素が少ないように思われる。それはプレゼント交換の対象が、教師や生徒間にまで拡大されていると同時に、クリスマスに家族が集うことの困難な、郵便でプレゼントを贈り合わざるを得ない貧困家庭が物語の中心に据えられているためでもあるだろう。さらにジョニーのように、両親のいない子のクリスマスまでもが描かれている。一九世紀のクリスマス文学には、富める家族と貧しい家族の二極化がこれほど明確に描かれることはなかった。もはや満ち足りた市民の自己演出という理解では捉えきれない現実が、一九三三年のクリスマスには存在したのである。筆者はここに近代市民家族の限界を見出すのである。

そもそもギムナジウムの寄宿学校で共同生活を送る疑似家族に、母親は存在しない。舎監の教師と男子生徒が父と息子の関係を築けたとしても、それで家族が埋め合わされるわけではない。そのことに関連し、マルティンやジヨニーらは、学校のクリスマス祭で「飛ぶ教室」という劇を上演する。その劇で女装し、生徒の「妹」役を演じるはずだった友人が怪我で出演できなくなると、彼らは急きょ下級生に代役を依頼する。そうして何とか事なきを得るのだが、このエピソードが象徴しているのは、一九世紀のクリスマス文学では多用された兄妹モチーフ成立の困難であり、母や妹の存在を自明視してきた近代市民家族の相対化あるいは揺らぎだろう。

『飛ぶ教室』の中心的人物マルティン・ターラーの家庭は、家長の失業とひとり息子の不在によって不安定な状態にあった。それを救ったのは、疑似家族の代理父である舎監の教師から施された二〇マルク、すなわち金の力だった。一九三三年のクリスマス文学に描かれたプレゼント交換は、家族を離れて多様化された挙句、即物的に現金として手渡されるまでに脱ロマン化されてしまったのである。

### （2）幼子キリストの理想と現実

クリスマスイブの夜、節約のために居間の明かりを灯さないターラー家の家長は、隣家のクリスマスの様子を見て、次のように述べる。

「ノイマンさんのところは、もうプレゼント交換をしているぞ」ターラーさんは言った。「お、ミルデさんとこは、いまろうそくに火をつけた。立派なクリスマスツリーだ。あのうちは儲かっているからな」（149）

他方、ターラー家のクリスマスツリーは対照的にみすぼらしい。

丸いテーブルには、本当に小さなトウヒが立てられていた。クリスマス市でツリーを売っているリーデルさんが、「マルティンに」と言ってプレゼントしてくれたものだった。だから、ターラー家にもクリスマスツリーはあるにはあったが、肝心の息子が家にはいなかった！（150）

家長はこのツリーに去年の残りのろうそくを飾り付ける。そして火をともし、妻と「クリスマスおめでとう」を言い合う。ここでもまた、隣家の家族打ち揃ったクリスマスの団欒と、夫妻ふたりしかいないターラー家の様子が対比して描かれている。

ろうそくはだんだん小さくなっていった。となりの家からは「きよしこの夜」の歌声が聞こえてきた。窓の外はずっと吹雪いていた。

急に呼び鈴が鳴った！（152）

立派なクリスマスツリーのもとでプレゼントを交換し合い、「きよしこの夜」を歌う旧来のクリスマスを窓外に配置した上で『飛ぶ教室』が描くのは、そういった一九世紀型のクリスマスを迎えられない、もはやクリスマスが家族の祝祭になり得ない貧困家庭の現実である。とはいえケストナーは、ターラー家のクリスマスの不成立を露悪的に描くことで、近代市民家族の崩壊を宣言して物語を終えるわけではない。マルティンの鳴らす「呼び鈴」を引き金に、二〇世紀的なアレンジの施されたクリスマス文学を提示している。

一九世紀のクリスマス文学では、クリスマスイブの夕刻、子どもらは何らかの合図を得てはじめてクリスマスツリーのある部屋への入室を許可された。『くるみ割り人形』のリンリンという「明るい音」や『プフェフリング家』の「鐘」がそれに相当する。マルティンの鳴らす「呼び鈴」も同種のものと考えられる。また、これらの音は、幼子キリストが贈り物を携えて家庭にやって来たことを告げる合図でもあった。したがってマルティンの帰郷は、幼子キリストの来訪と読み替えることができる。事実、マルティンは母から送られた小包を、クリスマスプレゼントの入った小包を手に戸外に立っている。

その関連において、マルティンが登場する直前、隣家から聞こえるクリスマスソングが「きよしこの夜」であることの意味は大きい。わが国で名高い由木康の訳詞では、「救いの御子」が「馬槽の中に」眠る様子しか言及されないのに対し、ヨーゼフ・モーアのドイツ語の原詩（一八一八）には、ひと組の仲睦まじい聖なる男女が生まれたばかりの巻き毛の愛おしい男児を見守る様子、すなわちヨゼフとマリアとイエスから成る聖家族の成立が描かれている。そのことを念頭に置くと、背景音楽に「きよしこの夜」が流れる中、ひとり息子のマルティンを帰郷させる演出には、ターラー家を聖家族として描く意図が隠されているものと考えらえる。もっともケストナーは、マルティンを幼子キリストに見立てることで、宗教的あるいは復古的なクリスマス文学の再生をもくろんだわけではない。

すでに述べた通り、幼子キリストのイメージは時が経つにつれ、翼のある天使の姿に変わっていった。『飛ぶ教室』にも翼のある天使が登場している。両親との再会を果たしたマルティンは、恩人のベク先生に宛ててハガキをしたためる。

マルティンは若い男の絵を描いた。ジャケットのうしろに大きな天使の翼を二本はやしたこの奇妙な男は、雲のあいだから降りてきている。地上では小さな男の子が大粒の涙をこぼしている。翼の男は両手でつかんだ分厚い財布を男の子に差し出していた。［中略］マルティンは絵の下にしっかりと書き入れた。

「クリスマスの天使、名前はベク」（153-154）

ベク先生がマルティンに贈ったのは、二〇マルク紙幣一枚だった。この金で少年は往復の旅費を賄い、両親にプレゼントを用意することができた。そしてターラー家の幼子キリストになることができた。その背後に、いわば大天使として、ベクという名の「クリスマスの天使」が控えている構図は、たいへん夢のある絵のように思われる。理想主義者ケストナーの面目躍如といっていいだろう。ただしその天使が札束の詰まった「分厚い財布」から現金を抜き取り、幼子キリストである「男の子」に差し出しているさまは、イデアリストであると同時にリアリストでもあるケストナーの皮肉と解することもできるのではないだろうか。ケストナーのクリスマス文学を単に保守的復古的あるいは理想主義的なものとして片付けられないのは、こういった深い現実認識に裏打ちされているからなのである。

次節では『おもちゃ屋のクリック』のクリスマス描写を分析する。『飛ぶ教室』のギムナジウム生より、さらに貧困層に位置付けられる少年少女のクリスマスには、幼子キリストが現れることもなければ、家にクリスマスツリーがない場合すらある。一九世紀のクリスマス文学には描かれなかった、不況下のドイツの子どものクリスマスについて考察したい。

## 3　シュナック『おもちゃ屋のクリック』

『おもちゃ屋のクリック』の舞台はドレスデン、偶然だがケストナーの故郷である。表題主人公のクリックは一二歳の少年で、父はおもちゃ屋で簿記係をしている。母親はすでに他界している。母がいた頃のクリスマスを、クリックは次のように回想する。

「お母さんがまだ生きていた頃は」クリックは言った。「いい時代だった。楽しいクリスマスイブだった。大きなツリーにお菓子、プレゼントもいっぱいあったよ。だけどもう無理なんだろうね。物価は高いし、お金はない。失業者だらけだもんね[17]」

物語はクリスマスイブにクリックが宝くじを買うところから始まる。そして買ったくじを帽子の裏の裂け目に入れて保管する。ところがこの日の夕刻、クリックはその帽子をなくしてしまう。

帽子のないクリックの頭のまわりを雪が吹きつけた。髪が乱れた。電飾に火が灯され、通りはこうこうと輝いていた。家々の壁は紫や赤、緑のネオンで輝いていた。色鮮やかな文字がピカピカ光ったり消えたりしていた。吹雪にも赤、緑、青、紫といった色が付いていた。魔法の雪がざわめく冬の街に舞い落ちているようだった。だけどその賑わいに溶け込めず、冷めた気持ちでクリックとアリ〔引用者注：クリックの友人〕は立ち尽くしていた。(39)

その後、クリックの買ったくじは二万マルクの当たり券であることが判明する。懸命の捜索の結果、夏になってようやくクリックの帽子が見つかる。その金で彼は失業寸前の父を助けることができる。

『おもちゃ屋のクリック』は、クリスマスイブから始まるものの、翌年の夏までの筋が展開されているため、必ずしもクリスマスだけを描いた小説ではない。しかし筆者はこの小説と『飛ぶ教室』を並べて論じることで、一九三三年のドイツの家族とクリスマスの関係を、より多角的に指摘することができると考えている。したがって以下、『おもちゃ屋のクリック』のクリスマス場面にのみ注目し、分析を試みたい。

## (1)　威厳をなくしたサンタクロース

クリックがなくした帽子は、かつて母親が買ってくれたものだった。帽子の紛失に象徴される母の不在は、この日、すなわちクリスマスイブの家族の過ごし方に、より端的に表れている。

クリックは七時十分前に家に着いた。お父さんが仕事から帰ってくるまでに、急いでクリスマスツリーを飾らなければいけなかった。

お父さんにクリスマスの用意をしてあげなきゃ！〔中略〕いい子になって、クリスマスツリーを飾ってあげるんだ。世の中のお父さんは、クリスマスには子どもの気持ちになるはずだ。クリスマスの気分浸りながら、クリックは「いざ歌え、いざ祝え」を鼻歌で歌った。(51-52)

この場面にも垣間見られるクリックの大人びた態度、あるいは父への気遣いは、小説全体を通して一貫している。「父親のツリー」[18]を準備したひとり息子は、父が帰宅すると食卓の準備に取り掛かる。あいにく今年は貴重なクリスマスの鯉はなく、安価なニシンのフライがメインディッシュである。

クリックは食卓を整えた。彼は母親であると同時に家政婦だった。(54)

クリックが母と息子の一人二役をこなす状況下、聖家族の成立はいっそう困難になる。もはや彼がマルティンのように幼子キリストになることはない。ところが食後に父子がプレゼント交換を行う段になると、これまでのクリスマス文学には見られなかった事態が生じる。

「さて!」ボーデンヴェーバー氏［引用者注：クリックの父］は立ち上がりながら言った。「少し部屋から出ていなさい!」

毎年、クリスマスイブはそうだった。食事が終わると父親はサンタクロースに変身するのだ。パイプを持ったクリスマスの天使に。彼はクリスマスツリーのろうそくに火をつけ、プレゼントを並べた。［中略］ろうそくの火は明るく燃えていた。ボーデンヴェーバー氏はガラスの鐘を鳴らした。クリスマスの天使のような音色がした。クリックは部屋に入り、静かに扉を閉めた。そして期待に胸を膨らませながら、まだ部屋の中を漂っているはずのクリスマスの天使を、物音でびっくりさせないように、少しずつツリーに近づいた。(55–56)

「サンタクロース」と訳した語の原語はWeihnachtsmannである。直訳すると「クリスマス男」を意味するこの存在は、アメリカ発のサンタクロースSanta Clausとは出自がやや異なる。一八四七年にオーストリアの画家モーリッツ・フォン・シュヴィントは、「ひげの男がフードの付いたコートを着て、ロウソクを灯したクリスマスツリー

**図版17：ドイツ版サンタクロース**
Ingeborg Weber-Kellermann: *Die deutsche Familie. Versuch einer Sozialgeschichte*. Frankfurt am Main (Suhrkamp) 1974, S. 233.

をかついでいる絵」[19]を初めて描いた（**図版17**参照）。それに由来するヴァイナハツマン、すなわちドイツ版サンタクロースは、一九世紀後半から二〇世紀にかけて、幼子キリストに代わるクリスマスプレゼントの贈り主として、ドイツ語圏に浸透した。**図版18**に示された通り、一九三二年時点の分布図によると、南西ドイツでは幼子キリストが勢力を維持しているのに対し、ドレスデンを含む北東ドイツには新興のサンタクロースが進出している[20]。この棲み分けはカトリックとプロテスタントの勢力圏とほぼ一致する。

あるいはサンタクロースの登場を聖ニコラウスの世俗化と捉えることもできるだろう[21]。一二月六日に従者ループレヒトとともに現れ、よい子には褒美を、悪い子には罰を与える聖ニコラウスは、幼子キリストをクリスマスプレゼントの贈り主とする風習がプロテスタント地域から全ドイツ語圏に広まってもなお、とくに南ドイツ・オーストリアでは生き長らえた。それがいまや姿を変え、クリスマスイブの夜にある種の父親的人物として、近代市民家族に現れるに至ったのである。一九世紀半ば以降のサンタクロースの登場とその受容現象について、ヴェーバー＝ケラーマンは次のように分析している。

> 中部、北部ドイツのほとんどの地域で、その役目［引用者注：クリスマスプレゼントを贈る役目］を引き受けたのは、サンタクロースである。ここでは、家父長的家族構造が父親とおぼしき匿名者に委託され、彼は——少なくとも十二月という月には——通常の父親に可能な範囲をはるかにこえる教育的統制機能を、子ども部屋で発揮できる。つまり、一九世紀の産物であるサンタクロースは、一九世紀市民家族に内在的な発想、というわけである[22]。

WEIHNACHTSMANN
CHRISTKIND

**図版18：1932年時点の幼子キリストとサンタクロースの勢力分布図**

Ingeborg Weber-Kellermann: *Das Weihnachtsfest. Eine Kultur- und Sozialgeschichte der Weihnachtszeit*. München u. Luzern (Bucher) 1978, S. 98をもとに作成。

一九世紀に成立・展開した近代市民家族において、家長である父は家の外に仕事を持ったことはすでに述べた通りである。その結果、母子の密着は強まる一方、子にとって父は親愛と同時に外的な権威を兼ね備えた人物として受け止められた。サンタクロースはそういった父親の機能を純化した存在といえるだろう。

サンタクロースの社会的機能は、愛されると同時に権威主義的でもある父親像と合致する。サンタクロースが誕生した時代、父親の稼ぎから性的な事柄に至るまで、家の外の世界はタブー視された。市民の子は、クリスマスプレゼントの本当の贈り主が誰なのか、それがいくらするのかなどについて、知らないことが美徳とされた[23]。

このことを前提に、『おもちゃ屋のクリック』に登場する一九三三年のサンタクロースが「過剰に高められた父親像、善良にして厳格で、愛されるとともに恐れられ、揺るぎない公正さと非のうちどころのない判断力を持った[24]」存在として息子の前に君臨しているかというと、まったくそうではない。そもそもクリックは、サンタクロースの正体が父であることを承知した上で、この儀式に付き合っている[25]。亡母に代わり家事を取り仕切るクリックは、当然のことながら父の会社の経営危機をじゅうぶんに把握している。したがって彼はサンタクロースに変身する直前の父親に対し、次のような言葉をかけている。

「ねえ、お父さん！」クリックはパイプを吸う父親の肩を叩きながら言った。「お仕事のことは考えないで。今日はクリスマスなんだから。休暇が終わるまでは放っておこうよ。くよくよ考えてみたところで、よくなりはしないんだから」(55)

あたかも妻から夫への励ましのように聞こえるクリックの発言に、父親の稼ぎをタブー視する息子の態度は感じられない。こうしてクリックもまた『飛ぶ教室』のマルティン同様、家計の窮状に意識的な、もっというと金に敏感な少年として、一九三三年のクリスマスを彩るのである。

クリックがこの後、父あるいはサンタクロースから受け取ったクリスマスプレゼントは、念願の小型ラジオだった。一刻も早くラジオをいじりたいクリックに対し、父は得意のハーモニカで「いざ歌え、いざ祝え」を演奏する[26]。

他のクリスマスソングと同じく、美しく、厳かなメロディだった。その音色にうっとりした父親は、目を閉じ、音楽と率直な喜びに浸って立っていた。その時、クリックは大きな目で、ラジオをそっと見やっていた。すぐにスイッチを入れてみよう、と彼は心に決めていた。お父さんのハーモニカが終わりさえすれば！(56–57)

父を慮るクリックが、自らの思いを口にすることで父を傷つけることはない。しかし本音では、前世紀からの伝統に固執する父親に対し、冷めた視線を持ち合わせているのではないか。父ほど無邪気にクリスマスを楽しんでいないのではないか。ハーモニカの奏でる素朴なクリスマスソングよりも、ラジオという二〇世紀の機械文明を欲する息子の態度は、父親世代との潜在的な対立を表しているように思われる。

他方、クリックから父へのクリスマスプレゼントは、手作りの鳥かごだった。後日にはペットショップからアトリが届く手配も整えられているという。父親はハーモニカで鳥の鳴き声をまねるが、その音色はクリックには聞こえない。

クリックに父の演奏を聴く余裕はなかった。彼は機械の操作に夢中だった。外では雪が激しく降っていた。しかし彼の頭の中を渦巻くのは、いろいろな計画であり、とぎれとぎれに聞こえるラジオの放送であり、未来の音楽だった。他方、父親は現代という鳥かごの中の小鳥だった。静かなメロディを吹いた。父にラジオは必要なかった。彼に聞こえるのは、あらゆる鳥のさえずりであり、アトリの羽ばたく音だった。(59)

現代あるいは現実という鳥かごに入れられ、羽ばたくことのできない父親と、機械を介して別世界とつながることを夢見る息子。一九世紀には有効だったクリスマスを通した近代市民家族の結束とサンタクロースによる父権の強化は、わずか百年で機能不全に陥ったといえるだろう。

## (2)　誰のものでもないクリスマスツリー

『くるみ割り人形』や『水晶』などの一九世紀のクリスマス文学では違和感なく使われていた兄妹モチーフが、『飛ぶ教室』では男子生徒の女装という、ゆがんだ形で表現されていたことは、すでに指摘した通りである。

ひとりっ子のクリックにも、妹のような友人が存在する。通りを隔てた向かいに住む一〇歳の少女アリである。

孤児のアリはミットヴォッホおばさんと暮らしている。新聞売りで生計を立てるふたりの暮らしぶりはあまりにつつましい。

アリとミットヴォッホおばさんは、パンとジャガイモとコーヒー、それに明日のお菓子が少しあれば満足だった。せめてクリスマスだけでも、ミットヴォッホおばさんの新聞が最後の一枚まで、すっかり売り切れますように！　そうなればどんなにうれしいことだろう。(49)

今年のふたりのクリスマスプレゼントの交換は以下のように予告されている。

アリはおばさんが何をプレゼントしてくれるのか知っていた。靴だった。どうしても靴が必要だった。古いのはもうどうやっても直すことができなかった。靴を買うのはたいへんな出費だ。両親が生きていてくれたら！　アリは思った。だけど両親はポーランドに埋葬されていた。ミットヴォッホおばさんが、何とかアリの面倒を見てくれていた。アリはおばさんのために手袋を編んだ。(50)

ここで思い出されるのは、『飛ぶ教室』のマルティンが母に贈ったスリッパである。どちらも古びた既存の履物の交換であり、生活必需品といえる。しかしマルティンがこの買い物で懐を痛めることはなかった。なぜなら彼は舎監の教師から贈られた二〇ユーロを元手に、スリッパを購入することができたからである。その結果、マルティンは母を驚かせ、喜ばせることができた。それに対し、おばからアリへのプレゼントに驚きはない。それどころか受け手はこの贈り物に遠慮がちである。そもそもアリが幼子キリストやサンタクロースに思いをはせることはない。日々の生活に追われる彼女にそんな余裕はないのである。

干からびたエリカの花束を載せてある部屋の隅の棚から小銭を取ると、アリはパン屋へ急いだ。ガチョウの胸肉やソーセージ、美味しそうなもののそばはさっと通り過ぎた。クリスマスのお祝いの日だって、彼女はそういったものを一切れだって食べることはできないだろう。(48)

クリスマスイブにパンしか買えない少女の貧しさは、親の仕送りや教師からの施しによって帰省できる『飛ぶ教室』の少年たちの幸運と比較することはできない。どれほどアリがおもちゃ屋のショーウィンドウを見つめたところで、人形に話しかけられることはない[27]。

薄い服を通して寒さが身にしみた。アリは震えながら自分の貧しさを感じた。大きな目をした人形たちは、アリに微笑みかけていた。彼女は真剣な表情で見つめ返した。それ以上、何も起こらなかった。両者のあいだは冷たいガラスで隔てられていた。(51)

作中には明記されていないものの、アリとミットヴォッホ夫人の住まいにクリスマスツリーはないものと思われる。したがってアリの目にするクリスマスツリーは、クリックと訪れたデパートにあるものだけだろう。

巨大なクリスマスツリー――これが多彩なデパートの中で、もっとも魅力的なものだった――が、最上階の天井に届きそうなくらいそびえていた。エルツ山地のモミの木はガラス製のろうそくで電飾されていた。頂上には大きな銀の星が輝いていた。枝には満月のような銀色のガラス球が飾られ、銀モールも垂れ下がってあった。美しく装飾されたクリスマスツリーは、見事にきらめいていた。(38)

一九世紀の終わりにアメリカのエジソン社が発明したクリスマスツリーの電飾は、二〇世紀に入りヨーロッパ大陸にも伝わった。その後の展開については、以下の記述を参考にされたい。

ドイツやアメリカでは、教会のホール、日曜学校、孤児院、病院など公共施設の屋内にツリーが飾られてきた。

だがそれは、中流家庭の楽しみを、自分ではそれを手に入れられない不幸な人々にも分け与えようという発想のものだった。[28]

一九世紀のクリスマスツリーは、家長である父がろうそくに火を灯すことで、近代市民家族という親密圏に属する者同士の結束や排他性を確認するために欠かすことのできない道具として機能した。[29] 他方、人工光によって常時輝く公共のクリスマスツリーにそういった思想はない。自宅にクリスマスツリーがない者のためのクリスマスツリー、誰のものでもあるクリスマスツリーとは、けっきょくのところ誰のものでもないのではないか。その証拠に、アリはデパートの電飾のクリスマスツリーに感動することはなく、むしろ家庭のろうそくのクリスマスツリーにあこがれている。

まもなくそれぞれの家庭のクリスマスツリーに火が灯されるだろう。それはデパートのクリスマスツリーより、きれいに違いなかった。ろうそくの燃えるいい香りがする。テーブルにはプレゼントが用意される。うれしそうな子どもらの目が、プレゼントに注がれる。だけどもっと多くの子どもたちは、プレゼントなんてもらえない。彼らにあるのはただ憧れだけ。アリはそう思った。（49）

ところで電飾のクリスマスツリーは『飛ぶ教室』のギムナジウムにも置かれている。

大きなクリスマスツリーは、数えきれないくらいたくさんの電球で美しく飾られていて、そこにいる人全員、厳かな気持ちになった。（136）

デパートのクリスマスツリー同様の紋切り型の描写に、それぞれの家庭のクリスマスツリーにはあるはずの物語性は感じられない。ギムナジウムの生徒にとって、学校のクリスマスツリーがわが家のクリスマスツリーを上回ることはないだろう。孤児のジョニーも学校のクリスマスツリーに思いを寄せることなど、ないものと思われる。家庭を離れ、孤独にそびえ立つ公共のクリスマスツリーの存在感は、限りなく薄いのである。

## 4　真夏のクリスマス

ここまで、一九三三年に発表されたふたつのドイツ児童文学作品をもとに、二〇世紀のクリスマス表象について確認してきた。『飛ぶ教室』では、プレゼント交換は多様化された果てに現金化され、クリスマスの天使は札入れを持って登場した。『おもちゃ屋のクリック』に現れるサンタクロースに威厳はなく、公共の電飾のクリスマスツリーに胸躍らせる者は誰もいなかった。一九世紀に「作られた」クリスマスの伝統は、皮肉ないしは風刺を効かせて書き換えられることで、近代市民家族の限界を象徴する機能を新たに担わされたのである。(30)

ところで『飛ぶ教室』と『おもちゃ屋のクリック』のクリスマス描写には、さらにもうひとつの共通点が存在する。すでに述べた通り、『おもちゃ屋のクリック』の主筋は表題主人公の買った二万マルクの当たりくじをめぐって展開された。クリックがクリスマスイブに買ったものの、すぐに紛失したそのくじは、翌年の夏になってようやく見つかる。するとクリックは、父とアリの三人で買い物に出かける。

　真夏のクリスマスだった。
　彼らは楽しそうに通りを歩いて、店から店へとはしごした。最初に父親とクリックの服を買った。靴も靴下もピカピカの新品ばかりだった。アリも服を買ってもらった。淡い黄色の、小さなバラの模様の付いたワンピースだった。すぐに必要な下着や新しいシャツをデパートで買うと、三人はエスカレータに乗った。一段ずつ、前後に並んで、喫茶室のあるフロアまで上がった。(190)

当然のことながら、真夏のデパートにクリスマスツリーはない。しかし彼らが買い物をする様子を、語り手が「真夏のクリスマス」と形容している点は注目に値する。兄妹のようなクリックとアリにとって、降って湧いた大金によるこの買い物は、遅れてきたクリスマス、季節はずれのクリスマスなのである。

季節はずれのクリスマスといえば、『飛ぶ教室』の「ひとつ目の前書き」も忘れてはならない。物語の冒頭の外枠部分において、語り手は真夏にクリスマス文学を書くことの苦しみを次のように訴えている。

きっとわかってくれると思うけど、真夏のさなかにクリスマス物語を書くのは至難の業だ。腰を据えて取りかかることなんかできっこない。「身を切るような寒さだった。外は猛吹雪で、窓から顔を出したアイゼンマイアー博士の両方の耳たぶはかじかんだ」なんて書けるわけがない。どんなに頑張っても、こんなことを八月に書くのは無理だと思う。(43)

これから語られるマルティンの帰郷も劇中劇「飛ぶ教室」の上演も、すべてが虚構であることを早々に明かしてしまう語り手の名はケストナー。作者と同名の語り手が、クリスマス文学を真夏に執筆しているという舞台裏を暴露することほど、このジャンルの幻想を破壊する禁じ手はないだろう。ここでもまた、真夏とクリスマスという不釣り合いな組み合わせが、意図的に採用されているのである。

にもかかわらず、ケストナーは両親と子から成る小家族のクリスマスを描いた。シュナックもクリックとアリに半年遅れでクリスマスの買い物を体験させた。二〇マルクと二万マルクの差はあれど、どちらも予期しない金、父の稼ぎではない金が舞い込んで初めて実現したクリスマスだった。もっとも、他人の金でクリスマスを祝ったところで、ターラー家の父の威厳は回復しないだろう。どれだけ大金を積んだところで、クリックの母やアリの両親は戻ってこない。それでも彼らはクリスマスを祝おうとするのである。近代市民家族が限界に達してもなお、クリスマスの（ろうそくの）灯を守ろうとするのである。家族の形態が変わっても、時の権力者が代わっても、しぶとく生き長らえるクリスマスには、真夏の暑さもまた似つかわしいのかもしれない。

## 注

（1）姫岡とし子『ヨーロッパの家族史』山川出版社、二〇〇八年、四七―五一頁。

（2）I・ヴェーバー＝ケラーマン『ドイツの家族――古代ゲルマンから現代』鳥光美緒子訳、勁草書房、一九九一年、二四一頁。

（3）Vgl. Heinz Wegehaupt（Hrsg.）: *Weihnachten im alten Kinderbuch.* Leipzig（Edition Leipzig）1992, S. 159.

（4）Wegehaupt: ebd.

（5）その一例として、ヴェーゲハウプトはハインリヒ・ホフマンの『もじゃもじゃペーター』（一八四五）を挙げている。Vgl. Wegehaupt: a.a.O., S. 160.

（6）E. T. A. Hoffmann: *Nussknacker und Mausekönig.* Stuttgart（Reclam: Unversal-Bibliothek Nr.18503）2006, S. 5. これ以降の同作品からの引用は同書に拠り、本文中に括弧でページ番号のみアラビア数字で記す。なお、訳出に際しては以下の翻訳を参考にした。ホフマン『クルミわりとネズミの王さま』上田真而子訳、岩波書店、二〇〇〇年。

（7）Ingeborg Weber-Kellermann: *Das Weihnachtsfest. Eine Kultur- und Sozialgeschichte der Weihnachtszeit.* München u. Luzern（Bucher）1978, S. 108ff.

（8）Weber-Kellermann: a.a.O., S. 150ff. およびジュディス・フランダーズ『クリスマスの歴史――祝祭誕生の謎を解く』伊藤はるみ訳、原書房、二〇一八年、一六八頁参照。

（9）Weber-Kellermann: a.a.O., 109.

（10）若林ひとみ『クリスマスの文化史』白水社、二〇一〇年、七八頁参照。

（11）ジェリー・ボウラー『図説　クリスマス百科事典』中尾セツ子（日本語版監修）、柊風舎、二〇〇七年、一四七頁。

（12）Adalbert Stifter: Bergkristall. In: A. S.: *Stifters Werke in vier Bänden.* 2. Bd. Berlin u. Weimar（Aufbau）1973, S. 199-255, hier S. 201f. これ以降の同作品からの引用は同書に拠り、本文中に括弧でページ番号のみアラビア数字で記す。なお、訳出に際しては以下の翻訳を参考にした。アーダルベルト・シュティフター『シュティフター・コレクション　第二巻　石さまざま（下）』田

口義弘他訳、松籟社、二〇〇六年、九―八〇頁。

（13）Adalbert Stifter: Weihnacht. In: A.S.: *Die Mappe meines Urgrossvaters. Schilderungen. Berichte.* Vollständige Texte. Nach den Erstdrucken（Wien und die Wiener, Tandelmarkt, Sonnenfinsternis, Menschliches Gut, Winterbriefe aus Kirchschlag）und der Prager Ausgabe（Mappe – vierte Fassung, Aus Wien, Beiträge zur Gartenlaube, Aus dem Bayerischen Walde, Autobiographische Skizzen, Briefe）. Mit einem Nachwort von Fritz Krökel. München（Winkler）1968, S. 549–557, hier S. 551.

（14）Agnes Sapper: *Die Familie Pfäffling.* Altenmünster（Jazzybee-Verlag）2016, S. 74. これ以降の同作品からの引用には同書に拠り、本文中に括弧でページ番号のみアラビア数字で記す。なお、訳出に際しては以下の翻訳を参考にした。アグネス・ザッパー『愛の一家――あるドイツの冬物語』遠山明子訳、福音館書店、二〇一二年。

（15）Erich Kästner: Das fliegende Klassenzimmer. Ein Roman für Kinder. In: E.K.: *Werke. Eintritt frei! Kinder die Hälfte! Romane für Kinder II.* Hrsg. v. Franz Josef Görtz in Zusammenarbeit mit Anja Johann. München/Wien（Hanser）1998. S. 41–159, hier S. 87. これ以降の同作品からの引用には同書に拠り、本文中に括弧でページ番号のみアラビア数字で記す。なお、訳出に際しては以下の翻訳を参考にした。エーリヒ・ケストナー『飛ぶ教室』池田香代子訳、岩波書店、二〇〇六年。

（16）ボウラー（前掲書）、二七三―二七四頁。

（17）Friedrich Schnack: *Klick aus dem Spielzeugladen. Roman für das große und kleine Volk.* Frankfurt am Main（Insel）1988, S. 29f. これ以降の同作品からの引用には同書に拠り、本文中に括弧でページ番号のみアラビア数字で記す。なお、訳出に際しては以下の翻訳を参考にした。シュナック「おもちゃ屋のクリック」、『世界少年少女文学全集　第一八巻』大山定一訳、東京創元社、一九六一年、五―一九八頁。

（18）ドイツやチェコでは、クリスマスに鯉を食べる習慣がある。

（19）若林（前掲書）、七七頁。

（20）Weber-Kellermann: a.a.O., S. 98 およびヴェーバー＝ケラーマン（前掲書）、一四三頁。

（21）聖ニコラウスとサンタクロースの関係については、Werner Mezger: *Sankt Nikolaus. Zwischen Kult und Klamauk. Zur Entstehung, Entwicklung und Veränderung der Brauchformen um einen populären Heiligen.* Ostfildern（Schwabenverlag）

1993 参照。

（22）ヴェーバー＝ケラーマン（前掲書）、一一七―一一八頁。

（23）Weber-Kellermann: a.a.O., S. 100.

（24）ヴェーバー＝ケラーマン（前掲書）、二五六頁。

（25）二〇世紀のサンタクロースと父権の失墜については、Dominik Schmitt: *„Der alte Kindergott ist tot!“ Weihnachtsmann-Darsteller und das Scheitern bürgerlich-patriarchalischer Autorität in der Weihnachtssatire des 20. Jahrhunderts*. Würzburg（Königshausen & Neumann）2013 参照。

（26）「きよしこの夜」（一八一八）とほぼ同時期の一八一六年にヨハネス・ダニエル・ファルクによって詞が付けられた「いざ歌え、いざ祝え」については、Gerhard Blail: *O du fröhliche. Die Geschichte unserer schönsten Weihnachtslieder*. Stuttgart（Quell）1994, S. 62-72 参照。なお、「きよしこの夜」の作曲はフランツ・クサーヴァー・グルーバーであることが判明しているのに対し、「いざ歌え、いざ祝え」のメロディは、シチリア発祥であること以外、詳細はわかっていない。

（27）一九三三年のクリスマス文学を扱う本章では触れる余裕はないが、この場面に関連し、一九世紀を代表するクリスマス文学の『くるみ割り人形』では、ガラス戸棚の中のくるみ割り人形やその他の人形が、少女マリーの目の前で動き出し、話し始めるところから物語が始まっていた。ガラス越しに売り物の人形を見つめても、何の反応も得られないアリとの対比は著しい。

（28）フランダーズ（前掲書）、一七四頁。

（29）Vgl. Weber-Kellermann: a.a.O., S. 124f.

（30）この傾向は二〇世紀後半には、さらに加速されて展開される。二〇世紀後半の欧米文学に描かれたクリスマス、とりわけサンタクロース表象と近代市民家族の崩壊については、本章注（25）で挙げたシュミットに詳しい。なお、シュミットの研究については、本書終章で言及する。

# 第7章 ベルリンを移動する子どもたち

本章では、両大戦間期、なかでも一九二六年以降のワイマール共和国期に出版された四つの児童文学作品をもとに、モダン都市ベルリンを移動する子どもの特徴について考察する。彼らが利用した交通手段や通信手段（とくに電話）と移動空間の比較、作品中で言及されるメディア（とくに新聞）の分析から、出自や階層が異なれば別の顔を見せる近代の大都市の姿を垣間見ることができるだろう。一九世紀までの児童文学で主流だった自然児賛美から遠く離れ、二〇世紀の都市型子ども像を提示した両大戦間期ベルリン児童文学の歴史的意義についても言及したい。

## 1 観光客の視点――ケストナー『エーミールと探偵たち』

馬車鉄道しかないドレスデン・ノイシュタットから長距離列車でベルリンにやって来たケストナー『エーミールと探偵たち』（一九二九）の表題主人公のエーミール・ティッシュバインは、この街について以下のような第一印象を抱く。

この車の数！　あわただしくひしめいて市電を追い越していく。クラクションを鳴らし、キーキー音を立てながら、赤い方向指示器を右に左に出しては角を曲がる。〔中略〕歩道は人であふれかえっている！　市電や車、二階建てバスがあちこちからやって来る！　いたるところに新聞売りが立っている。花や果物、本や金時計、服やシルクの下着で飾られた素敵なショーウィンドウ。そして高い高いビル。

これがベルリンだ。(1)

エーミールはこの大都会で初めて市電に乗る。さらにタクシーにも乗る。なぜなら彼は、母から預かった一四〇マルクもの大金を列車の中で盗まれ、犯人を捕まえなければいけないからである。エーミールの仲間はベルリンで知り合った同世代の少年（探偵）たち。彼らは他に地下鉄、バス、自転車といった交通手段を駆使し、おもにベルリン西部を移動する。以下、その行程をやや詳しく追いかけたい。(2)

エーミールが列車を降りたのはツォー駅である。本当はひとつ手前のフリードリヒシュトラーセ駅で降りる予定だったが寝過ごし、上着の裏地にピン留めしてあった金も失くしたことに気づく。コンパートメントに相席していた怪しい男がツォー駅で降りたため、エーミールも彼を追いかけて下車する。ツォー駅からは市電の一七七番に乗り、ヨアヒムスターラーシュトラーセからカイザーアレーへと南下する。そして男がカフェ・ヨスティに座ったのを張り込み中、ベルリン在住の同年代の少年たちと知り合う。ヴァルター・トリアー（一八九〇―一九五一）が描いた初版本の表紙絵（図版19）にある広告塔は、カフェ・ヨスティと向かい合うトラ

**図版19：トリアーによる『エーミールと探偵たち』初版本の表紙絵**

Michael Bienert: *Kästners Berlin. Literarische Schauplätze*. Berlin (vbb) 2014, S. 16.

ウテナウシュトラーセにあったそれだといわれている。

男がカフェにいる間、エーミールと探偵たちはニコルスブルク広場で作戦会議を開き、各自の役割分担を決める。そして男がカフェを出てタクシーに乗ると、彼らもまたタクシーに乗って追跡を開始する。プラハ広場からモッツシュトラーセを西から東に走り抜け、行き着いたのはノレンドルフ広場だった。男がこの広場に建つホテルに入ると、エーミールたちもホテルの近くに陣取る。

教授はみんなを連れて映画館の脇を抜け、広い中庭へと通じる門をくぐった。そこは映画館とノレンドルフ広場劇場の裏手だった。それから教授はグスタフを呼んで来い、とクルムビーゲルを使いにやった。

「あの男がホテルに泊まったらいいんだけどな」エーミールは言った。「この中庭、基地には完ぺきだね」

「最新の設備も揃っているし」教授も賛成してくれた。「向かいは地下鉄の駅、隠れるのにちょうどいい場所、電話のある食堂。これ以上のところはないね」（259）

エーミールたちは翌朝、ノレンドルフ広場から徒歩圏内のクライストシュトラーセで男から金を取り戻す。ここでの移動でまず確認しておきたいのは、ツォー駅で長距離列車を下車したエーミールは、いったん南下したのち、西から東へと移動するものの、それでもまだベルリンの西部にとどまっているということである。エーミールらがひと晩、男を張り込みするノレンドルフ広場には、一九一〇年にベルリン最初の映画館がオープンしている（図版20参照）。高架鉄道の駅とも直結したこの映画館は、サイレント映画のためのオーケストラを有し、お仕着せを着た従業員が観客を座席まで案内するなど、たいへん豪華だった。この映画館が当て込んだ客は二〇世紀に入って発展し始めたベルリン西部、新興の西側地区の住人だったといわれている(3)。つまりこの作品の主要舞台が「黄金の二〇年代」を象徴する娯楽文化の殿堂、そのお膝元であることはひとまず押さえておきたい。

しかしこの作品の特徴は、少年たちの移動空間をベルリン西部だけに押しとどめていない点にある。犯人を捕ま

図版20：ノレンドルフ広場の映画館（1930）
Michael Bienert: *Kästners Berlin. Literarische Schauplätze*. Berlin (vbb) 2014, S. 40.

えて警察に引き渡すことができたエーミールは、盗まれた金を取り戻すべく、ノレンドルフ広場から地下鉄で警察本部に向かう。警察本部の最寄り駅はアレクサンダー広場、ベルリン東部である。物語の終盤、全一八章から成る小説の第一五章に至ってようやくエーミールは、ベルリン東部に足を踏み入れるのである。といってもそこはウンター・デン・リンデン界隈のアルト・ベルリンではなく、シュプレー川の川向う、二〇年代後半に大改造が行われていた地域である。一八九〇年、アレクサンダーシュトラーセ三―六番地に建てられたベルリン警察本部は、ベルリン最大級のレンガ造りの建物で、市内二万一千人の警官たちの総本山だった。ここで大金を取り戻し、手柄を褒められたエーミールが次に向かうのは新聞社である。なぜならエーミールたちが捕まえた犯人は指名手配中の銀行強盗だったことが判明し、新聞記者の取材を受けることになったからである。

一九二〇年代のベルリンの新聞街はコッホシュトラーセ界隈であり、そこには当時の二大新聞社、モッセ社とウルシュタイン社があった。**図版21**は一九二三年当時のモッセ社であるが、たいへんに近代的な建物であることがわかる。ここにきてエーミールはついにアルト・ベルリンの中心部、ブラン

図版21：モッセ社（1923）
Manfred Görtemaker und Bildarchiv Preußischer Kulturbesitz (Hrsg.): *Weimar in Berlin. Porträt einer Epoche*. Berlin (be.bra) 2002, S. 170.

デンブルク門の東側、伝統的なベルリン・ミッテにやって来たのだが、ここでの彼の滞在はごくわずかにとどまる。なぜなら彼は最終的な目的地、シューマンシュトラーセ一五番地に住む従姉妹のポニーやおじ・おば・祖母のもとへと急ぐからである。とはいえエーミールは新聞街からまっすぐ北上し、直接シューマンシュトラーセに向かうわけではない。タクシーの運転手に前日に預けておいたトランクと花束を取りにカフェ・ヨスティまで戻るのである。その道行、ウンター・デン・リンデンからブランデンブルク門を通り、ティアガルテンに沿って走るドライブは、さながらベルリン観光案内のようである。


「いいですよ」運転手は左折し、ブランデンブルク門を通り、木々が影を作るティアガルテンに沿ってノレンドルフ広場に向かった。エーミールはすべてがうまくいったいま、この広場はすっかり安全で、ずっと落ち着いているように思えた。だけど念のため、胸ポケットを触ってみた。お金はちゃんとあった。

それからモッツシュトラーセをはしからはしまで走って右折し、カフェ・ヨスティの前で停まった。

［中略］「じゃあ、運転手さん、おばあさんの家までお願いします」

タクシーはUターンし、来た道を戻った。（289）

すでに事件が解決し、安心してベルリンの中心部を東から西に、そしてまた西から東に移動するエーミールに、憂いはまったく感じられない。たしかにエーミールは初めてのベルリンで危険な目に遭い、都会の喧騒にひるむこともあった。しかし彼は最後まで観光客の視点、この街の現実にどっぷりつからず、冷めた視線を持ち続けていたように思われる。ノレンドルフ広場での張り込み中、エーミールは「ベルリンはすごい。映画を観ているみたいだ。でもずっと住みたいかどうかはわからないよ」（264-265）と述べている。後述する他の作品とは異なり、この作品の表題主人公はベルリンっ子ではない。そういった外部からの闖入者を中心に据え、彼をしてベルリンに驚かせ、戸惑わせながらも、最終的に東西をゆったりと往還させるケストナーの手法は、この小説を通じてベルリンを追体験する読者に安心感を与える。筆者はここにケストナーが描く移動する子どもの特徴を見出したい。

ところでこの小説の子どもの移動を考える上で、彼らが実際に動き回るだけでなく、電話という通信手段を使いこなしている点も見逃せない。ニコルスブルク広場での作戦会議の最中、以下のようなやりとりが行われている。

> 教授が話し始めた。「これから僕たちはバラバラにならなきゃいけない可能性もある。だから電話センターが要ると思うんだ。家に電話があるのは誰？」
>
> 一二人が名乗り出た。（251）

## 2　無賃乗車と一攫千金――ドゥリアン『木箱から現れたカイ』

この描写の特異性については後述する作品との関連において分析したい。

ケストナーの『エーミール』と比較され、『エーミール』のモデルとも目されるヴォルフ・ドゥリアン（一八九二―一九六九）の『木箱から現れたカイ』（一九二六）に登場する少年たちは、表題主人公のカイ以下、全員がベルリンっ子である。ただし同様にベルリンっ子だったエーミールの友人（探偵）たちに比べ、おしなべて貧しい。その結果、彼らは無賃乗車に勤しむことになる。

　カイは車がどこに向かっているのか気をつけていた。車がマルクグラーフェンシュトラーセに曲がると飛び降りた。辻馬車を引いている駄馬の鼻先にもぐりこんだのはいいが、向こうから黒い車がクラクションをガンガン鳴らしながら走ってくる。だけど三秒後にはカイは通りかかった市電に飛び乗っていた。そしていつものように車掌が切符を手渡す小窓の下、前よりのデッキにすぐに隠れた[4]。

　アレクサンダー広場の地下鉄の駅では大勢の子どもが改札に押し寄せ、発車寸前の電車に乗り込んだ。駅員は改札を閉めて追いかけたが間に合わなかった。[25]

『エーミール』では誰ひとり無賃乗車などしなかったのに対し、カイたちは誰ひとり公共交通機関に金を払わない。彼らは払わないのではなく、払えないのである。『エーミール』では自宅に電話のある少年が一二人も現れたのに対し、カイの仲間たちは新聞配達として、靴屋やパン屋の見習いとして、煙突掃除や裁判所の建物の下働きとして、あるいは工場で働いている。カイ自身、幼い妹とふたり暮らしの身の上で、およそ学校に通っている気配は感じられない。

　作品中、彼らもまた『エーミール』の探偵たち同様、ベルリン西部を動き回るのだが、その前にケストナーの描く少年たちとのさらなる決定的な違いを指摘しておく。それはカイたちがベルリン北部を根城にしている点である。カイとその仲間たちは夜一〇時に「いつもの場所」に集合する。

　「いつもの場所」とは旧北駅のことだった。以前は人でごった返し、アーク灯がきらめき、昼夜を問わず列車が出入りしていたが、新しい北駅ができると列車も人もそっちに流れた。旧駅の正面の円柱前には鉄囲いが張り巡らされ、暗闇に取り残された。切符売り場の窓口には鳩が巣を作り、古い時刻表が貼られたままの待合室にはネズミが棲みついた。

ここが悪ガキたちの秘密結社、黒い手団の集合場所だった。（25–26）

ケストナーは『エーミール』において、ブランデンブルク門を境に東側の伝統的な地区と西側の新興地区の両方を描いた。もっともその描写は西側に偏ってはいたが、ベルリン北部は描かなかった。それに対し、カイと黒い手団のメンバーがシュプレー川の川向こうの子どもたちであることは注目してよい。彼らが集う旧北駅とは、シュテッティナー駅のことである。先に引用したうらさびれた駅の描写からもわかる通り、この駅の界隈、ベルリン北中部のウェディング地区からアレクサンダー広場のある北東部までは、下層階級の住む地区、いわゆる労働者街だった。(5) カイたちはこういった貧しいベルリン北部から南下し、さらに西に向かうのである。

カイたちが移動するベルリン西部は、エーミールらのそれとほぼ同じ空間に相当する。ただし彼らは泥棒を捕まえるわけではない。もっと大きな金を求めてベルリン西部を移動するのである。すなわち、カイはアメリカのチョコレート会社の社長が滞在するホテルを訪ね、ベルリンで彼のチョコレートを宣伝するエージェントになりたいと申し出る。なぜならカイは社長が掲載した「広告王求む」という新聞広告を目にしていたからである。結果的にカイは社長から与えられたすべての条件をクリアし、広告王として認められる。そのプロセスにおいて彼とその仲間たちがチョコレートの宣伝を行うのが、ベルリン西部なのである。例えばカイが訪問するチョコレート会社の社長が滞在するホテルは、クーダムから南北に走るマイネケシュトラーセにある。この通りはエーミールが初めて乗った市電の走るヨアヒムスターラーシュトラーセの一本西に当たる。また、カイが社長から受け取った一〇〇〇ドルをマルクに両替するカントシュトラーセは、クーダムの一本北通りである。警察に追われたカイは自転車、もちろん他人の自転車でクアフュルステンシュトラーセからランケシュトラーセを逃げるのだが、ここもまたエーミールらが歩いたクライストシュトラーセのすぐ北から西にかけてである。これらの空間において、エーミールと探偵たちが定点にとどまったのとは異なり（彼らの主たる戦略が張り込みだったことを思い出そう）、カイと黒い手団のメンバーは縦横無尽に動き回る。そしてチョコレートの広告宣伝活動に従事する。彼らの土地勘とスピード感、テンポは大人顔負けだ。

悪ガキたちはネズミのようだった。どんな抜け穴も、隅っこも、裏庭も知っていた。手近な建物に入ると階段を上り、天窓から屋根に出て屋根の上を走ったかと思うと避雷針を伝って裏庭へ、さらに地下室まで降り、気がつけばもう別の通りに立っていた。だけどまた車のうしろに飛び乗っていなくなってしまう。（71-73）

少年たちの動きに合わせて目まぐるしく変わる場面転換は、まるで映画のようである。ただしその際、カメラが人物の内面を捉えることはない(6)。カイはエーミールのようによそ者の視点でベルリンを「美しい」と評することもなければ、すべての問題が解決した後、感傷に浸りながらタクシーに揺られることもない。そういった点で『木箱から現れたカイ』はドイツ児童文学史上、初めて新即物主義の手法が取り入れられた作品といわれているが(7)、筆者はむしろベルリン北部の貧しい少年たちが新興の西部で広告宣伝活動に邁進する点、彼らの夢見る一攫千金がアメリカ資本であることのアクチュアリティを、この作品の特徴として強調したい。

最後に移動の一変種としての通信手段、電話の使用について、この作品からも象徴的な箇所を引用する。

カイはお店に入るとカウンターに行き、思いきりばかな顔をした。
「僕、何が欲しいの?」店員が聞いた。
「お姉さん、忘れちゃった。電話借りてもいい?」
「どうぞ、ひとりでかけられる?」

「うん、電話が壊れていなければね」（64）

無賃乗車のみならず、大人を小馬鹿にして無賃電話までしてしまうカイのこの態度、いかにも人を喰った振舞いは、『エーミール』には見られないものだった。

## 3　都心に背を向けて——ウェディング『エデとウンク』

　ベルリン北部に住む貧しい少年が西側地区で大金、しかもアメリカ・ドルを手にするのが一種のファンタジーなら、それとはまったく異なる（政治的）理想郷を夢見たのが『エデとウンク』（一九三一）の主人公のひとり、エデである。ベルリン北部の労働者街、ウェディング地区に住むこの少年は、地下鉄に乗ることもなければタクシーに乗ることもない。エデの主たる交通手段は自転車、それも月一〇マルクの月賦で購入した自転車である。エデはなぜ自転車を購入するのか。それは工場に勤務していた父が失業し、新聞配達によって家計を助けなければならなくなったからである。エデはこの自転車でウェディング地区よりさらに北に向かう。作中、一度は盗まれた自転車を取り戻すのはロンドナーシュトラーセ、ウェディングより北西のライニケンドルフ地区である。

　エデの世界を北へと広げるのは、自転車という物理的な交通手段だけではない。筆者の読みではもうふたつ重要な要素がある。ひとつはもう一人の表題主人公ウンクとの出会い、もうひとつは共産主義への接近である。ウンクとは誰か。ベルリン生まれのロマの女の子である。エデはひょんなことから彼女と知り合い、パピーアシュトラーセ四番地の彼女の住まいを訪ねる。住まいといってもそれはいつでも移動可能な幌馬車だった。行商や占い、サーカスの曲芸によって生計を立てるウンクらロマ一家の生活は輪をかけて苦しい。彼らが暮らすパピーアシュトラーセもまた、ウェディングより北のライニケンドルフ地区に位置する。ウンクの住まいを訪ねたエデは、そこで初めてポニーに乗せてもらう。あるいはエデが自転車を盗まれた時、犯人を追いかけて助けてくれたのはウンクのおじ、ヌッキが乗る馬車だった。

「ヌッキさん、自転車を盗まれたんです」パニックになっているエデはつっかえつっかえ訴えた。「あそこを走っています」

ヌッキはエデが指さした方向に青い伝書鳩の入れ墨のあるこぶしを振り上げた。そして耳のうしろを撫でてから、子どもたちを馬車に乗せた。「進め！」と叫んで鞭を打つ。ウンクが手綱を引く。三人は勇んで泥棒を追いかけた。

「ベルリンはなんて狭いんだ！」エデは叫んだ。「こんな辺鄙なところでヌッキさんに会うなんて[8]」

エーミールやカイたちが新興のベルリン西部をタクシーや地下鉄、市電を駆使して移動していた時、エデは北部で初めて馬車に乗っていた。カイの根城の旧北駅（シュテッティナー駅）とウェディング地区はそれほど遠く離れていないが、ふたりの向かう方向が真逆である点、ふたりの足となる交通手段が完全に異なるのはたいへん印象深い。そんな『エデとウンク』において、ブルジョアの住むベルリン西部は次のような形で話題にされる。エデが新聞集配所の責任者に面接される場面から引用する。

「自転車はあるんだな?」ハインリヒがエデにたずねた。

自転車が要るなんて、エデは考えてもなかった。

「いえ、自転車はないです」もごもごと答えた。がっかりして立ち尽くすエデは泣きそうだった。その時、ジプシーの女の子のことを思い出した。

「ハインリヒさん、馬じゃだめですか。僕の友達のおばあさんがポニーを飼っていて、それなら借りられます。

きっとだいじょうぶです」

新聞配達のメンバーみんなが大笑いした。エデは真っ赤になった。

のっぽのハインリヒも笑った。「その馬でグルーネヴァルトにでも行ってこいよ」(65)

グルーネヴァルトとは、ベルリン西部の最高級住宅街である。ここの住人を当て込んで作られたのがノレンドルフ広場の映画館であり、後述するデパートのカーデーヴェーだった。つまりエデはベルリン北部の新聞集配所で、おそらくは**図版22**に示されたような場で、ポニーに乗っておよそポニーなど似つかわしくないベルリン西部に行ってこい、と嫌味を言われているのである。

**図版22：夕刊の到着を待つ新聞売りたち（1932）**
Manfred Görtemaker und Bildarchiv Preußischer Kulturbesitz (Hrsg.): *Weimar in Berlin. Porträt einer Epoche*. Berlin (be.bra) 2002, S. 169.

このコントラストを例に、エデとウンクを両大戦間期ベルリンの流行に乗り遅れたマイノリティ、時代の趨勢に逆行する異端児とみなすのはたやすい。しかし事態はそう単純ではない。市街地の近代化が進む一方、郊外の少数民族や失業者の子弟はその流れに乗ることができず、取り残されていたというのはまぎれもない事実であり、地下鉄やタクシーには縁がなく、自転車や馬車にしか乗れない子どももまた、両大戦間期ベルリンには存在したのである。そのことを書き残す文学も、『エーミール』や『カイ』同様、時代の証言者であることを忘れてはならない。

エデの世界を広げるもうひとつの要素、共産主義については、『エーミール』や『カイ』でも言及された新聞あるいは電話と絡めて論じることができよう。エデはエーミールのように新聞社に招かれて取材を受けることもなければ、ふと目に留めた新聞広告から商売を始めることもない。彼にとって新聞は配達して生活費を稼ぐ手段であると同時に、共産主義に近づく重要な情報源でもある。

「新聞には何が書いてあるかな」エデは身体を起こし、まじめそうな顔でポケットから新聞を取り出すと読み始めた。

［中略］「AEG・タービン工場前で衝突。今朝、従業員がストを決行中のAEG・タービン工場前で、スト破りとピケ要員が衝突、エッツ技師以下、技師が自家用車で潜入させた六人の新規労働者が暴行を受けた」（101–102）

失業中のエデの父は危うくこのスト破りに駆り出されるところだったが、エデの機転で難を免れる。他方、エデの友人の父親はこのストを主導したため、AEG社を解雇され、警察に追われる身となる。その結果、ミュラーという偽名で潜伏する。そんな友人の父親を助けるべく、エデは電話ボックスに飛び込む。

電話ボックスの扉を注意深く閉めたエデは、公衆電話に一〇プェニヒ硬貨を入れて番号を回した。ライニケンドルフ地区は自動交換だったので、待たずにすぐにつながった。

［中略］「クラ、いや、ミュラーさん、六ペニヒ橋で会いましょう。すぐに行きます」（114）

AEG・タービン工場があったフッテンシュトラーセはベルリン北西部モアビート地区、ウェディングに隣接するやはり労働者街である。[9] ライニケンドルフ地区はウェディングよりさらに北に位置し、そこに電話したエデが「ミユラーさん」と落ち合う六ペニヒ橋はもっと郊外のテーゲル地区にある。いずれにしてもエデは自転車でどんどん北方に移動し、新聞や電話を通じて大人社会と交わっていく。従来の児童文学が特定の時代に縛られない、神話化された無邪気な子どもを繰り返し描いてきたのに対し[10]、エデは大人と対等に振る舞う子どもとして、あるいは両大戦間期ベルリンという特定の時空間を大人よりうまく生き抜く子どもとして描写される。その姿はアメリカの資本家と堂々と交渉する少年カイにどこかしら似ているかもしれない。もっともふたりは思想的にも、移動する方向もまったく正反対であるのだが、北のベルリンっ子のたくましさ、エーミールにはない強さは、共通して持っているものと思われる。

## 4　デパートの喧騒──エルフケン『ニッケルマンのベルリン体験』

ここまでおもに少年たちのベルリン移動を見てきたが、同時代の少女たちのそれはどうだったのだろうか。本章で扱う作品の最後として、タミ・エルフケン（一八八八―一九五七）『ニッケルマンのベルリン体験』（一九三二）より、ふたりの少女の移動を見てみよう。

ふたり［引用者注：ニッケルマンとその友達マリアンネ］はクライストシュトラーセに沿って歩いた。三時になったばかりなのにすごい人ごみ。ふたりはまだ小さかったし、今日はみんなが上品に振る舞う日だってことを誰も考えてくれなかったから、ショーウィンドウもよく見えなかった。何かすごいものがあったかもしれないのに。だからまっすぐカーデーヴェーまで歩いて行った[11]。

一〇歳の少女、ニッケルマンとマリアンネがふたりだけで高級デパートを訪れた目的は冬のバーゲンだった。おそらく初めてのふたりだけの遠出だったのだろう、彼女たちは都会の、バーゲンのデパートの喧騒にたじろぐ。

「ぜったいに離れないでね。迷子になるから。もし離れ離れになっても泣かないでいようね。そうなったらひとりでデパートを出て、六九番の停留所で待ち合わせよう。迷子になったことはシュテファン［引用者注：マリアンネの弟］には言わないでおこうよ」(94)

ふたりが取り決めた待ち合わせ場所、市電の六九番の停留所とはノレンドルフ広場である。ここからふたりはクライストシュトラーセを歩いてデパートに向かう。この行程はまさにエーミールが探偵たちとともに盗まれた金を取り戻した際に歩いたのと同じものである。しかし女の子たちは男の子と違い、集団で移動しない。たったふたりでベルリン西部に足を踏み入れるのである。

そもそもふたりはどこからノレンドルフ広場にやって来たのか。小説の冒頭、彼女たちの住まいはヴィルマースドルフ地区だと記されている。また、市電六九番はベルリン南西部からカイザーアレーを北上し、ベルリナーシュトラーセで右折、そこからグルーネヴァルトシュトラーセを東に走り、ゴルツシュトラーセで左折してノレンドルフ広場に到着する路線を取っている。[12]つまり彼女たちはベルリン南西部から北上してデパートにやって来たことがわかる。カイやエデ（とウンク）とは別の地区のベルリンっ子なのである。そんな彼女たちが市電で移動するさまは以下の通りである。

カイザーアレーを右折すると別の地区、バイエルン地区に入った。ニッケルマンはここにはバイエルンの人たちが住んでいるとずっと思い込んでいた。だけど今日の車掌さんは親切だったから、バイエルン地区にはロシア人がたくさん住んでいるんだよ、と教えてくれた。ここに住んでいるロシア人は本当のロシア人と区別して亡命者と呼ぶらしい。(90–91)

ロシア革命とそれに続く内戦により、五〇万人ものロシア人がドイツに亡命したと伝えられている。[13]うち三〇万人はベルリン、とりわけ市の南西部に居住した。[14] したがってニッケルマンらが暮らすヴィルマースドルフ地区にも多くのロシア人がいたはずだが、ふたりは初めて子どもたちだけでとなりの地区に入ることによって、つまり日常の生活空間を離れて移動することによって、社会の現実に触れたものと考えられる。

本章で着目する「移動」という観点からいうと、『ニッケルマン』に登場する少女たちの動きはさほど活発ではない。しかし彼女たちは男の子とは違う視点から大都会の暗部を見つめている。例えばふたりはデパートのバーゲンで万引き犯を目撃する。

万引き犯が連れ去られるのに気づいた人はほとんどいなかったが、ニッケルマンとマリアンネはちゃんと見ていた。ふたりの顔色は犯人と同じくらい青ざめて、胃がキリキリと痛んだ。あの女の人、どうなるんだろう？　刑務所に入れられるのかな？　だんなさんや子どもは何て言うだろう？　どうしてあんなことしたんだろう？（106）

ふたりはこの場を離れた。だけど明日の夕方、四時に『夕刊八時』が届いたら、ミートケさんに読んでとお願いするつもりだった。「デパートで女泥棒」とでも見出しが付いて、きっと今日のこの事件のことが載っているはずだから。（107）

『夕刊八時』とは、当時のベルリンを代表する二大新聞社のひとつ、モッセ社から発行されていた夕刊新聞である。この小説の中でニッケルマンたちが新聞を読むことはないが、新聞の見出しを想像する場面は何度か登場する。つまりエーミールやカイ同様、都会に住む女の子たちにとっても、新聞というメディアが身近に存在していたことが伺える。そのことに関連し、彼女たちは新聞社が主催する子ども仮装パーティにも出かけている。

子ども仮装パーティは大出版社が企画したものだった。新聞に広告が出て、街中の広告塔に「お子さまご招

図版23：ノレンドルフ広場駅（1930）
Michael Bienert: *Kästners Berlin. Literarische Schauplätze*. Berlin（vbb）2014, S. 43.

待」のポスターが張り出された。二月に無料で子どもを楽しませようと考えるなんて、きっといい新聞社に違いなかった。何もない二月に！　新聞社の人たちは本当によく考えてくれたものだ。（137-138）

この仮装パーティにニッケルマンたちはタクシーで出かけている。そしてマリアンネは仮装大賞を獲得し、翌日の新聞に写真入りで掲載される。作中、ニッケルマンたちが遠出するのはデパートと仮装パーティの二箇所だけだが、いずれの場面にも新聞が言及されている点は指摘しておきたい。

もう一度、女の子ふたりがカーデーヴェーに出かけた場面に戻ろう。必ずしも貧しい身なりでない大人の女がバーゲンで万引きするさまを目の当たりにしたふたりは、ふたたびノレンドルフ広場から市電で帰宅する。**図版23**は当時のノレンドルフ広場駅を写している。

教会みたいな地下鉄の駅はとてもきれいだった。地下からあがってきた電車がゴーゴーと音を立てながら入ってくる。反対側ではビューロー広場まで続く高架の上を電車が走っていく。ドーム型の天井の下には花売りのおばあさんがいた。手押し車はミモザの花でいっぱいだ。

強いにおいがした。（109）

カイたちがベルリン西部の雑踏、屋外を軽快に動き回るのに対し、ニッケルマンとマリアンネはベルリン西部の屋内、デパートの喧騒を体験した。その際に彼女たちは、カイのように都市空間を縦横無尽に動き回ることはなかった。その代わり、上記引用箇所にあるミモザの香りに象徴されるような、どこかセンチメンタルな、象徴的な描写はこの小説の特徴である。こういった点にタミ・エルフケンという作者の個性、あるいはドゥリアンやケストナーの登場人物との性差、男女差を指摘することも可能だろう。

繰り返しになるが、カイがベルリンの北部からはるばる南下してきたことや、エーミールが西部から東部にまで足を踏み入れ、さらにまた西部に戻ってきたのに比べると、エルフケンの女の子たちの移動は決して大規模ではない。しかしそれでも親の目の届く小さな空間に閉じこもる（あるいは閉じ込められる）ことなく、大人に混じってデパートを動き回る少女の描写は、両大戦間期ベルリンを移動する子どものひとつの典型と考えられる。少年が主人公の小説には見られない傾向のひとつとして、ここに紹介しておきたい。

## 5　都会で生きる子どもの心得

大都市ベルリンを舞台にした児童文学は、一九二六年ないし一九二七年以降、本格的に書かれ始めた。ケストナーは地方から出てきたエーミールを比較的裕福なベルリンの少年たちに引き合わせ、新興の西部から伝統的な東部へと移動させたのち、ふたたび西部に動かした。他方、ドゥリアンは北部の貧しい少年たちを南下させ、やはり西部で広告業に従事させることで、大枚のアメリカ・ドルを稼がせた。これは母から預かった虎の子のマルク紙幣、安全ピンで留められた交換不可の金を取り戻すのに奮闘したエーミールとは大きく様相を異にする。[15]ドゥリアンのカイ同様、ウェディングのエデもまた北部の労働者街に暮らす少年だが、彼は南下せずより北へと移動した。タクシーや地下鉄に（無賃）乗車することなく、自転車だけを頼りにエデが手にする金額は、本章で考察の対象とした少年少女の中でもっとも少ない。そんな彼が共産主義に目覚めるのは、何のためらいもなくアメリカ資本と結託する、機を見るに敏なカイと好対照といえるだろう。エルフケンは南部の女の子を市電に載せて西部の高級デパートに連れ出した。そこで少女たちは大人の、あるいは都会の闇の部分を目撃する。そこから先、ニッケルマンとマリアンネはエデのように社会的政治的な行動を起こすことはなかったが、その代わりに彼女らは大人同様、都会の群衆にまぎれてスマートに振る舞う術を覚えようとする。この態度もまた大都市に生きる子どもの新しい生き方のひとつに数えられよう。

本章で取り上げた少年少女のベルリン移動やその動機、金の流れを見る限り、彼らに共通する要素は少ない。しかし彼らの誰ひとりとして都会を恐れてはいない。大都会で疎外され、自己を見失いがちな当時の大人の文学の主人公たちとは、この点で決定的に異なる。エーミールは探偵たちと、カイは黒い手団のメンバーと連帯する。エデはロマや共産主義者の一家に近づくし、ニッケルマンはマリアンネ（実は彼女はユダヤ人である）との友情を確認する。自らが大都会を動き回るだけでなく、電話を利用し、新聞にも目を通しながら積極的に他者とつながろうとする姿は、エーミール、カイ、エデ、そしてニッケルマンに共通している。そうすることでそれぞれが親元、あるいは狭い家族関係から独立し、新しい人間関係を築いていくのである。

本章で扱った少年少女はみな、親や家族といっしょにベルリンを移動しない[16]。そもそも彼らの親の影は薄い。母子家庭のエーミールはひとりでベルリンに来ているし、カイは孤児である。エデには両親がいるが、失業中の父の父権は失墜している[17]。そしてニッケルマンは第一次世界大戦で父親を亡くしている。全能の親や大人が無知の子を導くという伝統的な役割分担が揺らいだこの時代、児童文学もまた啓蒙的教訓的であるべきとの呪縛が解かれた[18]。その結果、大人顔負けの、あるいは大人以上に都市を知り尽くした子どもが誕生したのである。都会で生きることに対し、大人よりも子どもの方が柔軟で開放的で強い意志をもって臨んでいる[19]。ベルリンを中心とした都会で暮らす子どもたちに向けて、小説の中の子ども同様、必ずしも両親とともに豊かな生活をしているわけではないドイツの子どもたちに向けて、こういった新しい子ども像を提示したところに、両大戦間期ベルリンを舞台にした児童文学の歴史的意義が見出されるのではないだろうか。

## 注

（1）Erich Kästner: Emil und die Detektive. Ein Roman für Kinder. In: E. K.: *Werke. Parole Emil. Romane für Kinder I.* Hrsg. v. Franz Josef Görtz. München/Wien（Hanser）1998. S. 193-302, hier S. 238. これ以降の同作品からの引用は同書に拠り、本文中に括弧でページ番号のみアラビア数字で記す。なお、訳出に際しては以下の翻訳を参考にした。エーリヒ・ケストナー『エーミールと探偵たち』池田香代子訳、岩波書店、二〇〇〇年。

（2）『エーミールと探偵たち』におけるベルリン移動については、以下の文献を参考にした。Michael Bienert: *Kästners Berlin. Literarische Schauplätze.* Berlin（vbb）2014. また、本章執筆に際し利用したベルリンの古地図は以下の通りである。*Nachdruck des Pharus-Planes Groß-Berlin von 1927.* Berlin（Pharus）2016, *Nachdruck des Pharus-Planes Berlin von 1930.* Berlin（Pharus）2011 u. *Nachdruck des Pharus-Planes Berlin – Nördliche Vororte 1930.* Berlin（Pharus）2016.

（3）Vgl. Bienert: a.a.O., S. 41.

（4）Wolf Durian: *Kai aus der Kiste. Eine ganz unglaubliche Geschichte.* Hamburg（Dressler）2004, S. 19f. これ以降の同作品からの引用は同書に拠り、本文中に括弧でページ番号のみアラビア数字で記す。なお、訳出に際しては以下の翻訳を参考にした。ヴォルフ・ドゥリアン『チョコレート王と黒い手のカイ』石川素子訳、徳間書店、一九九八年。

（5）長沢均、パピエ・コレ『倒錯の都市ベルリン』大陸書房、一九八六年、三〇頁参照。

（6）Vgl. Birte Tost: *Moderne und Modernisierung in der Kinder- und Jugendliteratur der Weimarer Republik.* Frankfurt am Main（Lang）2005. S. 52 u. auch Helga Karrenbrock: Das stabile Trottoir der Großstadt. Zwei Kinderromane der Neuen Sachlichkeit: Wolf Durians „Kai aus der Kiste“ und Erich Kästners „Emil und die Detektive“. In: Sabina Becker u. Christoph

Weiss（Hrsg.）: *Neue Sachlichkeit im Roman*. Stuttgart/Weimar（Metzler）1995. S. 176–194, hier S. 182.

（7）Vgl. Karrenbrcok: a.a.O., S. 184.

（8）Alex Wedding: *Ede und Unku*. Berlin 2005. S. 105. これ以降の同作品からの引用は同書に拠り、本文中に括弧でページ番号のみアラビア数字で記す。なお、訳出に際しては以下の翻訳を参考にした。アレクス・ウェディング『エデとウンク――一九三〇年ベルリンの物語』金子マーティン訳、影書房、二〇一六年。

（9）長沢、パピエ・コレ（前掲書）、一二九―一三〇頁。

（10）Vgl. Karrenbrock: a.a.O., S. 178.

（11）Tami Oelfken: *Nickelmann erlebt Berlin. Ein Großstadt-Roman für Kinder und deren Freunde*. Potsdam（Müller & Kiepenheuer）1931, S. 92. これ以降の同作品からの引用は同書に拠り、本文中に括弧でページ番号のみアラビア数字で記す。

（12）https://www.berliner-linienchronik.de/strassenbahn-1929-ab51.html 参照（二〇二三年七月一六日最終閲覧）。

（13）諫早勇一「都市の見取り図　ナボコフのベルリン」、同志社大学言語文化学会『言語文化』六巻四号、二〇〇四年、五五三頁参照。

（14）諫早勇一『ロシア人たちのベルリン』東洋書店、二〇一四年、四三頁参照。

（15）Vgl. Karrenbrock: a.a.O., S. 189.

（16）Vgl. Bettina Kümmerling-Meibauer: „...kommt nach Berlin und dreht gleich 'nen Film!" Berlin in der Kinderliteratur der Weimarer Republik. In: Matthias Bauer（Hrsg.）: *Berlin. Medien- und Kulturgeschichte einer Hauptstadt im 20. Jahrhundert*. Tübingen（Francke）2007. S. 189–206, hier 193.

（17）エデにのみ両親がいることに関連し、カミンスキは『エデとウンク』の舞台はベルリンだが、この小説の事件は都市でなくもっぱら家庭内で起こることを指摘している。Vgl. Winfred Kaminski: Die Großstadt – ein neues Sujet in der Kinder- und Jugendliteratur der 20er und 30er Jahre. In: Hans-Heino Ewers, Maria Lypp, Ulrich Nassen（Hrsg.）: *Kinderliteratur und Moderne*. Weinheim u. München（Juventa）1990. S. 249–259, hier S. 251.

（18）Vgl. Karrenbrock: a.a.O., S. 176f. und auch Helga Karrenbrock: Großstadtromane für Kinder. In: Norbert Hopster（Hrsg.）:

*Die Kinder- und Jugendliteratur in der Zeit der Weimarer Republik. Teil 1.* Frankfurt am Main（Lang）2012. S. 207–227, hier S. 227.

(19) Vgl. Tost: a.a.O., S. 118 und auch Gina Weinkauff: Die Großstadt als Labyrinth und Bewährungsraum: Emil und die Detektive von Erich Kästner. In: Bernhard Rank（Hrsg.）: *Erfolgreiche Kinder- und Jugendliteratur. Was macht Lust auf Lesen?* Baltmannsweiler（Schneider Verlag Hohengehren）1999. S. 151–171, hier S. 163.

# 第8章

# ロマの子との接点

ロッテ・アルンハイム（生没年不詳）の『ルッシュの成長』（一九三二）に、十歳前後の姉妹とその母親が自宅で仮装して、父を驚かせる場面がある。母はシーツを被ってベドウィン（アラブの遊牧民）に、姉は着物を着て日本人に扮する一方、妹は全身にショールやネクタイを巻き付け、前髪は目にかかるまで垂らす。仕上げにはガラスの首飾りや腕輪をぶら下げ、「哀れな子ども」の姿を完成させる。それを見た姉は次のようにからかう。

「ジプシーだ！」ルッシュはふざけて冷やかした。「うっかりくすねたりするなよ。私みたいな淑女は名声を重んじるからね、裁判であんたのことなんか弁護してあげないよ。パパの手相を見て、立派なお子様がふたりいますね、って予言してみてよ」(1)

この小説にロマ(2)は登場しない。したがって少女たちは実際に彼らと接して、盗みや手相見というロマのイメージを作り上げたというよりむしろ、どこかで聞き覚えたステレオタイプに踊らされているものと考えられる。

ドイツ語圏の大人の文学にロマ表象が見られ始めたのは一六世紀からといわれている。(3)一九世紀以降、児童文学の世界にもロマ（の子ども）が登場し始める。(4)両大戦間期、とりわけ一九三〇年代初頭に書かれたドイツ語圏の児童文学にも、ロマの子どもが登場し、きわめて重要な役割を果たす作品が複数ある。それらはこれまで散発的に取り上げられることはあっても、(5)ナチス前夜、ワイマール共和国期末期という特定の時代を背景に包括的に論じられることはなかった。そこで本章は、ロマの子どもが現れる三つの作品について、彼らとドイツの子どもとの接点に焦点を当てて考察する。

本書ではこれまで、両大戦間期ドイツの児童文学作品をもとに、子どもの家庭生活や都市空間の移動ついて分析を進めてきた。本章では、大人の手の届かないところで、子ども自身によって形成される彼らの社会を、ロマの子どもとの交流という観点から特徴付けてみたい。さらに本章の後半では、ドイツの子どもと交流しない、ロマの少女だけを扱った異色の作品を取り上げ、その独自性についても言及する。

## 1　共同生活による相互理解――ホラント『いったいぜんたいどうしたものか』

カトリン・ホラント（一九一〇―一九八二）の『いったいぜんたいどうしたものか』（一九三〇）は、家業の没落によって親元を離れ、意地悪なおばのもとで暮らす三人の兄妹が、夏休みにベルリンに出て金を稼ぎ、母親との再会を果たすまでの物語である。

小説の中で兄妹たちのベルリン行きを助けるのが、ロマの少年エンリコである。エンリコの年齢は長男ハインツと同じ一四歳。ボヘミアの収容所を脱走し、いまはドイツ人の、しかし商売上、イタリア人のふりをしている夫妻と小さなサーカスを興し、巡業生活を送っている。芸を仕込んだ猿を引き連れ、緑の居住車を運転し、祖母から受け継いだアコーディオンを奏でるエンリコは事実上、この一座の要となっている。

本物のジプシーの少年であるエンリコは、やかんを修理したり、椅子を編んだりすることができた。サーカスで稼げない時は、農家を回って手伝いをさせてもらったり、田舎の酒場で若者たちのダンスの伴奏をすることもあった。ミロ氏とピンピネッラさん［引用者注：サーカスの座長夫妻］にとって、何でもこなすエンリコの才能は、読者のみんなの両親にとっての銀行口座みたいなもの（もしあればの話だが）、いよいよ困った時の助け舟みたいな存在だった[6]。

緑の居住車での移動生活、音楽の才、鋳掛け、木工作業は、いずれもロマの生活・文化としてよく知られたものである。近代に入り、ロマに対する定住化圧力はヨーロッパ各地で強まった。しかし彼らを積極的に受け入れる自治体が現れない限り、エンリコのように放浪を続けるロマ（の子ども）がいてもおかしくない。

ある日、兄妹たちの暮らす田舎町に一座がやってくる。ビラを配ってチケットを売り、サーカス小屋を組み立てるエンリコを三人は手伝うことになる。休憩中、エンリコが自らの出自や親兄弟について語ることはない。しかし三人兄妹との差異を通じて、エンリコの生い立ちはそれとなく示される。

エンリコはサーカスでの生活について話し始めた。つらい話もあれば、とてもおもしろい話もあった。三人は目を丸くし、うらやましそうに耳を傾け、エンリコが話し終わるといっせいに叫んだ。

「めちゃめちゃすごいよ！」

だけどそのあと、三人がアーデルハイトおばさんや農場について話すと、エンリコは物欲しげにこう言った。

「代わってほしいくらいだな」

その言葉に三人はとても驚いた。（101-102）

この兄妹とて、幼くして父を亡くし、不景気で故郷の農場を手放さざるを得なかった母とは離れて暮らしている身の上なので、苦労を知らないわけではない。それでもエンリコが彼らとは比べものにならないほど、これまでに壮絶な人生を送ってきたであろうことは、容易に想像される。

三人を金持ちと思うエンリコは、夏休みにベルリンに出て金を稼ぎたい、そして病気の母を助けたいという彼らの言葉を鵜呑みにはしない。この用心深さもまた、彼の生い立ちがそうさせたものと思われる。

エンリコは三人が本当に約束を守るのか、少し心配だった。これまでにいろいろな世界を見てきた彼は、世の中にはできもしないことを言って、けっきょくは約束を守らない人がたくさんいることを知っていた。［中略］物心がつく頃から移動生活をしているエンリコは、きれいなベッドで憂いなく眠ることのできる読者のみんなには想像もつかないような経験をすでに味わっていた。それはとてもつらい経験だった。（100-101）

その後、三人と友情を深めたエンリコは、彼らへの助力を約束する。その方法とは、ベルリン方面へ巡業する一座への同行を認めるものだった。しかしハインツは、エンリコの申し出をためらう。なぜならそれでは居候させてもらっているおばに内緒で家を出ることになるからである。他方、エンリコはそんなこだわりを一蹴する。同い年のふたりの少年の意見の相違は、これまでの人生経験に由来する世間知の有無と考えて差し支えないだろう。

「だけどそれだとおばさんをだますことになるよ」ハインツは小声でそう言うと、唇をかみしめた。彼は嘘の嫌いな、とても誠実な少年だった。

「ごたごた抜かすな」むっとしたエンリコは言い返した。「どこが詐欺なのか教えてほしいわ。何も間違ったことは言ってないじゃないか。［中略］おばさんの前では農場に行くふりをしたところで、何も悪いことなんてしてないだろう」（112）

最終的に兄妹たちはエンリコの提案に応じ、おばには本当のことを告げず、夏休みのベルリン行きを決行する。そして約二週間、一座と生活をともにする。語り手は読者に移動生活の現実を次のように述べている。

読者のみんなはジプシーの車での移動生活にあこがれているだろう。三人もはじめのうちはそうだった。しかし三日も経つと考えが変わった。ガタガタ揺れると全身が痛く、生まれてはじめてひどい頭痛に悩まされた。一日中じっと座っているのは本当に骨の折れることだった。夜にも仕事はたくさんあった。ピンピネッラさん

の衣装をビレとローゼ［引用者注：三人兄妹の妹ふたり］用に仕立て直したり、炊事に洗濯、動物の世話もあった。（131）

兄妹たちのベルリン行きに関し特筆すべきことは、彼らが一座のメンバーとして正当に稼ぎながら巡業に参加したことである。すなわちビレとローゼの姉妹は、怪我をした座長夫人ピンピネッラに代わり、舞台で得意の馬術とヴァイオリンを披露する。体操のうまいハインツも公演を盛り上げる。その結果、三人は座長のミロ氏から「本物のアーティストのように雇われて」巡業に参加することになるのである。

ミロ氏はひとりずつとしっかり握手を交わした。

「握手は契約書みたいなもんだ。私の言うことを信用してほしい。明日には出発するぞ」［中略］

「エンリコにもお礼を言わなきゃ」ビレが言った。「エンリコが思いつかなかったら、私たち、ぜったいにベルリンになんか行けなかったもん」

「どういたしまして」エンリコは遠慮がちに言った。「お前らが役に立ちそうなことくらい、目が見えない人だって気づくだろうよ」（126）

ロマとドイツの子どもの交流という視点に立つと、両者が互恵的な関係にあることの意味は小さくない。三人は座長夫人不在の危機を救う一方、エンリコは兄妹をベルリンまで連れて行った。短期間とはいえ、ともに暮らす彼らのあいだに、不確かな伝聞に基づく偏見の生まれる余地はない。もっとも、三人とエンリコの常識の違いは枚挙に暇がないのだが。

信じられないかもしれないが、エンリコは歯を磨かなかった。そもそも歯ブラシを持っていなかった。歯磨き粉を初めて見た時は化粧品かと思った。エンリコもミロ氏もピンピネッラも、身体を洗うことはめったにな

**図版24：『いったいぜんたいどうしたものか』より，挿絵**
Katrin Holland: *Wie macht man das nur??? Roman für Kinder.* Oldenburg (Gerhard Stalling) o.J. [1930], S. 136.

かった。近くに小川や噴水があれば洗ったが、なくても別に気にしないようだった。洗面器もなかったし、物知りなエンリコですら、これまでにバスタブを見たことなかった。(135)

語り手はエンリコの暮らしぶりについて三人（とその背後にいる読者）を驚かせることはあっても、それによってエンリコを否定することはない。その証拠に、上記引用箇所の直後には、兄妹たちとエンリコを夜空の下に連れ出し、両者をより接近させている。

その一方でいいこともあった。エリノア［引用者注：兄妹の母の名］は子どもたちに外で寝ることを禁じたが、それは彼女が外で寝ることの気持ちよさを知らなかったからだろう。草原の上に毛布を敷いて身をくるむのは、まるで『千一夜物語』のような体験だった。エンリコは三人に星座を教えてくれた。天の川、オリオン座、大熊座、小熊座、天秤座。三人はエンリコが何でも知っていることにまたしても驚いた。(135-136)

**図版24**は右の引用箇所に付された挿絵である。こうして

彼らは互いに親密な関係を結んだまま、移動生活を続ける。全一七章二〇〇ページから成るこの小説の中で、エンリコが登場するのは物語の中盤、六章から一一章までの約七〇ページにすぎない。エンリコと別れたのち、三人は病気の母を救うべく、ベルリンでも日夜労働に勤しむ。カフェの煙草売りやベビーシッターといった仕事を彼らに斡旋してくれるのは、エンリコに紹介された衣装方のエーリヒ婦人である。そしてそういった労働を通じて、三人は新聞売りや靴磨きに従事するストリートチルドレンと出会うことになる。

エンリコにせよ、ストリートチルドレンにせよ、主人公たちに救いの手を差し伸べる点で、彼らは同種の存在と考えられる。たしかに本作の主筋は、北ドイツの農場を手放し、離れ離れになった母子の再会であり、その過程でそれまで疎遠だったベルリン在住のおじ（母の兄弟）と果たす和解である。したがって全体としては家族内の物語であるのだが、旅を通して三人の兄妹が、生まれも育ちも異なる同世代の子どもらと触れ合い、彼らと連帯することで、独自のネットワークを築き上げる副筋も忘れてはならない。ベルリン滞在中、早朝にパンを宅配し、日中は街頭で花を売る末っ子のローゼは、児童労働に無理解な紳士（実は自身のおじ）に対し、次のように訴えている。

「稼いだお金でお菓子を買おうなんてまったく思っていません。いまの子どもは大人と同じように働いているんです」（177）

ロマの子と共同生活を送り、大都会のストリートチルドレンと汗を流して働くことで、兄妹は母親やおじ・おばの知らない、新しい世界を獲得した。その際に彼らは、偏見やステレオタイプにとらわれず、自らの体験に基づいて他者を理解する態度もまた、身に付けたものと思われる。

## 2　子の連帯と大人の偏見――ウェディング『エデとウンク』

アレックス・ウェディング（一九〇五―一九六六）の『エデとウンク』（一九三一）は、一般にプロレタリア児童文学として読まれることが多いが、この作品の中で労働者の連帯に目覚めるのはふたりの表題主人公のうちのひとり、エデだけであり、もうひとりのウンクは終始政治とは無縁な存在である。そしてこのウンクこそが、生まれも育ちもベルリンのロマの少女なのである。

一二歳のエデと一一歳のウンクは冒頭、ベルリン郊外の移動遊園地で出会う。ふたりとも母語はドイツ語なので、コミュニケーションに不自由はないものの、ウンクは時折、対話の中にエデの知らない言葉を差し挟む。

「ブラヴァ・チャブ！」ウンクはそう言うと、家の形をしたマジパンをひと口、エデに食べさせてあげた。
「何？　いまの言葉、どんな意味？」
「いい男の子って意味だよ。ブラヴァ・チャブ。私たちの言葉」(7)

**図版25**はエデとウンクのモデルと目されるふたりの当時の写真であるが、初対面のふたりは言葉以外の生活・文化の違いについても多くの情報を交換する。例えばエデにとっては当たり前の水道や水洗トイレが、ウンクの家にはない。

「伯爵みたいな生活ね。うちでは水は井戸から汲み上げて車まで運ぶんだ。中庭にはトイレがひとつあるだけ。それにみんなが殺到するから、いつも誰かが入っているの」(30)

エンリコ同様、ウンクの住まいもまた緑の居住車で、ベルリン郊外の敷地に停車して暮らしている。この日、ウン

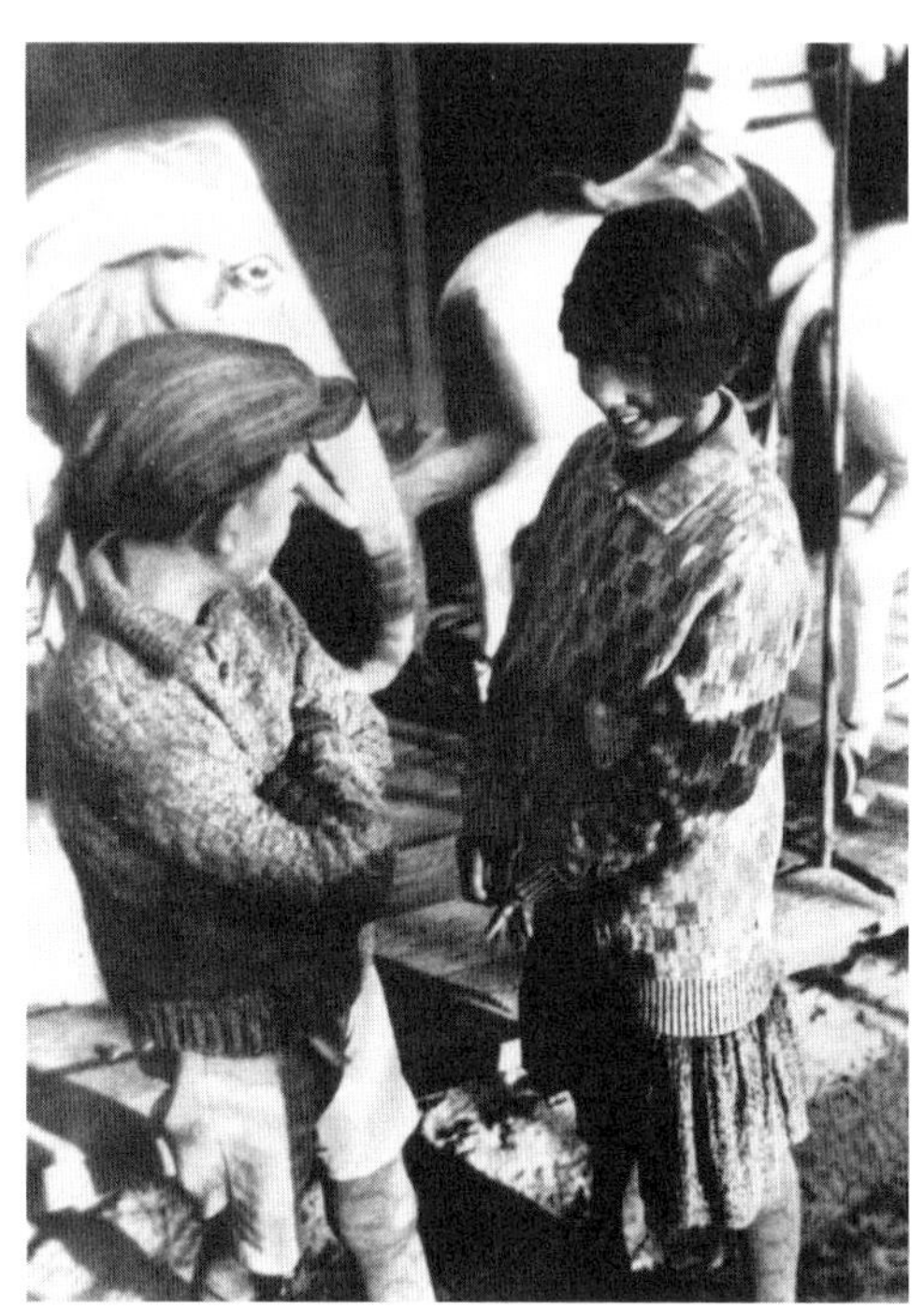

**図版25：実在したエデとウンク**
Alex Wedding: *Aus vier Jahrzehnten. Erinnerungen, Aufsätze und Fragmente. Zu ihrem 70. Geburtstag.* Hrsg. v. Günter Ebert. Berlin (Kinderbuchverlag) o.J. [1975], S. 294.

クが移動遊園地に来たのは、一家が回転木馬に貸し出しているポニーを引き取るためだった。ウンクには父がおらず、彼女の母はレースの編み物を売ったり、占いをして生計を立てている。ウンクいわく、自身不就学で読み書きのできない母親は、[8]娘の学業に無頓着であるという。ウンクの家族に関し、とりわけエデを驚かせたのは、一家の大黒柱である祖母の喫煙だった。

「何だって？　おばあちゃんが葉巻を吸うの？　そんなのあり得ないよ。おじいちゃんの間違いだろう？」

「え、どうして？　おばあちゃんが葉巻を吸ったらおかしいの？　パイプだって吸うよ。［中略］」

「信じられない。ちょっと僕、倒れそうなくらいびっくりだよ。パイプを吸うおばあちゃんなんて！」(34)

この直後、エデはウンクの喫煙にも驚かされる。[9]ベルリンにこんなにも生活習慣の異なる人たちが暮らしていることを「インディアンの本よりおもしろい」と感じたエデは、ウンクの招きに応じて居住車を訪れる。そして彼らの生活の実際を目の当たりにする。大家族が暮らす居住車は、彼の想像を超えて狭かった。

エデは手土産のハート形のレープクーヘンをテーブルの上に置いた。ウンクはそのとなりにガラス瓶を置いた。そこにはマクセ〔引用者注：エデの友人〕の持参した花束が活けられていた。テーブルのまわりにはもう、シェーフヘン〔引用者注：ウンクの従兄弟〕と黄色の皮の帽子をかぶった女の子の座る場所はなかった。だからこのふたりは地べたに座り込んでコーヒーを飲んだ。ブラッビ〔引用者注：ウンクのおばあさんの飼い猫〕はおばあさんの膝の上で寝ていた。「ヌッキ、お客さんにギターを弾いてあげて」ウンクはおじさんにおねだりをした。(87)

するとウンクのおじ・ヌッキは、ロマ音楽を演奏してくれる。あるいは自慢の入れ墨を見せてくれる。さらにエデはウンクに導かれるまま、生まれて初めて乗馬を体験する。

こうしてエデはウンクとの出会いを通し、それまで知らなかったロマの世界に触れていく。もっともエデとて、初めからロマに対する偏見と無縁だったわけではない。ウンクと初めて会った日には、次のように述べて彼女を泣かせている。

「でも……。ジプシーは子どもを誘拐するし、他のものだって盗むって父さんが言ってたから」

「子どもをさらってどうするっていうの？　自分たちの子どもだけでもじゅうぶんたくさんいるのに。他のものだって盗んだりしない！　絶対にしない！」ウンクは泣きながら言った。(28)

父からの伝聞に基づくエデの先入観は、ウンクらとの直接的な交流によって徐々に軽減されていく。ウンクから、学校の長期休暇中は家族と居住者で田舎に出かけると聞いたエデは、「ジプシーは泥棒」という先入観について、次のように再考する。

「農家の人たちはあたしらに犬をけしかけてくるけど、田舎はお金がかからないからいいの。林檎もさくらんぼもプラムも木になっていて美味しいよ。川魚をひもで捕まえるんだ」

「それって泥棒じゃないか！」エデはびっくりして大声を出した。〔中略〕

「あたしだって金持ちみたいにホテルで何メートルもあるメニューを見て注文したいよ。エデからは何も盗んでないじゃない。おなかが鳴って、林檎がそこにあるんだよ。魚が泳いでいるんだよ。ばかじゃないの」ウンクは真っ赤になって言い返した。（97）

盗みを弁明するウンクの理屈は、ベルリンに行くためには、おばをだますことも厭うなと唱えたエンリコと共通する。いずれの場合もドイツの子どもは、ロマの子どもとの意見の相違に直面し、それまで無批判に受け入れていた常識や道徳について考え直すきっかけを与えられる。その結果、エデは次のように考察を深めていく。

「うーん、たしかに魚は泳いでいるんだよね……。クラブンデさん〔引用者注：友人マクセの父で共産主義者〕は何でもみんなのものだ、働いている人は誰だっておなかいっぱいにならなきゃいけない、と言ってたしなあ。言われてみればウンクの言う通りかもしれないね。僕もじっくり考えてみるよ」

「そんなことより次の休みに私たちといっしょに田舎に行くことを考えてよ」ウンクはエデって変わっているな、と思った。（97‒98）

非政治的なウンクにはまったく理解されないものの、エデはここでロマの盗みを共産主義の思想から解釈し、それを何とか是認できないものか思案している。本章の目的はこの小説をプロレタリア児童文学として読むことではないので、エデの議論の妥当性については検討しない。しかしここで確認しておきたいのは、ロマの少年から嘘も方便と教えられたハインツが、ふたりの妹とだけ相談したのち、結果的にその意見に従ったのと同様、エデもまたロマの少女の主張に真摯に耳を傾け、彼女の考えを自ら咀嚼して理解に努めようとするさまである。ここにもまた、凝り固まった常識や先入観にとらわれがちな大人とは異なる方法でマイノリティの理解に努める子どもの姿が見て取れる。

ここまで、エデに代表されるマジョリティの側からのロマ理解について論を進めてきた。しかし本作におけるエデとウンクの関係は、前者が後者を一方的に保護したり、支援したりするわけでは決してない。逆にウンクがエデを助ける場面も複数存在する。父の失業によって窮した家計を助けるべく、エデは新聞配達に従事する。そのために必要な自転車購入の頭金（の一部）を、ウンクは自らの貯金を切り崩して融通する。さらにウンクはエデの新聞配達に初日から同行する。ふたりの連携プレイは両者の協力関係を象徴している。

「エデは自転車を停めて降りることないから。私が新聞を投げ入れるよ」

エデはウンクが走っている自転車から新聞を郵便受けに投げ入れるのを、わくわくしながら見守った。この作戦はとてもうまくいったので、ずいぶんと時間を節約することができた。（99）

エデの自転車が盗まれると、偶然通りかかったヌッキおじさんに助けられ、ふたりは自転車を取り戻す。「ジプシーは泥棒」という偏見を逆転させ、ジプシー（ロマ）が泥棒を捕まえるこの展開の意味するところは小さくない。やがてウンクはエデの父親と対面を果たす。彼女が息子の新聞配達を手伝ってくれていると知った父は、寒がるウンクに自身のウールのベストを勧める。

「ちょうど息子さんも」ウンクはくすくす笑いながら言った。「エデと初めて会った日のことですが、エデも私に上着を貸してくれたんです。あの日も寒かったから。どうもありがとうございます」（110）

ウンクのこの発言には注意が必要である。というのも、ウンクはエデの差し出した上着を一旦は断っていたからである。

「これ、着なよ」そう言うとエデは寒さでまだ震えている女の子に上着を差し出した。「ウンクは大丈夫」そう言って女の子は要らないというしぐさをした。「あたしが盗んだって言われそうだもん」（26-27）

エデに「ジプシーは泥棒」という偏見を吹き込んだのは父親だった。にもかかわらず、エデは初対面のウンクに上着を貸そうとした。他方、ウンクはドイツ人の（大人の）偏見を承知しているからこそ、エデの善意を一旦は拒んだ。その後の交流を通してふたりが理解し合っていくさまは、すでに見た通りである。父のベストをめぐるエピソードは、大人の偏見に振り回されていた子ども同士の歩み寄りが、逆に大人にまで波及していく効果を示している。

このあとエデの父は、息子が次の学期休みにウンクらの居住車で旅することを許可する。エンリコと三人兄妹の交流が子ども同士の枠内にとどまったのに対し、エデとウンクの交流はその背後に控える家族にまで広がっていく点で特徴的といえるだろう。

## 3　ロマの父娘の密着――ミハリ『ミヒャエル・アルパートとその子ども』

ヨー・ミハリ（一九〇二―一九八九）の『ミヒャエル・アルパートとその子ども』（一九三〇）は、五歳の少女マーシャのもとを父親のアルパートが初めて訪れる場面から始まる。ハンガリー出身のロマであるアルパートは、かつてフランス人女性とのあいだに一女をもうけた。しかしほどなくして妻を亡くす。その後、マーシャは生後八か月の時から、フランスの里親のもとで育てられた。したがって彼女の母語はフランス語であり、物語の冒頭で娘を引き取ったアルパートとの言語コミュニケーションには、つねに困難が付きまとう。

半分しか目を開けていないマーシャは眠そうだった。アルパートはささくれだった手で娘の頰を撫でて微笑む

**図版26：『ミヒャエル・アルパートとその子ども』より，挿絵**
Jo Mihaly: *Michael Arpad und sein Kind. Ein Kinderschicksal auf der Landstraße.* Stuttgart (Gundert) 1930, zwischen S. 80 u. 81.

と、フランス語で「おやすみ」は何と言うのか、しばらく考えてみた。しかし単語がわからなかった。夜の静けさの中、外国語に腹を立てながらも、アルパートが微笑みを絶やすことはなかった。(10)

アルパートは娘にドイツ語を覚えさせることを思い立つ。なぜなら今後ふたりはドイツ語圏を放浪しながら、ロマ音楽の演奏によって生計を立てるつもりだからである。マーシャが最初に覚えたドイツ語の一文は「お腹空いた」だった。それほどまでにふたりの移動生活は過酷を極める。なお、**図版26**は初版本にミハリ本人が描いた挿絵である。

炎天下の中、ふたりは何時間も戦没者墓地のそばを黙って歩き続けた。〔中略〕アルパートの右手をつかむマーシャは立っているのがやっとだった。ぬぐってもぬぐっても額から汗がしたたり落ちた。(33)

善良な農婦から必要以上に甘やかされて育ったマーシャは、一日とて食べずに過ごすことはできなかった。夜になるとあちこちが痛いと訴えては、なかなか寝付かなかった。マーシャが寝言で苦しんでいるとアルパートは目を覚まし、彼女を抱き上げて落ち着かせた。(50–51)。

父との道中、マーシャが同世代の子どもと交わる場面はほとんどない。そもそもマーシャは里子時代から他の子どもと交わることを好まなかった。

不思議なくらいマーシャは近所の子どもと打ち解けず、いっしょに遊ぼうとしなかった。乱暴な彼らを自分とは無縁な存在と考えていた。マーシャの友達は、ふさふさした毛のシェパードのナポレオンだけだった。(11)

物乞いに訪れた村でマーシャは、肉屋の息子に話しかける。しかし彼がアルパートの目を盗んでマーシャの足をつねったことがきっかけで、ふたりは派手な喧嘩を繰り広げる。

「さっさと出て行け！」そう叫んだ少年は、少しだけ勇気が湧いてきた。自分がいまいる場所も、マーシャのとなりにはアルパートがいることも忘れ、通りに飛び出ると片足でぴょんぴょん飛び跳ねながら、勝ち誇ったように「ジプシー！　ジプシー！」とからかった。

真っ青になったマーシャは、目だけをギラギラと輝かせて、無言で男の子に飛び掛かった。そして彼の赤毛を乱暴にむしった。少年もすぐにマーシャの顔を殴り返す。抜けた髪の毛は飛び交い、マーシャは鼻血を流しながら泣きわめいた。(58)

やがてドイツ入りしたアルパートとマーシャは、路上生活者らを支援するシュトゥットガルトの友人、グレゴール宅を訪れる。この家のひとり息子のフランツィスクスは、マーシャをベッドに寝かせ、自らはわら布団に横になって次のように考える。

明日になったらミヒャエルに、マーシャをここに残して、ってお願いしよう。毎日放浪するにはこの子はまだ小さすぎる。もうすぐ冬になっても、ミヒャエルはストーブを焚く薪すらない。この子は森の中の鳥みたいに凍え死んじゃうんじゃないか。それにミヒャエルは病気だ。血を吐いているのを見たもの。ミヒャエルが死んだらマーシャはどうなるんだろう。警察に連れられて孤児院に入れられるのかな。脱走しても力づくで戻されるのかな。(94)

その頃、階下ではグレゴールに預けていたヴァイオリンを受け取ったアルパートが、乞われて深夜の演奏を開始する。するとマーシャとフランツィスクスも、屋根裏の寝床を抜け出し、音のする方向に導かれる。

突然、鈍い稲光が家の中を照らした。フランツィスクスは「ほら、パパが弾いているよ」と小声で言った。［中略］「ミヒャエルだ！」マーシャはすぐに気づいた。「ミヒャエル、パパ。ミヒャエルだ！」

演奏を中断したアルパートは耳をそばだてた。

「マーシャか？」少し大きな声でたずねた。

「うん」子どもの細い声が上のほうから聞こえた。マーシャは階段を駆け下りて部屋に入ると、アルパートの膝に抱きついた。フランツィスクスもあとに続いた。［中略］少年は涙をこらえながら、どんなにお願いしてもマーシャはここには残らず、父親の行くところに付いて行くということを悟った。マーシャのそばにいたいなら、自分も放浪しなければいけない。(97)

ちょうど同じ瞬間、アルパートのヴァイオリンを初めて聴いたマーシャもまた、父とともに生きる決意を固める。

自分はもはや水たまりの水のような、停滞した生活からは引き離されていることにマーシャは気づいた。もうそこには戻りたくない。これからはここにいるミヒャエルを誰よりも愛し、彼から離れないようにしよう。ミヒャエルは鳥のように音楽を奏でる。枝に止まったナイチンゲールのように歌う。彼からヴァイオリンを取り上げたら、すぐに死んでしまうんじゃないか。マーシャはそんな不安を感じた。ミヒャエルの心は弓の先端と結びついている。この不思議な楽器と彼の命は謎めいた関係にある。（98）

シュトゥットガルトの友人宅を出た父娘は、秋から翌年の春まで、郊外の家庭菜園のバラックで過ごす。その間にマーシャは六歳の誕生日を迎えるが、就学しない彼女がドイツの子どもと接することはない。その後、さらに移動したふたりは、ウィーンのサーカスに雇われる。ここでも彼女のまわりには大人しかいない。

フランス時代の里親が女性だったように、アルパートと暮らすようになってからも、マーシャの周囲にはさまざまな女性たちが登場し、彼女の母代わりを務める。シュトゥットガルトで出会ったフランツィスクスの母トゥルーデも、そのひとりに数えられるだろう。食事中、皿を舐めたマーシャを居合わせた者たちが笑うと、彼女は進んで少女を弁護する。

「どうしてそんなに大笑いするのよ！　あんたたちは子どもの頃にも、お皿を舐めたことなんてないとでも言うの？」そう言うとトゥルーデはマーシャの前に腕を広げた。マーシャは彼女の優しい様子を正しく理解し、手足をばたつかせてこの女性のもとに移ろうとした。（90）

家庭菜園でともにひと冬を過ごす老婆のエマは、猫の毛皮でマーシャに襟巻を作ってくれる。ウィーンのサーカスの座長夫人は、ダンスの得意なマーシャにバレエを仕込もうとする。しかしこの試みは必ずしも父の意に沿うものではなかった。

アルパートは、バレエのレッスンは難しすぎるのでは、マーシャには向いていないのでは、と思った。絹でできた軽いシューズでつま先立ちをするようになってからというもの、マーシャはアルパートを喜ばせた昔のダンスを踊らなくなってしまった。（144）

サーカスで芸を磨いたマーシャがたくましくなるにつれ、アルパートの身体は弱っていく。それでも父娘の密着は変わらない。マーシャがエンリコやウンクと決定的に異なるのは、ドイツの子どもと交流しないだけでなく、実の父親との結びつきが強い点にこそある。放浪中、アルパートは盗んだ野菜を娘に食べさせる。農家の納屋に忍び込み、ともに搾乳に励む。演奏に訪れた屋敷でマーシャが盗みを働いても、アルパートは叱ろうとしない。

「長生きしたいなあ」アルパートは心からそう思った。「長生きしてお前がどう育つか、見てみたいよ。お前のやることはみんな正しい。どうしてお前をこの世に送ったのか、神様もわかるだろうよ」(121)

『ミヒャエル・アルパートとその子ども』で描かれる少女の社会化は、価値観の異なる子ども同士の交流を通してのそれではなく、父親に全面的に肯定されながら成長する少女のかなり特異な日常の中で行われる。それはこの時代、ドイツの子どもの家庭では父権が弱まり、父に代わる存在としてのおじの地位が高まったり、子ども同士の連帯が強まったのとは相容れない現象といえるだろう。この点に関する考察は本章の最後に行うとして、ここではもう少し、アルパートとマーシャの父娘関係を追っていきたい。

サーカスの一座がフランス国境に近づいた時、アルパートはマーシャに、里親に会いたくないか、とたずねる。マーシャはこの提案を一蹴したあと、こう付け加える。

「私のお父さん」突然そう言うとマーシャはアルパートを心を込めて見つめた。
「え?」アルパートは驚いた。これまでマーシャにそんな風に呼ばれたことがなかったからである。
「私のお父さん」マーシャはその年頃の少女には似つかわしくないほどのやさしさを込めて繰り返した。
(148–149)

ほどなくしてアルパートは倒れ、病院に入れられる。マーシャもサーカスを離れ、孤児院に入れられる。その後、再会したふたりは申し合わせてそれぞれの施設を脱走する。手をつないで走り、郊外の街道にたどり着いたマーシャは、アルパートにこう呼びかける。

「ダダ」マーシャはつぶやくように言った。それはジプシーの言葉で「お父さん」を意味した。(155)

ますます衰弱するアルパートとともに、マーシャはふたたび、つかの間の放浪生活に入る。もはやアルパートのヴァイオリンよりも、マーシャのダンスや手相見、木細工によって日銭を稼ぎながら、ふたりはシュトゥットガルトを目指す。なぜなら死期を悟ったアルパートは、この地に住む友人のグレゴールとトゥルーデ夫妻にマーシャを託すつもりだからである。

小説は、アルパートがマーシャを友人宅に遣り、ひとり穀物畑に横たわったまま、亡くなる場面で終わる。父の死後、はたしてマーシャはフランツィスクスと再会し、今度こそ彼と友情を結ぶことになるのだろうか。マーシャを送り出す直前、アルパートは友人夫妻に宛てて、次のように書き残している。

「……マーシャをそちらに差し向ける。［中略］君たちのところに置いてやってほしい。これまでわれわれが信じてきた、この世のすべての人間の正義と平等と自由を信じながら、この子を育ててほしい」(157)

アルパートがマーシャを託するシュトゥットガルトの友人には、実在のモデルがいた。[11] 作中人物と同じ名のグレゴール・ゴック（一八九一―一九四五）である。路上生活者らを自宅に招き、彼らの投稿に基づく雑誌を編集していたゴックを、ミハリは一九二八年に訪ねている。ゴックの妻アニ（一八九七―一九九五）は、シュトゥットガルトのグンデルト社から著作を出す児童文学者だった。二年後にミハリが『ミヒャエル・アルパートとその子ども』を出すことになるのも、この出版社である。

ゴックやミハリがロマと交流し、彼らに支援の手を差し伸べていた事実は、小説にも反映されている。ドイツとポーランドの国境沿いの、ミハリが育った祖父母のもとには、多くのロマが身を寄せていたという[12]。彼女自身、ダンサーとして巡業生活を送ったこともある[13]。先に引用したアルパートの遺書からも、ドイツ人とロマの連帯への期待を読み取ることができる。その意味で今後、マーシャがともに育てられることになるであろう、グレゴールの息子の名が、ゴックの実の子のそれではなく、アッシジのフランチェスコを連想させる名に書き換えられている事実は、じゅうぶん示唆に富んでいる[14]。表題主人公の死で終わるにもかかわらず、この小説が爽やかな読後感を残すのは、マーシャの未来について、わずかながらも期待を抱かせる結末に与るところが大きい。

『ミヒャエル・アルパートとその子ども』は、ドイツの子どもと交流しない、ロマの少女（だけ）を真正面から取り上げ、彼女に独自の成長を遂げさせた点で、異色の作品と位置付けることができるだろう。

## 4　「この世のすべての人間の正義と平等と自由」に向けて

ここまで、ほぼ同時期に発表された三つの児童文学作品をもとに、一九三〇年前後のドイツ語圏のロマの子どもについて考察してきた。父のいないエンリコやウンクは同世代のドイツの子と積極的に交流を図ったのに対し、実父とともに旅暮らしを続けるマーシャには、友人と呼べる存在はなかった。

ところで子どもを主たる読者に想定する児童文学には、子どもに空想を含めた非現実または理想を提示する側面と、リアルな、場合によっては過酷な現実を直視させる側面がある。そのことに関連し、ホラントは『いったいぜんたいどうしたものか』の冒頭、語り手に次のように述べさせている。

まずこのことだけは言わせてほしい。この物語はすべてが真実というわけではない。全部を信じたり、すぐに自分もまねしてみようなんて思わないでほしい。そんなことをすると、ひどくだまされたと思うことになる

からだ。(9)

このあとにホラントがフィクションとして例示するのは、サーカスの巡業中、ライオンのすぐそばで眠ることであったり、警察が児童労働に介入しないことであって、エンリコと三人兄妹の連帯、旅を通じての相互理解までも否定することはない。しかし彼らの交流が現実をそのまま映していると考えるのは早計だろう。

ウェディングは戦後、東ドイツで再版された『エデとウンク』に、まえがきのような第一章を追記し、エデとウンクにはモデルがいたこと、そしてエデとは戦後に再会したことを明かしている。(15)同じ箇所でウンクの消息についても思いをはせているが、それについては「問わないでおきましょう」と述べている。(16)

第4章で述べた通り、ウンクのモデル、エルナ・ラウエンブルガーは、一九四四年にアウシュヴィッツで殺された。(17)しかしウェディングは生涯、その事実を知ることはなかった。(18)児童文学に描かれる理想と現実について考える上で、小説とはあまりに異なるウンクのモデルの末路は、それを知ってしまった後世の読者にとって、無視することはできないだろう。

一九三〇年の初版から半世紀以上を経た一九八一年、『ミヒャエル・アルパートとその子ども』の新版が、当時の西ドイツで出版された。(19)著者自身が描いたカラーの挿絵が多数挿入されるなど、新版も初版と同様の体裁を取ってはいるが、ふたつの版を比べてみると、いくつかの箇所で重要な改変が施されていることに気がつく。例えば放浪の旅を始めた父と娘が、第一次世界大戦の激戦地、ヴェルダンの戦場跡を歩く場面がある。そこで彼らは戦時中に使われた古い食器や缶詰、ガスマスクを見つけるのだが、(20)新版にこの描写はない。

あるいはふたりがサーカスに加わったのち、アルパートが大砲を放つ出し物への関与を断固拒否する場面がある。

なぜなら彼は、先の大戦後、「たとえ冗談であっても、二度と発砲しないと誓った」からだった。そのことを聞き知ったマーシャは、以下のように考える。

「撃ったことがあるの？」マーシャは小声でミヒャエルにたずねた。何も答えないということは、そうなんだろう。銃弾が雨のように降り、無数の男たちが死に追いやられていく様子を想像し、マーシャはぞっとした。おそらくは彼女の人生の中で、もっとも印象深い瞬間だった。むき出しの暴力がどれほど手に負えないものか、しっかりと記憶し、抗っていこうと思った。大砲は憎まなければいけないことを知った。戦争について考え、蝶の舞の練習をした。そしてのちに「死んだ兵士たち」と名付けられ、反戦を訴えることになるダンスについて夢想した。（146）

マーシャが初めて反戦の決意を固めるこの描写もまた、一九八一年の版では削られている。なお、これらの改変は作者自身の手によるという(21)。

ミハリによる削除は、戦争に関する部分だけにとどまらない。ロマの置かれた立場について詳述した以下の語りまでもが削られている事実は、否が応でもわれわれの目を引かずにはいられない。ヴェルダンの戦場跡を歩く父と娘が、この地を見物に訪れた観光客の車やバイクとすれ違いざまに露骨に蔑まれたあと、初版では次の一説が挿入されていた。

そもそもジプシーとは誰なのか。ジプシーには自分の生活を意のままにする権利があるのか。ジプシーとは、捕まえられるまでは独自の法則で転がり続ける球のようなものである。しかし以下のことには留意しておく必要があるだろう。すなわち人間社会というのは、自分たちの理解の範疇から逃れようとするものを蔑み、市民の平和を乱す害悪と見なして迫害するということである。さらに彼らは「お前たちは軽視されているのだ」と

> いうことをわからせるための手段や方法を編み出す。彼らはジプシーをアウトサイダーに仕立て上げる。彼らがジプシーの苦悩や喜びに関心を寄せることもなければ、ジプシーの微笑みや閉ざされた心の背後にある秘密に分け入ろうとすることもない。（33-34）

初版にはあったこの一段をミハリはなぜ削ったのだろうか。筆者はその原因を、新版ではロマとヨーロッパ市民社会の敵対をいたずらに煽るのではなく、両者が共生する可能性を示唆したかったからではないか、と考えた。若書きにありがちな告発めいた抽象論を披露して満足するのではなく、もっとシンプルに、マーシャとフランツィスクスの今後に未来を託したかったのではないだろうか。もちろん現実には、ウンクのモデル、エルナ・ラウエンブルガーの例を出すまでもなく、ロマ（の子ども）がナチス時代を生き延びるのはきわめて困難だった。それにもかかわらず、いや、現実にはそうだったからこそ、「ジプシーをアウトサイダーに仕立て上げる」という記述を削ったミハリの態度には、彼女の願望、理想が込められているように思われる。それを空想的な甘さと呼ぶこともできるだろうが、若い読者に希望や期待を抱かせることもまた、児童文学の重要な役割のひとつであることを忘れてはならない。父を亡くしたマーシャにとって、フランツィスクスがウンクにとってのエデのような存在になった時、「この世のすべての人間の正義と平等と自由」の実現に向けて、小さな一歩が踏み出されることだろう。『エデとウンク』および『ミヒャエル・アルパートとその子ども』は、ナチスが政権を取った一九三三年以降、禁書に指定された。[22]

## 注

（1）Lotte Arnheim: *Lusch wird eine Persönlichkeit. Eine lustig-nachdenkliches Mädelbuch.* Stuttgart（D. Gundert）1932, S. 85.

（2）第4章同様、本章でも原則として「ロマ」という呼称を用いるが、作品からの引用など、歴史的な文脈を考慮すべき際は「ジプシー」という呼称も併用する。

（3）Wilhelm Solms: *Zigeunerbilder deutscher Dichter.* In: *„Zwischen Romantisierung und Rassismus“. Sinti und Roma 600 Jahre* *in Deutschland.* Hrsg. v. Landeszentrale für politische Bildung Baden-Württemberg u. Verband Deutscher Sinti & Roma, Landesverband Baden-Württemberg. Stuttgart 1998, S. 50–55, hier S. 50f.

（4）児童文学に描かれたロマ表象の研究史については以下を参照。Anita Awosusi（Hrsg.）: *Zigeunerbilder in der Kinder- und Jugendliteratur.* Heidelberg（Wunderhorn）2000.

（5）『エデとウンク』をプロレタリア児童文学ではなく、ロマの子の登場する児童文学として扱った研究としては以下のものが挙げられる。Petra-Gabriele Briel: *Lumpenkind und Traumprinzessin. Zur Sozialgestalt der Zigeuner n der Kinder- und Jugendliteratur seit dem 19. Jahrhundert.* Gießen（Focus）1989, Michail Krausnick: Das Bild der Sinti in der Kinder- und Jugendliteratur. In: Awosusi: a.a.O., S. 31–46 u. Christina Kalkuhl u. Nadja Tschäpe: Zwischen Fiktion und Zeitgeschichte – Ein Werkstattbericht zur Kategorisierung von Zigeunerdarstellung in der KJL. In: Awosusi: a.a.O., S. 117–136.『ミヒャエル・アルパートとその子ども』についての唯一の個別研究は以下の通り。Petra Josting: ‚Zigeuner' in der Kinder- und Jugendliteratur der Weimarer Republik am Beispiel von Jo Mihalys *Michael Arpad und sein Kind. Ein Kinderschicksal auf der Landstraße*（1930）. In: Petra Josting u. Walter Fähnders（Hrsg.）: *„Laboratorium Vielseitigkeit". Zur Literatur der Weimarer Republik. Festschrift für Helga Karrenbrock zum 60. Geburtstag.* Bielefeld（Aisthesis）2005, S. 171–190. なお、これまでに『いったいぜんたいどうしたものか』を論じた先行研究は国内外を問わず存在しない。

（6）Katrin Holland: *Wie macht man das nur??? Roman für Kinder.* Oldenburg（Gerhard Stalling）o.J. [1930], S. 87f. これ以降の同作品からの引用は同書に拠り、本文中に括弧でページ番号のみアラビア数字で記す。

（7）Alex Wedding: *Ede und Unku.* Berlin（Neues Leben）2005, S. 29. 訳出に際しては以下の翻訳を参考にした。アレクス・ウェディング『エデとウンク――一九三〇年ベルリンの物語』金子マーティン訳・解題、影書房、二〇一六年。これ以降の同作品からの引用は同書に拠り、本文中に括弧でページ番号のみアラビア数字で記す。

（8）ロマの子どもの不就学については、ウェディング（前掲書）、六六頁、注一四参照。

（9）『いったいぜんたいどうしたものか』にも、煙草をめぐる象徴的なエピソードがある。エンリコの目の前で煙草を買い、喫煙の習慣を自慢しようとしたハインツに対し、同年のロマの少年は出来合いの煙草などには目もくれず、自ら手巻き煙草を作って逆に驚かせるのである。

（10）Jo Mihaly: *Michael Arpad und sein Kind. Ein Kinderschicksal auf der Landstraße*. Stuttgart（D. Gundert）1930, S. 28–29. これ以降の同作品からの引用は同書に拠り、本文中に括弧でページ番号のみアラビア数字で記す。

（11）Vgl. Klaus Trappmann: Nachwort. In: Jo Mihaly: *Michael Arpad und sein Kind. Ein Kinderschicksal auf der Landstraße*. Mit einem Nachwort von Klaus Trappmann. Berlin（LitPol Verlagsgesellschaft）1981, S. 150–159, hier S. 156 und auch Josting: a.a.O., S. 188.

（12）Vgl. Trappmann: a.a.O., S. 154f. u. Josting: a.a.O., S. 188.

（13）Vgl. Trammpann: a.a.O., S. 155, Josting: a.a.O., S. 188 u. Helga Karrenbrock: Jo Mihaly. In: *Neue Deutsche Biographie*. Bd. 17. Berlin（Duncker & Humbolt）1994, S. 490.

（14）Vgl. Trappmann: a.a.O., S. 157 u. Josting: a.a.O., S. 185.

（15）ノイバウアーによると、一九五四年の版ではまだエデにもウンクにも再会できていない旨、第一章に記されているが、それから数年後の版からは、二児の父親になったエデとは再会を果たしたことが記されている。Vgl. Rahel Rosa Neubauer: Erna Lauenburger, genannt Unku. Das Schicksal der Titelheldin des Romans *Ede und Unku*. In: Susanne Blumesberger u. Ernst Seibert（Hrsg.）: *Alex Wedding（1905–1966）und die proletarische Kinder- und Jugendliteratur*. Wien（Praesens）, 2008, S. 123–142, hier S. 130.

（16）Alex Wedding: *Ede und Unku*. Berlin（Kinderbuchverlag）1974, S. 11.

（17）Vgl. Janko Lauenberger u. Juliane von Wedemeyer: *Ede und Unku – die wahre Geschichte. Das Schicksal einer Sinti-Familie von der Weimarer Republik bis heute*. Gütersloh（Gütersloher Verlagshaus）, 2018, S. 229–230.

（18）一九六六年三月、東ドイツのジャーナリスト兼作家のライマー・ギルゼンバッハが、ウンクの親族のひとりと知り合った。そのことを彼はウェディングに知らせたものの、彼の手紙が届いたのは、ウェディングが亡くなった日だったと述べている。ギルゼンバッハはその後、ウンクの従姉妹とも会い、アウシュヴィッツでのウンクの最期について聞き出している。Vgl. Reimar Gilsenbach: Unkus letzter Tanz. In: *Alex Wedding: Aus vier Jahrzehnten. Erinnerungen, Aufsätze und Fragmente. Zu ihrem*

*70. Geburtstag.* Hrsg. v. Günter Ebert. Berlin（Kinderbuchverlag）o.J.［1975］, S. 292-304.

（19）Jo Mihaly: *Michael Arpad und sein Kind. Ein Kinderschicksal auf der Landstraße.* Mit einem Nachwort von Klaus Trappmann. Berlin（LitPol Verlagsgesellschaft）1981. それ以前にも、第二次世界大戦後から一九六六年にかけて、学校教材用にいくつかの版が出版されたが、それらは初版から多くの章が削られ、かなりの短縮版だったと先行研究は述べている。Vgl. Josting: a.a.O., S. 177 u. Trappmann: a.a.O., S. 151.

（20）Mihaly（1930）: a.a.O., S. 40.

（21）Mihaly（1981）巻頭の但し書き参照。

（22）『エデとウンク』についてはDieter Wrobel: *Vergessene Texte der Moderne. Wiederentdeckungen für den Literaturunterricht.* Trier（WVT）, 2010, S. 114f. 参照。『ミヒャエル・アルパートとその子ども』については https://www.deutsches-tanzarchiv.de/fileadmin/user_upload/www.tanzarchiv-koeln.de/Nachlaesse_und_Sammlungen/Mihaly/Jo_Mihaly.pdf 参照（二〇二二年七月一六日最終閲覧）。

# 第9章

# 父の世界を継ぐ娘
## ――ナチス少女文学が生まれる時

第Ⅰ部同様、第Ⅱ部の最終章もまた、少女文学に焦点を当てたい。ただし今回は、父親不在ではなく、父と娘の関係が濃密な作品について論じる。

ミヒャエル・アルパートとマーシャのように、父娘密着が特徴的な作品は、ワイマール共和国期末期あるいはナチス時代初期のドイツの家庭を舞台にした小説にも存在する。そしてそれらの作品では、父と娘の関係に反比例して、おじさんと姪あるいは少女の関係は希薄である。

本章では、一九三〇年代半ばの少女小説に見られる少女と父親あるいはおじとの関係をもとに、ナチス少女文学が誕生するに至るプロセスを追跡する。なぜなら筆者は、一九三〇年代半ば以降の少女文学に見られるおじの追放と父娘関係の強化こそが、ナチス少女文学を生み出したと考えるからである。

その前段として、ナチス的傾向の皆無な作品から見ていきたい。というのも、筆者の仮説では、この作品の家族（父娘）関係が、その後のナチス少女文学の基盤になったと考えられるからである。

### 1　少女の夢はカーレーサー――レズニチェク『パウラの捜査』

フェリツィタス・フォン・レズニチェク（一九〇四―一九九七）の『パウラの捜査』（一九三二）の主人公パウラは、兄よりも弟よりも父から気に入られている。他方、母はふたりの息子の肩ばかり持つと、少なくともパウラはそう信じている。兄弟との喧嘩の原因を問われたパウラは、母に対し次のように反論する。

ナイフとフォークを置いたパウラは、背中で椅子をグイと押しやって急に立ち上がった。「ママはお坊ちゃまの言うことにしか、耳を傾けないのね！」(1)

一三歳のパウラは、兄弟よりも成績優秀で読書家でもある。愛読書はカール・マイやジェームズ・フェニモア・クーパー（一七八九―一八五一）(2)の冒険小説。しかし母は娘が夜中にベッドで読書することを認めない。視力の低下が心配だからである。さらにパウラが洋服を仕立てに行きたがらないのも、母には悩みの種である。読書傾向から見て取れる通り、パウラには活動的な一面がある。そして父は娘のそういった面を気に入っている。

もうすぐ夏休みになると、パウラはパパと山登りに行ってよいことになっていた。今年こそパパはチーマ・グランデ(3)に連れて行ってくれるだろうか。夏休みはいつも家族別々に過ごした。母と兄弟は海に出かける。ロースベルク氏［引用者注：父］は山だ。二年前からパウラもいっしょに山に行くようになった。そして彼女は大胆さと正確さを併せ持った、熱心な登山家に成長した。(20)

夏休みのバカンスを北イタリアで過ごすことができるロースベルク家は、普段はベルリンに暮らしている。裕福な一家の父は化学者で、自宅の敷地内に研究所を設置し、日夜発明に励んでいる。

物語は、彼が軽量の鋼鉄を生産する公式を発見したことから動き出す。特許を得た父は、ドイツの製鋼会社と契約を交わすが、その前に彼の研究所に忍び込み、機密書類を盗もうとたくらむ産業スパイが現れる。最終的に犯人はパウラの活躍によって捕まえられる。したがって表題の『パウラの捜査』とは、その過程で活写される彼女の名探偵ぶりを表している。

父娘関係の他にこの小説で注目したいのは、主筋の背景にある自動車産業の描写である。父の発明が自動車の製造に関するものであることは、作中、彼が三人の子どもを伴って自動車工場を訪問する場面から明らかである。子どもたちが再三、自分たちも将来、自動車産業に従事するつもりだと口にするのは、父の職業への誇りの表れといえるだろう。

「いずれ僕らが父さんの工場を引き継ぐとして、誰かひとりはここで車を作らなきゃいけないと思うんだ」「僕はみんなのために外国に出張するよ」そう言いながらフランツ〔引用者注：パウラの兄〕は上品に足を組んだ。「それじゃあ、私はレースに出る」パウラは断言した。（45-46）

パウラと兄弟はリビングでくつろぎながら、工場見学の感想を言い合った。「工場経営は遠慮するよ。だってずっとベルリンにいなきゃいけないから。ルディ〔引用者注：パウラの弟〕、お前がやれよ。僕は広告部門を引き受けて、パリとかロンドンに出張するよ。いろいろ見られるからね」「いいよ、僕はベルリンにいたいから。ヴァンゼー(4)のそばにお家でも建てようかな」「お家ならここで間に合っているのに！」パウラは弟に反論した。「レースに出させてくれさえすれば、私はどうでもいいことだけど」（55-56）

「あと数年したら、私がレースに出るんだから！」パウラは言った。「その宣伝は僕にまかせて」自信満々でフランツは言う。「広告の何たるかを、みんなに教えてあげるよ」「僕が工場でパウラの車を作ってあげなかったら、レースにも出られないし、宣伝もできないけどね」ルディがふたりに水を差した。「レースは金がかかりすぎるからねえ」（66）

子ども同士の対話を通して、ロースベルク氏の本職は自動車会社の経営であり、社長自ら研究開発に従事していることが伺える。三人の子のいずれもが父の世界を引き継ぐ意思を表明している中、自動車の製造でも広告でもなく、

**図版27：アヴスのレース場（1925）**

Gerhard Fischer: *Berliner Sportstätten. Geschichte und Geschichten*. Berlin (Links) 1992, S. 95.

カーレースへの参戦を主張するのが娘のパウラである点は、目を引かずにいられない。

一九二一年、ベルリン南西部のグルーネヴァルトに、オートレースのサーキット場アヴス（AVUS）が建設された。一九二六年には、ここで最初のドイツグランプリが開催されている。この大会で優勝し、その後も三〇年代にかけて活躍したドイツを代表するレーシングドライバー、ルドルフ・カラツィオラ（一九〇一－一九五九）の名は、パウラらも言及している。作中、パウラはカラツィオラも参戦するレースをアヴスで観戦する。その興奮、熱狂を抑えられない様子は、以下のように記されている。

> 周回のたびにレースは動いた。スピードはどんどん上がり、失格する車も増えていく。最終的にドイツの自動車メーカーのドライバーが、ライバルより車半分だけ先んじてゴールした。その瞬間、パウラは手すりから身を乗り出した。ドクター・シュテッケル［引用者注：父の部下で、パウラらをレースに連れて行ってくれた人物］は心配そうに、あるいは非難めいて顔をしかめたが、それでも彼女は降りようとしなかった。(76)

**図版28：車を運転する女性（1925）**
Christiane Schröder u. Monika Sonneck (Hrsg.): *Außer Haus. Frauengeschichte in Hannover*. Hannover (Reichold) 1994, S. 122.

最新のレーシングカーが「時速二〇〇キロの攻防」を繰り広げるアヴスの客席の収容人数は七七〇〇人。レース場の外からの見物客を加えると、二〇から三〇万人が訪れたといわれている。[5] オートレースの観戦は、そのスピードに酔い痴れると同時に、レーサーの事故死を目の当たりにすることもあるため、感情の高ぶりと消沈の落差を同時に体感できる世界だった。[6] 群衆のひとりとして、アヴスという非日常の空間を味わったパウラは、いずれは自らもまた、レーサーとしてサーキットに立ちたいと願うようになる。

一九二九年にベルリンを走る乗用車の数は四万二八四四台あった。それが十年後の一九三九年には、一二万二三二六台へと三倍に増えている。その結果、ベルリンでは三五人にひとりが乗用車を所有するようになった。[7] その一方で、一九二九年にベルリンで交付された二四九六七の運転免許証のうち、女性に対しては一〇五九、すなわち全体の四・二パーセントにすぎなかったというデータもある。[8] これらの事実を考え合わせると、カーレーサーを夢見る一三歳の少女という設定は、当時流行の「新しい女」[9] よりもさらに先を行く、きわめて進歩的な人物像であったといえるだろう[10]（**図版28**参照）。

加えてその背景に、父が自動車を開発し、息子たちがその生産ならびに販売を受け持つという、きわめて常識的な、一般的な父の世界の継承が描かれているからこそ、パウラの特殊性、男の子よりも男勝りな姿が、よりいっそう際立つのである。

冷静さと大胆さを併せ持つ男に対し、神経質な女は車の運転に向いていないという論調は、ドイツでは両大戦間期前から支配的だった。とりわけこの傾向が強かったのが、カーレースの世界だった。しかし一九二〇年代半ば、クレレノーレ・シュティネス（一九〇一—一九九〇）は多くのカーレースに参戦し、男性レーサーたちを抑えて優勝している。[11] 彼女の父、フーゴ・シュティネス（一八七〇—一九二四）は、ワイマール共和国期を代表する実業家で、アヴス建設に際しての有力なスポンサーだった。[12] また、父の死後、事業を引き継いだクレレノーレの兄は、ナチスによって国有化されるまで、アヴス株式会社の筆頭株主だった。[13] こういった家庭環境下、クレレノーレは若くして車の運転を習得している。[14]

本作でシュティネス親子について言及される場面はない。しかし自動車の製造や販売など、実務的に父を継ごうとするのが息子（たち）であるのに対し、カーレーサーになって父の世界を継承しようとするのが娘であるという設定は、シュティネス家の親子関係を連想させずにはいられない。[15]

『パウラの捜査』の表題主人公は、男勝りなまでに活発という点で、第5章で扱った少女文学の主人公たちと同じ資質を有しているものと考えられる。ただしパウラには、娘を愛し、娘に愛される父親がいた。この点で彼女の家庭環境は、他の少女たちのそれとは大きく異なっている。ナチス少女文学の誕生について考える上で、この違いを無視することはできない。

活発で行動的な娘とそれを認める仲のよい父がいて、おじの出る幕がない家族の設定は、一九三〇年代後半の少女文学に引き継がれることになる。こういった家族形態をベースにそれをアレンジすることで、ナチス少女文学が生み出されたというのが筆者の仮説である。この仮説をもとに、以下では一九三五年から一九三七年にかけて発表された、ナチス色の濃い三つの少女文学を読んでいく。まずはパウラ同様、自動車産業に従事する少女を扱った作品から見てみよう。

## 2　自動車業界の理想と現実——ランゲ『車を運転する少女』

生没年など不詳なマリルイーゼ・ランゲの『車を運転する少女』（一九三七）の主人公インゲは、まもなく二十歳を迎えようとしている。したがって彼女は自動車の運転免許を持っている。インゲと父の仲のよさは、例えば「運転免許の試験の前に、父がいっしょに専門書を読んでくれた」ことを回想する場面などで語られる。しかしこの父親は、小説が始まると同時に、最初の段落で亡くなってしまう。その時、インゲの母もすでに他界している。

両親の残したアルプス山麓の小さな領地をインゲが管理していたのは、一九三〇年の春までのことである。父が亡くなってからというもの、彼女がとくに熱心に仕事に打ち込んだのは、大好きな故郷を何としても維持したいからだった。(16)

田舎医者のひとり娘であるインゲは、自然豊かな地で育った。近い将来、自然に触れられる職に就きたいと思っていた矢先に父を亡くした。

冒頭のこの部分だけを読むと、彼女とパウラの違いはあまりに大きい。しかしインゲがミュンヘンに出て、自動車セールスの職を得る段になると、パウラのその後を見るかのように、少女は自動車産業に接近する。就職の面接でインゲは次のように自身を売り込む。

「運転歴は数年ですが、いつも安全運転です。神経質ではなく、冷静沈着だと自任しています」インゲは重役

をまっすぐ見据えて断言した。［中略］
「ちょっとした修理なら自分でできるのかな？」重役のヤーン氏がたずねる。
インゲはうなずいた。実際に彼女はできた。古い車が言うことを聞かなくなると、よく父を手伝ったものだった。(16)

ドイツの女性が自動車運転免許を取得するに際し、夫または父親の許可が必要でなくなったのは一九五八年のことである。それまで女性は個人の意思で車を運転することができなかった。したがってインゲが面接の場で亡き父を思慕する描写は、自動車を介した父と娘の結びつきが強調されるという意味において、彼女とパウラの共通項を示す場面のひとつに数えられるだろう。

とはいえ、インゲはカーレーサーになるわけではない。彼女の仕事は自動車の販売であり、その前に三週間、工場で研修を受けることになる。その結果、インゲはパウラではなく、パウラの兄弟が従事したであろう職種を経験することになる。

自動車の製造も販売も、男が支配的な世界であることに変わりはない。しかしそれぞれの業種でのインゲの立居振る舞いには、かなりの違いが見て取れる。

北ドイツの小さな町にある自動車工場を訪れたインゲは、当初そこで働く武骨な男たちになかなか受け入れてもらえない。

初めのうち、労働者たちは見た目も話し方も妻や娘とは違うこの娘に対し、不信の目を向けていた。どう見ってインゲは、彼らの帝国への闖入者だった。(22)

しかし彼女の熱心な仕事ぶりは、ほどなくして男性労働者たちの信頼を勝ち取ることに成功する。作業着を着て、汚れた手で額の汗をぬぐうインゲの姿は、もはや市民の娘のそれではない。

上品な給仕長は［中略］この客に対し、ここは婦人専門のカフェであることをそれとなく伝え、となりの居酒屋に移られてはいかがか、と申し出た。やがて彼は目の前の客が実は女の子だとわかると驚いた。それでもインゲはカフェから出て行った。(34)

インゲと工場労働者との連帯は、彼女がミュンヘンに戻って営業職に就いたあとも変わらず続く。

インゲと仕事仲間のあいだには、他の労働者と市民のような対立はまったく見られなかった。インゲと労働者たちは、いまも変わらぬ友情で結ばれていた。［中略］インゲが彼らの政治的見解に反論し、これからの政治について彼女の意見を述べたとしても、その関係に揺らぎはなかった。(54)

それに対し、ミュンヘンで自動車の売買に携わる男社会に向けるインゲのまなざしは、かなり様相が異なる。同業の男たちとの仲間意識は影を潜め、顧客である都会の群衆や自動車のセールスに対する彼女の違和感が、より強調されるようになる。例えばセールスレディという存在に対する物珍しさは、最後まで付きまとうことになる。

あの販売店には、若くてかわいいセールスレディがいるということが知られるようになってからというもの、試乗を申し出る独身男性客は増え続けた。「その娘の名前は？　友達に勧められたんだけど」彼らの第一声はいつも同じだった。すると忙しいインゲは同僚に合図を送り、客に不審がられないように試乗の相手を代わってもらった。(46)

インゲは上司から、黒人の少年とふたりでスポーツカーの営業を命じられる。インゲの眼には怠け者に映るこの少年も、女性客の獲得にだけは長けている。

インゲが客の前に車を付けると、アリ［引用者注：黒人少年の名］はさっとドアの前に立ち、興味を示す人たちににっこり微笑みかけた。スマートな感じのこの若者は、とりわけ女性客に人気で、なかには試乗を申し出る者もいた。(67)

異性の顧客へのアピールのために動員されたという点で、インゲと黒人少年は同じ立場にある。だからといってふたりが連帯し、協力し合うことはない。インゲは少年の仕事ぶりに不満を抱いており、彼とコンビを組んで営業することに内心では納得していない。にもかかわらず、彼女がこの仕事を引き受けたのは、解雇をちらつかせる上司の説得に応じたからだった。

「会社の方針を理解してもらえない場合は、ヴィンクラーさん［引用者注：インゲの姓］、残念ですが明日の朝にはここを去ってもらいます。だけどそうならないために、あなたが古臭い考えを捨てて冷静に振舞ってくれることを期待していますよ。」(65)

上司とインゲのどちらがより「古臭い考え」の持ち主なのかは、ここでは問わない。いずれにしてもインゲは、黒人少年との協働を最後に、自動車業界を去る。地方での営業後、急な悪天に襲われ、インゲの運転するスポーツカーから少年が逃げ出す場面でもって彼女のセールスレディとしてのキャリアが終わるのは、いささか唐突な印象を与えはするが、「車を運転する少女」の面目躍如といえるだろう。

インゲは笑わずにいられなかった。「あのばかが！」思わず陽気につぶやいてしまう。「車に座っていられないからって、この天気の中、外に走っていくなんて！」(69)

セールスレディを辞めたインゲはどこへ向かうのか。結論からいうと、彼女は自然に還る。物語の冒頭で、父が亡くなった直後に農場の管理をしていたように、ふたたび自然に触れられる職への第一歩を踏み出すことになる。具体的には、女子農業学校に進学する前の実習を、営業中に知り合った農場主のもとで行うようになる。インゲにとって自動車のセールスは、女子農業学校に通うための資金調達の手段だった。彼女にとって自動車業界とは、最終の目的地ではなく、自然に回帰するための通過点に過ぎなかったのである。独力で夢を追いかける少女に同情する農夫らに対し、インゲは次のように心情を吐露する。

「私がこの仕事〔引用者注：自動車のセールス〕に就いたことを後悔しているなんて思わないでください。本当にたくさんのことを学べましたから。〔中略〕いつも追い立てられて疲れたと思ったこともあります。女ですから、家庭のような、女にふさわしい場所に憧れたり、誰かのものになりたいと思ったこともあります。だけどこの仕事でそれを望むのは無理な話です。もとはというと男の職場なんですから。でもきっとまたいまとは別の時代が、私たち女が家庭に戻って、男の忠実な伴侶になれる時代が来ると思うんです」(71-72)

こうして都会や文明に未練を覚えず、喜んで田舎を志向する少女が完成する。そこにはもはや、都会で自動車を乗り回す「新しい女」の面影は存在しない。予想以上に早くミュンヘンを「脱出」することができたインゲは、さらに飼い犬に向かって自身の「もうひとつの望み」を打ち明ける。

「よく見ててね、私のもうひとつの望みも実現するから。祖国の幸せな将来のため、私たち若者がもう一度、大きな共同体を作るの」(77)

インゲがこの発言を行うのは一九三二年秋、ナチスが政権を樹立する数か月前のことである。小説はそれから三年が経過し、庭師になったインゲが、自ら栽培した花や野菜を売る場面で幕を閉じる。華やかな都会の自動車産業に背を向け、田舎で農業に従事する彼女に、もはやパウラの似姿を重ねることはできない。

『パウラの捜査』と『車を運転する少女』の発表年には五年の開きがある。このわずか五年のあいだに何が起こったのだろうか。生前の父親と仲がよく、自動車によって父とつながっていた娘が、最愛の父を亡くしたのち、自動車業界という、たいへん都会的な、しかし男性優位な職業社会に挫折あるいは失望し、田舎で自然に触れる職業を目指すことになった。そのことはわずか五年のあいだに、都会の自動車業界が、娘によって継承されるべき父の世界ではなくなったことを意味する。さらに娘が「祖国の幸せな将来のため」に、いつの日か、男が外で働き、女は家で働く旧来の家父長的な家族像の復活を願うようになるさまは、父の死を契機に、父への思いをもっと大きな祖国――ドイツ語では「父の国」Vaterlandへの思いに転化したものと考えられる。一九三二年の時点で無邪気にカーレーサーを夢見ることができた一三歳のパウラと二十歳のインゲのあいだには、七歳の歳の差以上に時代の差があるのである。

次節以降では、インゲ同様、少女が庭師になる小説と、インゲも通ったであろう女子農業学校が舞台の小説について考察する。いずれの作品の主人公もインゲと同じひとり娘である点については、本章の最後に言及したい。

## 3　家の庭の再生――ホルシュタイン『労働奉仕するドーラ』

クリスティーネ・ホルシュタイン（一八八三―一九三九）の『労働奉仕するドーラ』（一九三五）の表題主人公ドーラは、一九一五年秋の生まれである。父は芸術史が専門の学者で、ゲーテの『ヘルマンとドロテーア』にちなんで娘をドロテーア（通称ドーラ）と命名した。彼らはゲーテゆかりの地、ワイマールのアム・ホルン地区に広大な敷地と屋敷を有し、そこで暮らしている。

ドーラの誕生前、父は第一次世界大戦に従軍し、右足を切断する重傷を負った。それでもなお愛国的な彼は、帰還後は戦傷者たちを屋敷に受け入れ、一種の療養所として開放してきた。そして終戦を迎えた時、ドーラは三歳になっていた。

> 一九一八年一一月は恐ろしい運命をもたらした。すなわちドイツ帝国の崩壊と一一月革命である。
>
> アム・ホルンの屋敷は、近隣の愛国の士たちの集合場所になった。若いヨハンゼン夫人［引用者注：ドーラの母］はピアノを弾き、戦傷者たちは「ドイツよ、ドイツよ、すべてのものの上にあれ」や「祈りを捧げに、正義の神に歩み寄る」を歌った。
>
> 「主よ、われらに自由を！」という男たちの歌声は、しわがれた叫びのように、薄暗い庭を響き渡った。
>
> ドロテーア・ヨハンゼンが初めて覚えた歌はこういった歌だった。これらの歌とともに、彼女は成長した。[17]

この一文のあと、物語は一〇年以上が経過する。つまりこの小説に黄金の二〇年代はいっさい現れず、世界恐慌によって没落した一家、無力化した知識階級の姿が優先して描かれるのである。その際にクローズアップされるのが、一家の荒れ果てた庭である。

> アム・ホルンの家はまだあったが、庭師はずいぶん前に解雇され、庭は荒れ放題だった。［中略］ドーラは思いつくと雑草を除去し、花に風を通そうとしたが、あたり一面、こうも雑草だらけの状態では、それが何の役に立っただろう。(10-11)

この庭に象徴されるように、ドーラの両親もまた、時代に取り残され、新しい生き方を見つけられずにいる。父の原稿は出版社から突き返され、古美術のコレクションを売り払って生活費に充てる始末。母は旧時代が恋しくて仕方がない。

「もう一度ドイツが大きな国になって、平和と秩序が回復して、全部が前みたいになるって思っちゃだめなの？」

一四歳の少女は真剣に、そして気の毒そうに母親を見つめて静かに言った。「お母さん、もう前みたいにはならないの」

黙って考え込んでいた父がようやく口を開ける。「この子の言う通りかもしれんよ、カーリン。あの大戦以降、新しい時代が始まったんだ。過去はもう死んだんだ」（12-13）

ドーラには、過去にばかりこだわる母親はもちろん、現状を把握することはできても、新たに行動を起こすことのできない父親もまたじれったい。そこで彼女は考える。そして自宅の広大な敷地を活用できないかという結論に至る。無邪気に小遣いをせがむ娘と、およそ子どもらしくない使い道に驚く両親との以下のやりとりは、その後いっそう尖鋭化されることになる。

「何を買いたいんだい、おチビちゃん」
「たい肥！」ドーラは答えた。
「たい肥？」両親はそろって大きな声を上げた。
「うん、たい肥。お庭の果物の木に肥料をあげたいの。そうしたらまた、大きなリンゴが取れるから」（24）

荒れた庭の再生に活路を見出したドーラは、歳を重ねるごとにその思いを強めていく。そして一九三三年春、ヒトラーが首相に就任したひと月後、アビトゥーアを取得した少女は、両親に自身の計画を告げる。

「お願いだから反対しないで。私、労働奉仕をやりたいの。そのための施設に行きたいの」

驚いた両親は呆然と見つめ合った。

「そこでは何でも学べると言っても信じてもらえないかもしれないけど」ドーラは熱心に説明を続けた。「牛

の乳搾りとか、鶏の飼育とか、農作業、庭仕事なんかをするの」〔中略〕
ふたりともわが子に反対しようとしなかった。彼らにいったい何ができるというのか。いまや新しい時代だった。時代についていくか、振り落とされるかのふたつにひとつしかなかった。(32)

ナチスによって国家労働奉仕団（ＲＡＤ）が設立され、一八歳から二五歳のドイツ人男子に半年間の労働奉仕義務が課されたのは、一九三五年六月のことである。女子の労働奉仕も義務化されたのは一九三九年秋からである。(18)したがってドーラが手を挙げた時点ではまだ、男女問わず自発的な労働奉仕（ＦＡＤ）だった。とはいえ、ドーラが赴いたブランデンブルクの宿泊施設は、すでにナチス色に彩られている。ドーラを出迎えたリーダー格の少女の第一声は「ハイル・ヒトラー」であり、施設の広間にはヒトラー内閣の閣僚の肖像画が飾られている。本棚には『我が闘争』や北欧神話の『エッダ』、夭折した突撃隊員ホルスト・ヴェッセルの伝記などが並べられている。

労働奉仕の具体的な中身は、ドーラが両親に説明した施設内での作業の他、近隣の入植者や日雇い労働者一家の家事手伝い、幼稚園での就労などである。(19)これらの仕事を半年間、一五歳から二九歳までの女子約三〇名が交代で行う。**図版29**は初版本の表紙絵であるが、親元を離れ、労働奉仕に勤しむドーラの姿が描かれている。

農場を改装した宿泊施設で、彼女らは共同生活を送る。平日は六時起床、六時一〇分から体操、六時半から洗濯、七時から朝礼など、細かなスケジュールが立てられており、朝礼では当番が歌や詩を用意するという。『我が闘争』を朗読する者もいれば、トランシルヴァニアの民謡を合唱することもある。(20)夜の七時半にも全員が集合し、順番で新聞記事を報告する。この作業の意図について、リーダーはこう説明する。

「ローカル面ばかり読んでいてはだめなの。私たち女も、世界を大きな視点で見なければいけないの。政治の勉強もしましょうよ。ヒトラー総統もそうおっしゃっているわ。外国との関係、経済対策、雇用……。私の言っていること、わかる？　新聞に書いてあることを読み上げるんじゃなく、要約して自分の言葉で話すのに慣

れていこうよ」(50)

出身も生い立ちもばらばらだった少女たちは、長期にわたる労働奉仕と共同生活を終え、ふたたび別れる頃には、強い連帯意識を持つようになる。

「離れていても、みんないっしょにいようね」お互いに約束し、しっかりと手を取り合ったのは、調理師、看護師、販売員、家事手伝い、事務職員、工場労働者の少女たちだった。だけどみんな、同じ民族の子だった。(81)

ドイツの大地のためにという感情、自らが手がけた土くれへの愛情と一体感は、彼女らの若い心にしっかりと根を張った。青々と茂る穀物畑、一日の仕事の終わりを知らせる村の鐘の音、一生懸命働いたあとの心地よい疲れを今後どうして忘れてしまうことなどあるだろうか。(82)

労働奉仕は田舎での労働、とくに農作業を通じて、それまでの都市型のライフスタイルを捨て、自然に即した質素な暮らしを若者に啓蒙することを目指した。

**図版29：『労働奉仕するドーラ』表紙絵**
Christine Holstein. *Dora im Arbeitsdienst*. Mit Bildern von Kurt Walter Röcken. Reutlingen (Enßlin & Laiblin) o.J. [1935].

**図版30：女子労働奉仕の朝礼風景**

Generalarbeitsführer v. Gönner (Hrsg.): *Spaten und Ähre. Das Handbuch der deutschen Jugend im Reichsarbeitsdienst*. Heidelberg (Vowinckel) 1939, Abb. 72.

労働奉仕に従事する若者向けハンドブック『鋤と穂』（一九三七）には、少女の労働奉仕の目的が次のように規定されている。

> 少女たちは家計や家事、子育てといった実際的な事柄を学ぶだけでなく、〔中略〕助けが必要とされている場に赴き、民族に対する義務を果たすことによって、幸福を感じられること、無私の奉仕が誇りや満足、自信につながることを学ぶのである。[21]

集団生活を送るドーラたちの日常が、このガイドブックに沿った形で展開されるのはいうまでもない。**図版30**は同書に記された女子労働奉仕の朝礼の様子であるが、『労働奉仕するドーラ』においても、朝礼で鉤十字の旗を掲揚することへの言及がある。

親元を離れ、大地に根差した生き方を学ぶ過程で、ドーラは労働奉仕を終えたあとの将来についてふたたび検討し始める。そして改めて、「実務では役に立たない」両親とは同じ道を歩まないことを決意する。

帰郷する直前、ドーラは両親に手紙を通じて自らの将来計画を、およそ彼らには実行不可能な計画を伝える。そのあまりに即物的な内容に、両親はさぞかし驚いたことだろう。

> 私ももう大きくなったから、生活のことを考えています。うちの広い庭を放っておくのは本当に残念。養蜂を

やりながらあの庭を活用したら、私たちが食べていけるだけのものは収穫できると思うの。前の手紙にも書いたけど、労働奉仕の合間に上級林務官のハーゲンさんのお宅で養蜂を教えてもらっています。［中略］家に帰ったら習ったことを全部試してみたい。でもお金がなければ何も始められないと思う。庭に何か植えるのもそうだし、養蜂を始めるのにもお金が要る。だから家を抵当に入れる可能性も考えてみました。(76)

一九三三年秋、ドーラは一八歳の誕生日に帰郷する。そして労働奉仕で学んだ知識と経験をもとに、家の庭の再生に取り組む。そのための資金提供は父から受けるが、実際の開墾作業でドーラを助けるのは、インテリの、あるいは障害のある父ではなく、かつて第一次世界大戦に従軍した父の仲間たち、戦地で傷を負って帰還し、ドーラの屋敷で療養した男たちだった。

　ガタゴトと音を立てながら、庭木戸を通って荷車が現れた。「グンパートさんだ、たい肥を持って来てくれたんだ！」元気よくドーラはそう叫ぶと、熊手を放り投げ、旧友のもとへ駆け寄った。(95)

　問題は土の掘り起こしだった。どんなに歯を食いしばって、力を込めて頑張っても、ドーラには無理だった。雑草が根を張り、もつれた土はあまりに手強かった。そうなると仲間たちの出番だった。ハウプトマン氏が喜んで来てくれた。キオスクの仕事は夫人に任せたという。［中略］続けてハンマーマン氏が、庭の倉庫を豚小屋とヤギ小屋に改造するのに来てくれた。(95)

物語は翌年春の初めての収穫と秋のスモモのムース作り、冬を迎える前の豚の屠殺の場面を経て、大団円を迎える。自発的な労働奉仕を経験したドーラの知識と熱意によって屋敷の庭が再生されるという結末は、予想通りの展開といえるだろう。しかしその過程で父と娘の関係に変化は認められない。ふたりが急接近するのは、物語の最後にドーラが突然、ワイマールの精神科医との婚約を発表する段に及んでのことである。

ドーラは帰郷してすぐ、ワイマール在住の精神科医と知り合っていた。彼との婚約を誰よりも喜ぶのは父である。なぜなら父にとってこの婚約は、娘がふたたび自らの世界に、一度は否定された上流市民階級に復帰することを意味するからである。しかもこの精神科医は、結婚後は父の屋敷に移り住み、サナトリウムを開業したいと言い出す。この計画を一番喜ぶのも父である。なぜならかつて戦傷者のために屋敷を開放した自らの生き方が、義理の息子によって継承されることになるからである。

その一方でドーラは、結婚後も農作業は続けるつもりであると父や夫に宣言する。さらに彼女は、新設されるサナトリウムの看護師として、労働奉仕時代に同じ釜の飯を食った仲間の雇用を提案する。加えて患者を含めた一家の家政を切り盛りするべく、別の仲間の招集も口にする。労働奉仕を終えたのち、復職が叶わず困っている同志に手を差し伸べるドーラの態度、連帯意識は、『鋤と穂』の以下の記述に則ったものといえるだろう。

ほとんどの勤労少女にとって、奉仕中の宿泊施設で培った仲間意識は新鮮なものである。彼女たちは若い頃に寝食をともにした仲間との絆は美しく、強固で、永遠に続くことを知っているのだ。(280)

ドーラの屋敷に招き入れられる同志はこのふたりにとどまらない。他にもベルリンのラジオ工場で働く貧しい少女や、ドーラに養蜂を教えた林務官一家の娘もまた、アム・ホルンで暮らすことになる。

ドーラのこれら一連の行動を振り返ると、彼女にとって父の階級への復帰は決して一義的な目的ではなく、自らの計画を実行するに際して付随した、副産物にすぎないように思われる。結果的に彼女は夫とともに父の世界を継ぐことになるのだろうが、彼女の関心はむしろ労働奉仕を通じて得た仲間たち、大地で働く女性たちとの連帯にあることは明らかである。小説はドーラがアム・ホルンで暮らす将来を夢想する場面で終わっている。

ドーラは黙って婚約者のそばに座り、うっとりと将来の姿を思い描いた。そこには愛と労働と幸運に満ちた豊

> かで美しい人生があった。ドーラは最愛の夫の妻、恵まれた大家族の主婦になっていた。顔色が優れず、木陰に座る哀れな病人たちの頬は徐々に色づき、よどんで落ち着きのなかった目も明るく穏やかになっていく。同志たちの明るい声が聞こえてくる。元気に働く彼女たちは、同じ屋根の下で愛に満ちたわが家を見つけたのだった。（112）

続けてドーラは母になった自身の姿を夢想する。その背後に流れるのはモーツァルトのオペラ『魔笛』より、「パパの二重唱」。子だくさん、すなわち豊穣を予告するデュエットである。

働く女性同士の連帯を維持しながら、妻として、主婦として、いずれは母としても家庭を支える伝統的な女の生き方の両方を目指すドーラの姿は、一九三五年時点のナチスのジェンダー観に適ったものであることはいうまでもないだろう。ただし一八歳のドーラにとって、この時点ではまだ母になることは夢想の域を出ていない。それはちょうど、インゲが「きっとまたいまとは別の時代が、私たち女が家庭に戻って、男の忠実な伴侶になれる時代が来ると思う」と述べて、家庭に入ることは先延ばしにし、外で働く自身の姿を優先したのと同じ態度であるだろう。もっとも彼女たちの働く場が、一九二〇年代に「新しい女」が闊歩した都会のアスファルトに象徴される消費社会ではなく、収穫と豊穣をもたらす大地へと移っている点に、ナチス化という時代の変化が表れている。

次節では、父と娘の関係がより濃密なナチス少女文学を扱う。そこでもやはり、ひとり娘は親元を離れ、集団生活を送ることになる。ただし今度の舞台は、労働奉仕の宿泊施設ではなく、インゲも通ったと思われる女子農業学校である。その小説の書き手は『車を運転する少女』のマリルイーゼ・ランゲ。ランゲが同時期に創作したインゲとの違いにも着目しながら、大地に生きる少女を描いたナチス少女文学をさらに追いかけてみたい。

## 4　亡き父を同志として――ランゲ『ヴォルター農場にて』

マリルイーゼ・ランゲの『ヴォルター農場にて』（一九三七）の主人公リゼロッテは一八歳、南ドイツで農場を経営する父と暮らしている。すでに母はなく、家政は同居するおばが取り仕切っている。男の子のように育ったリゼロッテは、小説の冒頭、自ら馬に乗って駅で来客を迎える。というのも、この日から半年間、父の営む農場で、ミュンヘン出身の少女ケーテが家政婦の実習を行うからである。

物語の前半は、この都会の少女と田舎娘リゼロッテの交流を軸に展開される。リゼロッテにとって、同年代ながらすでに将来を見据えているケーテから得る刺激は大きい。都会の子だからといって、決して浮ついたところのないケーテの造形は、『車を運転する少女』のインゲにも共通するものがある。

「ねえ教えて、ここでの実習が終わったら、街で何をするつもりなの？　あなたの将来の仕事について、私は何も知らないから」

「そんなの簡単よ。私の目標は家政担当官になること。一番いいのは、ホテルとか保養施設とかの責任あるポジションで働きたいの」[22]

農場に来る前、ケーテはすでにミュンヘンの女子職業学校に半年間通い、さらに家政婦見習の実習を済ませていた。農場での実習後は、ふたたび市立の女子学校で一年ほど学び、家政担当官の国家試験を受けるという。「家政担当官」と訳した語の原語はHausbeamtin、一九二三年以降は「地方家政監督官」ländliche Haushaltspflegerinという名で国家資格を与えられた女性職である。[23]ケーテとの対話を通じ、女子にも重要な学びの可能性があることを知ったリゼロッテは、自らも学校で学びたいと思うようになる。その際に彼女の念頭にあるのは、父の世界である農場を継ぐことだった。

「あなたは農場主と結婚すればいいじゃない。それが一番よ」ケーテのこの助言に対し、リゼロッテは火を吹くように反論した。

「もちろん結婚するわよ！　でも私だって、自分の力で何かできると思っちゃだめなの？　女が農場を経営しちゃいけないの？　私も学ばなきゃいけないの！」(22)

はたして女子が農場経営について学べる学校はあるのか、リゼロッテはさっそく父に相談する。幼くして母を亡くして以来、父はリゼロッテの最大の理解者だった。したがって父は喜んで娘にアドバイスを送る。この点でリゼロッテの父は、ドーラの父と大きく異なっている。

「お前が考えているほど難しいことでもないよ。シュトラース・モースの農業家政学校(24)について聞いたことはないか？」

リゼロッテは首を振った。「父さんがくれたパンフレットなんて、これまでまったく見てこなかったもん。私から自由を奪う学校なんて、どこも同じで嫌なところと思

**図版31：『ヴォルター農場にて』表紙絵**

Mariluise Lange: *Auf Woltershof. Eine Erzählung für junge Mädchen*. Mit Bildern von G. Kirchbach. Leipzig (Anton) o.J. [1937].

っていた。でも一度くらい家を出て、大きな共同体に入ってみてもいいんじゃないかって思うようになったの。私みたいな女の子のための学校ならいいかなあって」(28)

父の勧める一年制の女子学校では、炊事、家政、簿記、獣医学、造園、機械など、農場経営について必要なすべてが学べるという。その後、国家試験に合格し、さらに二年間の実習経験を経て、ようやく家政監督官になれるというこの将来計画に、リゼロッテは賭けてみようと決意する。もちろん父も助力を惜しまない。以下の発言からは、父がリゼロッテに対し、まるで息子のように接していることが読み取れる。本作における父と娘の関係を考える上で、この態度はたいへん特徴的である。

「お前の気持ちはよくわかった。父さん、お前と離れるのがつらくても、お前の将来にはこれが一番なんだって思うようにするよ。いつかお前が戻って来たら、われわれふたりは大切な仕事仲間だ。いっしょにこの故郷を守ろうな」(29)

半年後、ケーテの実習が終わると同時に、リゼロッテもまた農場を去ることになる。都会の少女に感化され、主人公である田舎娘もまた郷里を離れ、寄宿学校で職業婦人を目指す筋書きは、女性の自立を志向した展開といえるだろう。ただしケーテの目指す家政監督官が、家政の専門職化という、ナチスのジェンダー観に沿った女性職である点は、やや注意が必要である。(25) 他方、リゼロッテはケーテのようには家政に関心を示さない。彼女の目指す将来は、あくまで父のように農場を経営することなのである。

「あなたのできることが料理と洗濯と裁縫だけなら、私はそんな女子学校に魅力を感じないわね」

リゼロッテは太陽に向かって伸びをした。

「私にとって一番大事なのは外の光と空気と太陽。他のものはどうだっていいの」(21)

旅立つ娘に父は別れの言葉を贈る。その際に父は、リゼロッテが（ドイツ）女性であることは強調するものの、家政や育児については何も語らない。この父にとっては、性差に基づいた女性の役割よりむしろ、農業に従事する者全般に普遍的な責務のほうが重要なのである。

「わが子よ、外に出てもしっかりやれよ。まっすぐで誠実なドイツ娘だということを忘れずにな。父さんはお前の一番の親友だ。嫌なことがあったり、失敗した時はいつでも帰っておいで。お前がやろうとする仕事は、お前の故郷にとって役立つことだ。だからこそ、しっかりやらなきゃいかん。われわれがこの土地を守るのは、権利だけじゃなく、義務でもあるんだから」(34)

リゼロッテの女子農業学校での日々は、ドーラが体験した労働奉仕先での共同生活とそう変わらない。生い立ちの違う少女らがともに学び、働き、連帯することで、校長いわく「民族共同体への参入意識を呼び覚ます」(39) ことが目指される。

リゼロッテと父との関係で次に注目したいのは、娘がクリスマス休暇に帰省した折の父の発言である。この時、リゼロッテはひとりの学友を連れて帰省する。かつてバルト海沿岸で大農場を経営していたが、両親と故郷を赤軍に奪われたこの友人は、いつの日か自ら、新規に入植することを夢見ている。そんな彼女をリゼロッテの父は次のように励ます。

「私も入植について考えることは実はよくあるんだ。自分の土地を欲しがり、民族全体の幸福のために働きたいと思っている人が大勢いることはわかっている。やる気と能力があって、大地と自然を愛する者が本気で入植したいのなら、いずれはこの広大な農地を分け与えてもいいんじゃないかと思うよ」(70)

その後、ミュンヘンからケーテも合流し、リゼロッテらは父の農場で幸福なクリスマスを過ごす。この時、娘はこれが父と過ごす最後の時間になるとは夢にも思っていない。しかし年が明け、学校に戻ったリゼロッテに、父が倒れたという報せが入る。すでに死期を察した父は、娘と農場の将来について、以下のような遺言を残す。

「わが故郷のこの農場をお前に遺そう。お前も私同様、生涯をかけてこの地を守ってくれるだろうからね。遺言状に書いた通り、私の財産はそう多くはない。しかしお前が二、三年、よそで実習できるくらいの蓄えはある。そのあいだにお前はこれからやるべきことをしっかり学び、私以上に農場を立派にしておくれ。いまの若者は斬新ですぐれた考えをいっぱい持っているからな。お前といっしょに、お前のそばで戦ってくれる人を見つけるのも、そう遠くはないかもしれん」(84)

父から娘へのふたつの贈る言葉に共通するのは、父はリゼロッテの女性性について言及しないわけではないものの、それよりもむしろヴォルター農場の維持・繁栄を話題の中心に据えようとしている点である。

父親のこういった考えが必ずしも一般的でないことは、農場の老管理人が発する以下の発言が証明している。

「女の農場経営なんてわしは認めねえ。お嬢さんみたいな若い娘さんは、子どもを産んで育てることだ。それが一番だ」

リゼロッテが困ったように首を振ると、ブロンドの髪の毛が揺れた。

「もちろんいずれは子どもを産むわ。信用して。でもまだ少し早すぎる。いまは働きたいの」(31)

ここでリゼロッテが、インゲやドーラ同様、いずれは家庭に入ることを認めながら、それまでは働きたいと希望を口にしている点に留意したい。

父が遺した農場の女主人となったリゼロッテは、一時的に父の友人に農場を託し、ふたたび学校に戻る。そして級友たちと国家試験を受験し、合格する。その後、ひとり両親の墓前に詣でるリゼロッテに孤独や不安はない。なぜなら彼女はいまも父の大きな愛に包まれているからである。

死んだ両親のことを考えると、ひとりでいることがつらいとは思わなかった。死後もまだ父の愛に守られている気がした。父を思えば行動する意欲が湧いてきた。丘に咲く菫をそっと手にして、彼女はこの場を立ち去った。（95）

とはいえ現実問題として、リゼロッテは慣れない農場経営に苦労する。信頼する老管理人は引退し、新しい管理人は仕事ができず、リゼロッテと対立する。父がいた頃のようには家畜も売れない。

しかしここで突然、リゼロッテの前にヴェルナーという若い男が現れる。亡き父の戦友の息子だと称する彼は、大学で農学を学んでいた。ふたりはすぐに意気投合し、リゼロッテは彼に農場をまかせて、実習に旅立つことを決意する。

ナチス（少女）文学のいかにも安直でご都合主義的な展開を、いまさら批判しても詮無いことだろう。したがって筆者の関心は、ヴェルナーの唐突な登場が父の世界を継ぐ娘の今後にどういった影響を及ぼすのかに向けられる。生前の父は娘に対し、妻になること、母になることを決して強くは求めなかった。そこに同世代の青年が現れた時、リゼロッテはどう振る舞うのだろうか。

ヴェルナーを信頼したリゼロッテは、北ドイツの果物農場で一年余りの実習に従事する。そのあとは南ドイツに戻り、戦争犠牲者の開拓集落に入る[26]。かつての前線兵士たちに農業指導を行い、その妻たちには定期的な集会を企画するなど、入植者の新生活に腐心するリゼロッテの日々の描写に、取り立てて紹介するほどの価値はない。むしろこの間にリゼロッテのなかに芽生える次の思いのほうが、本論にとってはるかに意味がある。

農場全体を見渡せる高台に立ったリゼロッテは、父と交わした数々の会話を思い出した。そして力強く大地を踏みしめると、これまで考えてきたことの結論を出すかのように大声で決意を声に出した。

「いよいよ動きださなきゃ！　どうしてこの広い土地が私だけのものじゃなきゃいけないの？　どうして他の誰かと分かち合ってはいけないの？」（121）

リゼロッテのこの発言は、女子農業学校の学友、バルト海沿岸の農場を失った親友を念頭になされたものである。かつて彼女は、亡き父に入植への思いを語っていた。それに対しリゼロッテの父は、農場が有する土地の分割について言及していた。その事実を思い起こすと、農場の共有というリゼロッテの構想が、父の遺志を継いだものであることは明らかである。こうして彼女が継承する父の世界は、モノとしての農場だけでなく、父の思いにまで拡大されていくのである。

開拓集落での暮らしの中で、リゼロッテはこの思いを温めていく。そして週末に帰省した折、ヴェルナーに自らの決意を伝える。

「私の考えを聞いてほしいの」リゼロッテは馬の鞭の柄で遠方を指しながら話し始めた。「ここから向こうのブナの森までを開拓集落にしたいの。どの家の人も自分の土地を持って、自分で耕すの。余分にできた作物は農場で集団販売しようと思う。そうしたらみんなの儲けになるし、誰も雑事に煩わされることなく、農作業に専念できるでしょう。それから入植者たちと共同体を作りましょうよ。私ひとりには大きすぎるこの農場を、自分の土地を持ちたがっている人たちに役立てたいの。ねえ、あなたはどう思う？」（125–126）

当然のことながらヴェルナーは賛意を示す。その際にリゼロッテは、ヴェルナーに「友人として」そばにいてほしい、農場にとどまってほしいと願う。が、ヴェルナーは以下のように返答する。

「もしも君が僕を必要とするのなら、僕の同志でいてくれるのなら、僕はどこにも行かないよ」（126）

一般にドイツ語の「伴侶」はLebensgefährte（生涯の同行者）という語が使われるが、ここでヴェルナーがLebens-kamerad（生涯の同志）と表現しているのは目を引く。Kamerad（同志）がナチス時代に多用された語彙であることはいうまでもない。

こうしてリゼロッテとヴェルナーは、父から受け継いだヴォルター農場を共同経営することになる。重要なのは、ふたりが対等の共同経営者であること、リゼロッテが男をサポートする関係にはないということである。もっともリゼロッテはヴェルナーに対し、初対面の時から悪くない印象を抱いていた。

リゼロッテはヴェルナーの率直さに惹かれた。彼の近くにいると、守られているという美しい感情が芽生えた。その思いは、責任の重い、混乱した数週間を送った彼女にとって慰めだった。（109）

この記述を読む限り、リゼロッテも男に庇護されたがる女性になったのかと思いきや、この直後に彼女は次のように述べてている。

「きっとお父さんも気に入るだろうな」そう思ったリゼロッテの目の前に、忽然と、そして明確に、父親の像が立ち現れた。すぐそばで父のしっかりした足取りや、強い意志に満ちた声が聞こえるようだった。（109）

リゼロッテにとってもっとも重要なのは、けっきょくのところ父なのである。そしてそのあとに続くのが、父の土地を分かち合い、ともに農場経営することになる女子の同志や生涯の伴侶なのである。リゼロッテは父のお眼鏡に適った、あるいは適うに違いない者にしか農場への入場を許さないだろう。なぜなら彼女はいまや父の代理人だからである。

ここまで、自動車のセールスレディを辞めて庭師になるインゲ、自宅の大庭園で農業に従事するドーラ、そして父から受け継いだ農場の女主人になるリゼロッテを見てきた。ドーラは精神科医と婚約し、リゼロッテは共同経営者の伴侶を得たため、いずれは妻や母になるのであろうが、少女文学がそこまで先の姿を描くことはない(27)。むしろ良妻賢母になる将来は先延ばしにし、それまでは働く少女、大地に根をおろして共同体のために働く女性になることが、作品の中心に据えられていた。

次節では本章のまとめとして、『パウラの捜査』からナチス少女文学が生まれたという筆者の仮説を検証する。一九三〇年代のわずか数年のうちに、父と娘の関係の何が残され、何が書き換えられたのか。本書の主要テーマである「おじさん」についても考察しながら、戦時下に入る直前の少女小説の特徴を述べたい。

## 5　美化される父の世界とおじの無力化

本章で取り上げたナチス少女小説の三人の主人公たちは、それぞれ医者の娘、学者の娘、農場主の娘でありながら、古い社会の価値観に縛られることなく、積極的に外の世界に出ようとしていた。カーレーサーを目指すパウラもまた、たしかに彼女らに負けず劣らず男勝りだが、まだ年少のため、ベルリンの家族のもとを離れることはなかった。そしてパウラにはふたりの兄弟がいた。

すでに述べた通り、インゲ、ドーラ、リゼロッテの三人とも、ひとり娘であることは注目に値する。生まれ育った家庭を離れ、見知らぬ地で自立や成長を遂げようとする主人公がひとりっ子であるという設定は、異郷での苦楽を分かち合える兄弟姉妹がいない分、彼女らをよりたくましくすることだろう。とりわけ父の死によって、両親ともに失い、主人公が天涯孤独の身になった時、少女は否が応でも強くならざるを得ない(28)。

ひとり娘を孤独に追いやることで自立を促し、さらには志を同じくする者同士の連帯によって共同体の建設にまで思い及ばせたのは、『車を運転する少女』と『ヴォルター農場にて』を書いたマリルイーゼ・ランゲである。とくに前者について、インゲが北ドイツの自動車工場では労働者たちと友情を結ぶことができたのに対し、ミュンヘンのセールスの現場では必ずしも充実した労働環境を獲得できなかったのは、そこがナチスの忌み嫌う大都会であると同時に、生産でなく消費の場、ぜいたく品を浪費する空間であったためと筆者は考える。その結果、インゲは都会を脱出し、田舎で庭師を目指すことになる。

他方、『労働奉仕するドーラ』の主人公の両親は健在である。しかし、幸せだった娘時代を回顧するばかりの母はもちろん、学者の父もまた、ドーラに対し影響力を行使することはなかった。そのさまは、死してなお娘に慕われるインゲやリゼロッテの父とは対照的である。その一方でドーラの父は、文科系と理科系の違いこそあれ、研究者という点で、パウラの父と共通している。彼らの都会的な生き方は、一九三〇年代の前半にはまだ好意的に受け止められたが、ナチスが台頭すると、娘にとって批判の対象になり下がった。もっとも、パウラの大好きな父は、ベルリンで自動車の開発に従事するかたわら、夏休みには娘と北イタリアで登山に勤しんでいるため、彼ならば時代が変わってもなお、娘に愛され続けたかもしれない。それに対しドーラの父は、自然や農業に親しまず、上流市民階級にとどまっている分、娘と距離があった。一九三〇年代後半に娘から慕われる父は、自然や田舎に親和性のある者でなければならなかった。その意味で、『労働奉仕するドーラ』がナチスから「ブルジョワ的で紋切り型」と否定的に評価された主たる要因は、自発的に労働奉仕に赴いたドーラの言動ではなく、彼女が最終的に再入場することになる父の世界にあったものと思われる(29)。

ナチス少女文学における父の死あるいは父の影の薄さという現象を、別の角度からも考察してみたい。すなわちその時、おじさんはどう機能したのか、という視点からである。

本書の第I部で幾度となく述べた通り、両大戦間期ドイツ児童文学には、父の影が薄まれば薄まるほど、おじさんの存在感が増すという傾向があった。しかし興味深いことに、ナチス少女文学においておじさんの活躍する場はきわめて少ない。

『パウラの捜査』におじが登場しないのは容易に理解できるだろう。父と娘の関係が濃密な時、おじの出る幕はないからである。

両親ともに亡くし、自動車会社に就職するインゲにもまた、おじの影は見当たらない。北ドイツの工場での研修中、年かさの労働者と出会い、長きにわたる信頼関係を結ぶが、それはおじと姪の関係というよりむしろ、労働者同士の連帯と解されよう。ミュンヘンの上司への不信は、すでに本章の第2節で言及した通りである。

それに対し、労働奉仕に赴くドーラのまわりには、おじさんと呼ぶに値する人物が複数存在する。アム・ホルンの屋敷を頻繁に訪れ、彼女の庭仕事を手伝ってくれるかつての戦傷者たちは、その代表といえるだろう。しかし彼らの個性はあまりに乏しく、一種の集団としてしか描かれていない。労働奉仕を終え、一八歳の誕生日に帰省したドーラを、例えば彼らは次のように出迎える。

> この時、外から男たちの足音やしわがれ声が聞こえてきた。
> ドーラは聞き耳を立てて言った。「父さん、戦友さんたちね。だけどどうして入ってこないのかな?」
> 玄関の外では、咳払いや足を揃える音がしていたが、やがて止んだ。すると突然、男声合唱が始まった。
> 「野生の森で鹿を撃つ……」
> 静まり返った室内の面々は、黙ってお互いに顔を見合せた。率直な男たちの飾らない歌声には、心を動かすものがあった。(88-89)

あるいは父の古くからの友人である俳優のラスムスも、折に触れてドーラの味方になってくれるが、庭の開墾を目指す彼女にとって、いまやこのおじは無力な存在でしかない。

両親がドーラの欲しがるものをプレゼントしてくれたことはなかった。彼らは別のもののほうがいいと考えたからである。幼い頃、ドーラは鉛の兵隊のおもちゃを欲しがったが、実際に手にしたのは、さして欲しくもない、横にすると瞳を閉じるきらびやかな人形だった。

いつもそんな調子だった。鉛の兵隊は、ドーラの男の子みたいなお願いをおもしろがったラスムスおじさんが少し遅れて買ってくれたが、いまのドーラが欲しがっているものは、おじさんですら調達できないだろう。彼女はもう大人になって、自分の人生を歩み始めていたのだから。(83)

少女の成長によって、おじの限界が露呈されるという残酷な展開は、本書で扱った他の作品には見られなかった。亡き父の世界をもっとも忠実に継承するリゼロッテは、父の死後、一時的に農場を託することになる父の友人ヴァルブルン氏を、「おじさん」と呼んでいる。しかし死後もなお、父が娘に多大な影響を及ぼす状況下で、このおじの活躍する余地はほとんどない。リゼロッテがヴァルブルン氏を「おじさん」と呼ぶのは、ヴェルナーを紹介し、彼と借地契約を結ぶのに立会人が必要な時だけである。その結果、ヴァルブルン氏がリゼロッテに、父とは異なる新しい世界を示すことはない。せいぜいのところ、彼は父の縮小再生産あるいは限定的な機能しか果たせないのである。

『ヴォルター農場にて』におけるおじの地位の低さは、リゼロッテの級友が発する以下の発言に象徴されよう。女子農業学校を卒業後、婚約者が入植した東アフリカに旅立つまでのあいだ、おじの農場で働くというこの少女は、自らのおじについて、以下のように述べる。

「それまではおじの農場で働くつもり。私の農業に関する知識がどれほど優れているか、あの老いぼれ独身男にわからせてやりたいの。これまでいっさい私の言うことを認めようとしなかったからね」(92)

この発言はリゼロッテが口にしたわけではないものの、敬愛する父の世界、あるいは祖国(父の国)という名の共同体を継承しようとする娘たちによって、おじは時代遅れの否定的な人物、父の引き立て役に格下げされてしまったことを明確に表現している。前景化される父娘関係と相関し、おじの存在感の希薄化もまた、ナチス少女文学の特徴のひとつと見なして間違いないだろう。

　とはいえ、リゼロッテの父とヴァルブルン氏をつなぐ一本の糸はたしかに存在する。ふたりが第一次世界大戦の戦友であるという事実である。ドーラの父同様、リゼロッテの父もまた、第一次世界大戦に従軍していた。作中、彼が一度だけ、かつての出征について思い出す場面がある。それは娘らがクリスマス休暇に帰省している時のことだった。

> 前を行くふたりの少女が、じっくりと吟味したのち、細くて美しいモミの木を選び出すと、リゼロッテは力強くのこぎりを当てがった。少女らの明るい声が森中に響き渡る。その時、ヴォルター大尉［引用者注：リゼロッテの父］は、まるで足並みを揃えた若者たちの行進を目にしているような気がした。ちょうど一九一四年の兵士たちのように。しかし今日のドイツの若者は、敵国ではなく、故郷を従軍している点で異なっていた。[71]

いうまでもなく、『パウラの捜査』で父の従軍体験が話題にされることはなかった。他方、リゼロッテの父は、第一次世界大戦の終結から二〇年近く経った一九三〇年代後半にもまだ、かつての苦い体験を呼び覚ましている。そしてドーラの父は戦地で負傷し、右足を切断していた。

　先に筆者は、一九三〇年代後半の少女小説では、自然や田舎に親しむ父のみが娘に慕われると述べた。そして娘もまた、高度に文明化された都会よりも素朴な自然を志向する傾向があった。その背景には、最愛の父が先の大戦を通して守ろうとしたドイツの大地を、ナチスが台頭したいま、今度は自分たちが継承するのだという、娘の強い意志が隠されているのではないか。これをユング心理学でいうところの「父の娘」、すなわち「輝かしい父の栄光のもとに生れ、その存在にあやかろうとして、ともすればみずからの女性性を蔑ろにしかねない少女」[30]と呼ぶかどうかは意見の分かれるところだが、少なくともその亜種と見なすことは許されるだろう。

これらのことを踏まえた上で、父娘関係の強化あるいはおじの不在とナチス少女文学の誕生の関係は、次のようにまとめられよう。

一九三〇年代後半の少女小説は、主人公の行動的な性格および父と娘の強い結び付きを『パウラの捜査』から継承しつつ、主人公をひとりっ子に設定することで、父娘関係を際立たせた。そして最愛の父が亡くなると、あるいは娘から無力な存在と判断されると、娘は実際に家を出て、自立を目指すが、その際におじが娘の代理父を務めることはなかった。理想的な父の幻影はつねに娘につきまとい、父の世界は祖国、すなわち父の国（Vaterland）へと拡大・転化される。なぜなら娘の父は、先の戦争体験を通じて、ドイツの土地に根差した存在としてあらかじめプログラム化されているからである。その結果、近代性や都市性を体現していた一九三〇年代前半までの父親あるいは陽気なおじさんの特徴は、ナチス少女文学の父親には見出されないのである。

国家の推奨する家父長的なジェンダー観によって、良妻賢母となる道を求められながらも、少女たちがそういった将来を保留したまま、進取の気性に富んだ、外で働く女性になろうとしている点は、一九三〇年代前半までの少女小説、すなわちパウラや本書第5章で取り上げた少女たちの性格を受け継いだものと考えられる。しかしこの傾向も、ほどなくして訪れる戦時下では、銃後から前線まで、女性もまた総力戦に駆り出されることで、そう簡単には機能しなくなる(31)。したがってその直前につかの間、農業という縛りはあるものの、家庭に入る前の少女たちが狭義の女性性にとらわれることなく、外で連帯して働く姿を提示できたのは、一九三〇年代後半のドイツ少女小説の幸運といえるだろう。

## 注

（1）Felicitas von Reznicek: *Paula auf der Spur*. Mit 38 Textzeichnungen, einem farbigen Titelbild und einem mehrfarbigen

Deckenüberzug von Franz Taussig. Stuttgart, Berlin, Leipzig（Union Deutsche Verlagsgesellschaft）o.J.［1932］, S. 18. これ以降の同作品からの引用は同書に拠り、本文中に括弧でページ番号のみアラビア数字で記す。

（2）アメリカの作家。代表作に『モヒカン族の最後』（一八二六）など。

（3）イタリア北東部、ドロミテ・アルプスにある岩山。標高二九九九メートル。

（4）ベルリン南西部の湖。

（5）Vgl. Gerhard Fischer: *Berliner Sportstätten. Geschichte und Geschichten*. Berlin（Links）1992, S. 97f.

（6）Vgl. Anke Hertling: *Eroberung der Männerdomäne Automobil. Die Selbstfahrerinnen Ruth Landshoff-Yorck, Erika Mann und Annemarie Schwarzenbach*. Bielefeld（Aisthesis）2013, S. 64.

（7）Vgl. Hans Stimmann: Weltstadtplätze und Massenverkehr. In: Jochen Boberg, Tilman Fichter und Eckhart Gillen（Hrsg.）: *Die Metropole. Industriekultur in Berlin im 20. Jahrhundert*. München（Beck）1986, S. 134-143, hier S. 139.

（8）Vgl.Christoph Maria Merki: *Der holprige Siegeszug des Automobils 1895 - 1930. Zur Motorisierung des Straßenverkehrs in Frankreich, Deutschland und der Schweiz*. Wien u. a.（Böhlau）2002, S. 289. とはいえ、女性ドライバー増加のテンポは、男性のそれよりも速かった。Vgl. Merki: a.a.O., S. 288.

（9）両大戦間期ドイツの「新しい女」については、田丸理砂・香川檀（編）『ベルリンのモダンガール——一九二〇年代を駆け抜けた女たち』三修社、二〇〇四年、田丸理砂『髪を切ってベルリンを駆ける！——ワイマール共和国のモダンガール』フェリス女学院大学、二〇一〇年、田丸理砂『「女の子」という運動——ワイマール共和国末期のモダンガール』春風社、二〇一五年参照。

（10）ドライバーとしてだけでなく、広告への利用を含め、「新しい女」がこの時代の自動車産業の発展に貢献したという指摘は、Hertling: a.a.O., S. 51-76 参照。

（11）Vgl. Michael Winter: Stinnes-Söderström, Clärenore. In: *Neue Deutsche Biographie*. Bd. 25. Berlin（Duncker & Humblot）2013, S. 357-358, hier S. 357.

（12）Vgl. Fischer: a.a.O., S. 96.

（13）Vgl. Fischer: a.a.O., S. 104.

（14）Vgl. Clärenore Stinnes: *Im Auto durch zwei Welten. Die erste Autofahrt einer Frau um die Welt 1927 bis 1929*. Hrsg. und Vorwort v. Gabiriele Habinger. Wien（Promedia）2007, S. 10.

（15）クレレノーレ自身、子どもの頃から男勝りで、裁縫などの母の手伝いをするよりも、カール・マイの冒険小説を愛読し、兄弟と「インディアンごっこ」をするほうが好きだったと証言している。Vgl. Stinnes: a.a.O., S. 19.

（16）Mariluise Lange: *Ein Mädel am Steuer*. Mit Bildern von Richard Sapper. Reutlingen（Enßlin & Laiblin）o.J.［1937］, S. 3. これ以降の同作品からの引用は同書に拠り、本文中に括弧でページ番号のみアラビア数字で記す。

（17）Christine Holstein. *Dora im Arbeitsdienst*. Mit Bildern von Kurt Walter Röcken. Reutlingen（Enßlin & Laiblin）o.J.［1935］, S. 10. これ以降の同作品からの引用は同書に拠り、本文中に括弧でページ番号のみアラビア数字で記す。

（18）https://jugend1918-1945.de/portal/Jugend/infothek.aspx?id=26642#prettyPhotoLex/528/ 参照（二〇二一年七月一六日最終閲覧）。なお、桑原ヒサ子は「十七歳から二十五歳の独身女性には、一九三九年九月から半年間の労働奉仕義務が適用」されたと述べている。桑原ヒサ子『ナチス機関紙「女性展望」を読む――女性表象、日常生活、戦時動員』青弓社、二〇二〇年、五六頁。

（19）女子労働奉仕、とりわけ農村奉仕の実態については、桑原（前掲書）、二六四―二七〇頁参照。

（20）現在のルーマニア中央部の歴史的地名。一二世紀以降、ドイツ人の植民が始まり、第二次世界大戦末期に追放されるまで、多くのドイツ系住民が暮らしていた。

（21）Generalarbeitsführer v. Gönner（Hrsg.）: *Spaten und Ähre. Das Handbuch der deutschen Jugend im Reichsarbeitsdienst*. Heidelberg（Vowinckel）1939, S. 280. これ以降の同作品からの引用は同書に拠り、本文中に括弧でページ番号のみアラビア数字で記す。

（22）Mariluise Lange: *Auf Woltershof. Eine Erzählung für junge Mädchen*. Mit Bildern von G. Kirchbach. Leipzig（Anton）o.J.［1937］, S. 18. これ以降の同作品からの引用は同書に拠り、本文中に括弧でページ番号のみアラビア数字で記す。

（23）Vgl. Ortrud Wörner-Heil: *Frauenschulen auf dem Lande. Reifensteiner Verband（1897–1997）*. Kassel（Archiv der deutschen Frauenbewegung）1997, S. 9.

（24）モデルと目される学校についてはWörner-Heil: a.a.O., S. 195–198 参照。

(25) ナチス政権下におけるドイツ人女性の「母性を根拠にした社会進出」については、桑原（前掲書）、第一一章参照。

(26) リゼロッテが赴いた戦争犠牲者の開拓集落に関し、作中には「バイエルンの山中」(110) としか記されていないため、特定するのは難しい。しかし一九三四年以降、ニュルンベルク西部のシュニークリング地区において戦争犠牲者の入植が行なわれており、ここが有力なモデルと思われる。https://www.sv-schniegling.de/index.php 参照（二〇二一年七月一六日最終閲覧）。

(27) 少女文学（少女小説）における恋愛（異性愛）よりも友情（同性愛）の重視については、斎藤美奈子「「少女小説」の使用法」、文藝春秋『文學界』二〇〇一年六月号、二四六―二七四頁、斎藤美奈子「現代文学における「少女小説」のミーム」、菅聡子（編）『〈少女小説〉ワンダーランド――明治から平成まで』明治書院、二〇〇八年、六六―七四頁および斎藤美奈子『挑発する少女小説』河出書房新社、二〇二一年参照。

(28) 少女文学（少女小説）の主人公に孤児が多いことについては、斎藤（前掲書、二〇〇一、二〇〇八および二〇二一）参照。

(29) Vgl. Carmen Wulf: *Mädchenliteratur und weibliche Sozialisation. Erzählungen und Romane für Mädchen und junge Frauen von 1918 bis zum Ende der 50er Jahre. Eine motivgeschichtliche Untersuchung.* Frankfurt am Main (Lang) 1996, S. 32.

(30) 矢川澄子『「父の娘」たち――森茉莉とアナイス・ニン』平凡社、二〇〇六年、一四九頁。

(31) ナチス政権下における「ドイツ人女性の戦時活動」については、桑原（前掲書）、第九および第一〇章参照。

# 終　章

## ヒトラーユーゲントに至る病とおじさんの効能

両大戦間期のドイツで出版されたものの、本書ではあえて考察の対象としなかった児童文学作品がひとつある。カール・アロイス・シェンツィンガー（一八八六―一九六二）の『ヒトラー少年クヴェックス』（一九三二）である。舞台はベルリンの労働者街、一五歳の少年ハイニは、無職だが酒を飲んでは妻子を殴る、権威主義的な父の支配する家庭に暮らしている。やがて彼は共産主義者の父に反し、ヒトラーユーゲントに近づく。そして共産主義者の動きを密告する。そんな息子を案じる母は、ハイニを道連れにガス自殺を図るが、息子は助かり、母だけが死ぬ。その後、ハイニはますますヒトラーユーゲントの活動にのめり込み、最後は母の心配した通り、共産主義者らによって殺される。

タイトルにある「クヴェックス」とは、主人公ハイニのヒトラーユーゲント内での呼び名である。上役の伝令としてつねに動き回っている態度から、水銀（クヴェックジルバー）のように落ち着きがない奴、という意味でこう呼ばれるようになった(1)。

おそらく今日では、小説の翌年に公開された映画のほうが有名かもしれない。ナチスの政権獲得からほどなくして作られた映画版『クヴェックス』は、一九三三年九月に公開された（図版32参照）。ミュンヘンで行なわれたプレミアにはヒトラーも参列したという(2)。「以後の時期においても、地方の映画館がない地域や若者向けの特別上映などで繰り返し上映され(3)」、今日では「手放しの賞賛を与えられたナチ映画の代表作(4)」と目されるこの映画は、一九三四年にわが国でも公開されている(5)。

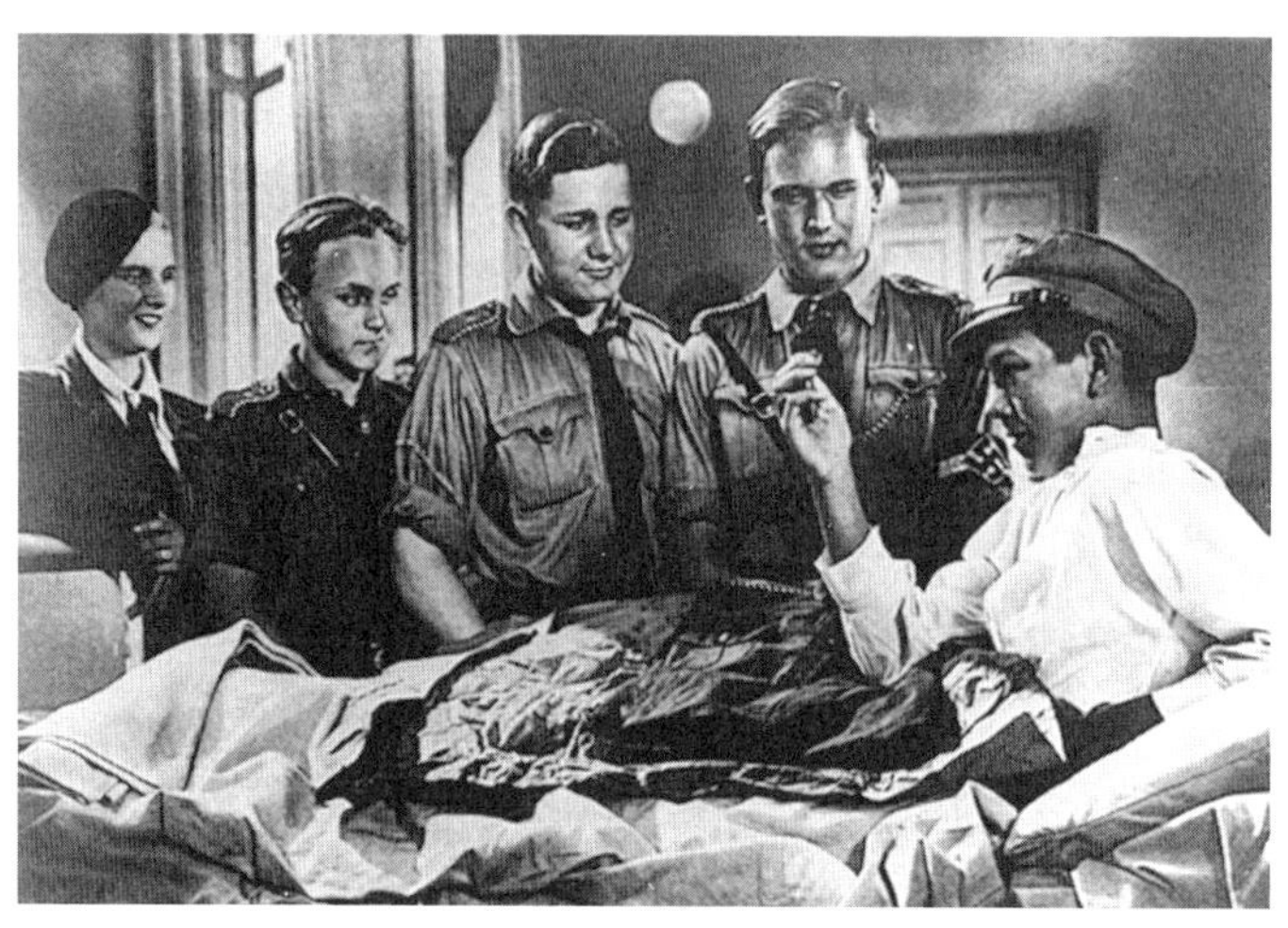

図版32：映画版『クヴェックス』の一場面
Wolfgang Jakobsen, Anton Kaes u. Hans Helmut Prinzler (Hrsg.): *Geschichte des deutschen Films*. Stuttgart/Weimar (Metzler) 1993, S. 125.

ところで一九四〇年頃から終戦までのハンブルクを舞台にした佐藤亜紀の小説『スウィングしなけりゃ意味がない』（二〇一七）に、「クー」と呼ばれる少年が登場する。この呼び名の背景に上述の映画があることは、次にように記されている。

ぼくが――それから皆が彼をクーと呼び始めたのは、あの馬鹿な映画のせいだ。Quex の Que。少年団時代に集団鑑賞させられたが、皆で整列して映画館まで行進させられる間に、ぼくはとっくにうんざりしていた。映画を見に行くのに一々行進かよ。見せられた映画はもっと馬鹿ばかしかった。共産主義者の親父を裏切ってナチになり、絶望したお袋を自殺させ、抗争に身を投じて悲惨な最期を遂げるクヴェックス君。お涙頂戴というか――ちっとは頭使えよ、間抜け、な映画。当のクーでさえむかついている。(6)

ナチスのお墨付き映画に辛辣な「ぼく」は、羽振りのいい軍需会社の社長の御曹司である。他方、クーの父は赤旗を掲げて行進中、突撃隊に襲われ、足に障害を負って以来、仕事がない時は飲んだくれている。クーの母は長年、「ぼく」の父の会社の事務職員として働いている。母の期待に応え、大学進学を目指すクーは、「共産主義者の息子の癖に」同世代の若者に「酒を飲むな不純異性交遊は禁止だ九時になったら家に帰れ」と言って回るヒトラーユーゲントのパトロールを行っている。安定した将来を望む彼にとって模範的なヒトラーユーゲントであることは、学校の成績以上に重要な問題なのである。その結果、彼はまわりからクヴェックス、略してクーと呼ばれるようになる。(7)

あまりに境遇の違うクーと「ぼく」であるが、ふたりとも敵性音楽のスウィング・ジャズに熱狂することで接近する。さらに彼らはBBCのラジオを録音し、海賊版のレコードを密売する仲間にまでなる。

スウィング・ユーゲントと呼ばれるハンブルクの反ヒトラーユーゲント運動に取材したこの小説は、これまで本書で展開した筆者の関心に従い、語り手である「ぼく」とその父親あるいはおじ（父の弟）との関係に注目して読んでもたいへん興味深い作品である。しかしここでは「ぼく」やクーが観た映画、あるいはその原作小説の表題主人公、クヴェックス（ハイニ）と父親との関係について述べることで本書のまとめとしたい。

ひとまず政治色を排し、『ヒトラー少年クヴェックス』を両大戦間期ドイツの家族の物語として読んだ場合、仕事がなく酒に溺れる父、自殺する母、そして殺されるひとり息子という小家族の構成員の行く末を見る限り、これほど徹底して聖家族の崩壊を描いた作品はないように思われる。たしかに本書で論じた多くの作品も、母子あるいは父子家庭が舞台だった。その点で『ヒトラー少年クヴェックス』は、同時代の傾向に合致した児童文学と見なすことができる。しかしハイニが権威主義的な父の支配する家族から逃走し、ヒトラーユーゲントという別の権威構造に活路を見出す筋立ては、本書で扱った他の作品には見られなかった。

ハイニが独裁的な父からは解放されながら、より大きな権威にすがろうとする点、換言すると母が自死したのち、クヴェックスとして新たに生き直そうとするハイニにとって、ヒトラーユーゲントが代理家族の役割を果たしている点を指摘したのはＪ・Ｄ・シュタールである。(8)そのことに関連し、精神分析学者のヴィルヘルム・ライヒ（一八

図版33：ヒトラーユーゲントの少年たち
Michael Freeman: *Atlas of Nazi Germany*. London (Croom Helm) 1987, p. 88.

九七―一九五七）は、一九三三年に発表した『ファシズムの大衆心理』において、権威主義的な「家族は権威主義的な国家を維持する、最大の重要な制度の一つ[9]」であり、家長である父親は、自らの「子ども、とくに息子たちに権威に対する服従を植えつける」ことで、「指導者（フューラー）の人柄に対する受動的・服従的態度の基礎」を形成するのに貢献したと述べている[10]。また、「権威に対する反乱を忌み嫌う態度は、結局のところ、そのまま弱者に向けられる[11]」ため、「父性的権威に対する従順な愛」と「弱者に対する支配欲」は同根であるとも考えられる[12]。

このように権威主義的な家族と国家の近さに注目すると、なるほどハイニが父の支持する共産主義に背を向け、ヒトラーユーゲントに走った事実は、一見正反対の動きのようでいて、クヴェックジルバーよろしく、より強大な権威を求めて同じフィールドを右に左に駆けずり回っているにすぎないと考えることができるだろう。とりわけハイニの父の権威が失墜していることを思い起こすならば、息子の行動は以下の言説によって説明できるかもしれない。

フランクフルト学派を代表する哲学者・社会学者のマックス・ホルクハイマー（一八九五―一九七三）が戦後に発表した

「現代における権威と家族」（一九六〇）によると、「父親が考えられているほど強大な権力をもっているわけでもなく、公平な裁判官でも、巨大な保護者でもないこと」、すなわち「父親の弱さ」を発見してしまった子どもは、父親のようになりたいという願望を封印してしまうという。もはや尊敬あるいは模倣するに値する父親像を持てなくなった子どもは、「より強い権力をもった父親への展望、子供にファシスト的思考を与える超―父親“Uber-Vater”への展望」を抱くようになる。[13] そう考えると、ハイニがヒトラーユーゲントに惹かれたのは、酒乱で稼ぎのない実父よりも、この組織に「強い権力をもった父親」像を見出したからに他ならない。

もっとも、近代市民社会の父親はもとから権威主義的なわけではなかったという見解も存在する。啓蒙時代以降、国父の権威が王権神授説では正当化されなくなったのと同様、家父もまた情愛に満ちた家族経営に転換を余儀なくされたというのである。[14] 例えば本書第1章で扱った『プフェフリング家』の家族は、父親を中心に親密な関係を築いていたが、この家長が独裁者然とした態度で権力を行使することはほとんどなく、むしろ啓蒙君主としての父親像を体現していた。したがってプフェフリング家を訪れたおじが、この一家を小さな国家にたとえ、家長を「気さくな君主」と評しているのは、[15] 近代国家と市民家族の幸福なアナロジーを正しく理解した発言といえるだろう。

ではなぜハイニの父は暴力的で権威主義的に振る舞うのか。やや回りくどくなるが、ここでひとつの研究に注目したい。ドミニク・シュミットは、二〇世紀後半の欧米文学に描かれたクリスマス、とりわけそこに登場する戯画化された、要するに情けないサンタクロース表象に着目し、こういったサンタクロース像は父権を失った父親の名誉回復の試みとその挫折の表れであると解釈した。近代市民家族を象徴する祝祭であるクリスマスに張り切って自己演出しようとするものの、それが失敗に終わる父親（的人物）の悲喜劇について、シュミットはケストナーのエピソードを例に次のように記している。

すでに一八・一九世紀の市民家族のクリスマスにおいて潜在的に確認されたイロニーは、二〇世紀に入り、サンタクロースが［引用者注：家庭を離れ］公共の空間にも登場するようになると、ますますこの存在の前提条件となる。こうしてサンタクロースという演出は、フランスの社会学者にしてメディア理論家のジャン・ボードリヤールが「サンタクロースの論理」と名付けた状況下において受容されるようになる。すなわち「信じてはいないけれども関与する」のである。以下に示すエーリヒ・ケストナーの若い頃の思い出は、この傾向の好例であろう。クリスマスにサンタクロースに扮し、従姉妹の幼い息子にプレゼントを渡そうとしたケストナーはくしゃみをしてしまう。するとそれまでまったく気づいていないと思われていた子どもから、「エーリヒおじさん、お大事に！」と言われて正体を暴露されてしまったという。この少年は誰がサンタクロースを演じているのかはわからずとも、初めからこれが演技であることは見抜いていた。にもかかわらずしばらくのあいだ、この超自然的な権威の担い手のことは真に受けず、自ら進んで芝居に付き合っていたのである。(16)

シュミットによると、クリスマスに限らず父が家庭で権威を振りかざそうとするのは、かつての家族を取り戻そうとする行為、父親にとって理想的な家族の危機を強権的に克服しようとする復古的あるいは時代錯誤な振る舞いと解される。

市民家族の理想像を父権によって維持しようとする、まさにその努力こそが混乱をもたらすのである。なぜならそこでは父親による保護・配慮よりもむしろ指示・監督が目につくからである。(17)

ハイニの父に代表されるこういった父親とは対極的な存在として、本書ではおじさんに着目した。本書で取り上げた子どもたちは、おじさんという逃げ道があることによって、仮に実父に失望したとしても、「ファシスト的思考を与える超−父親」に惹かれることはなかった。もしもハイニにもそういったおじさんがいたならば、彼がヒトラーユーゲントを代理家族に選ぶことはなかったかもしれない。

ふたたびJ・D・シュタールの『ヒトラー少年クヴェックス』論に戻ろう。興味深いことにシュタールは、この小説をケストナーの『エーミールと探偵たち』（一九二九）と並べて論じている。たしかに二作とも舞台は両大戦間期のベルリンであり、作中、実在する通りの名などが正確に挙げられていく。例えば『ヒトラー少年クヴェックス』の冒頭、ハイニの住むボイセルキーツ地区からヴィルマースドルフ地区に向けて市電の三番が走るという描写がある。[18] そのことを根拠にシュタールは、もしもハイニがこの電車に乗り、ヴィルマースドルフに赴いていたならば、エーミールとその仲間たちと知り合っていたのではないか、と想像力を膨らませている。[19] およそ非現実的な夢物語であることは承知の上で、筆者もシュタールにならい、この空想をさらに発展させてみたい。

ヴィルマースドルフといえば、『ニッケルマンのベルリン体験』（一九三二）の表題主人公、ニッケルマンやその親友マリアンネが暮らす地域でもある。ふたりはそこから市電六九番でデパートに向かったが、三番と六九番は一部路線が重なり合っている。[20] もしかするとハイニはヴィルマースドルフで、ニッケルマンらとも出会っていたかもしれない。

また、ハイニはヒトラーユーゲントに近づく前、共産党青年団のグループに誘われてハイキングに出かけている。その集合場所であり出発点はシュテッティナー駅だった。[21] われわれはこの駅名を知っている。本書第7章で扱った『木箱から現れたカイ』（一九二六）の主人公カイとその仲間の黒い手団が根城にしていたのが、旧北駅（シュテッティナー駅）だった。ハイニがこの駅でカイに誘われ、黒い手団に加わっていたならば、という可能性も考えてみたくなる。

同じく第7章で述べた通り、この駅の界隈は当時労働者街だった。では、ハイニの行程とは逆に、この駅から彼の住まい（ゴッツコフスキーシュトラーセ八六番地）に向かってみよう。すると数本通りを隔てた目と鼻の先にAEG・タービン工場がある。ここは『エデとウンク』（一九三一）において、エデの父が危うくスト破りに駆り出されそうになった工場である。そしてこの地域に隣接してエデの暮らすウェディング地区がある。ともに失業中の父を持つハイニとエデである。ふたりがこの近くで会っていてもおかしくない。だとするとハイニにもまた、エデのようにロマの子（ウンク）と知り合い、都市の周縁部に生きる被差別者との連帯を深めるチャンスだってあったのではないだろうか。

血縁のおじに恵まれずとも、エデはロマであるウンクのおじや友人マクセの父との交際を通じて、実父の知らない自らの世界を広げていった。ハイニもたしかに父とは異なる道を歩みはしたが、その過程でおじさん的存在が介在することはなかった。その結果、彼が「より強い権力をもった父親」を求めて接近した先がヒトラーユーゲントであったことは、すでに述べた通りである。やはりハイニにもおじさんとの出会いがあれば、と思わずにいられない。

本書が考察の対象とした両大戦間期に、わが国でも重要なおじさん文学が出版されている。吉野源三郎（一八九九―一九八一）の『君たちはどう生きるか』（一九三七）である。父を亡くした一五歳の少年コペル君とおじ（母の弟）との対話から成るこの小説が、出版から八〇年を経て漫画化され、話題を呼んだのは記憶に新しい。子にとって王道、メインストリームを行く父に対し、そうではないおじさんの存在価値について、この小説や映画「男はつらいよ」の寅さんを踏まえ、高橋源一郎はあるインタビューで次のように述べている。

**高橋**　いや、叔父さん＝オルタナティブはホント、大事な存在なんですよ。メインストリームだけだと、共同体は滅びる。みんな同じことをするわけだから。共同体や社会が生き残るためには叔父さん的な存在が必要です。文化って叔父さんなんですよ。真面目なひとに悪魔のささやきをするんです。「何マジメにやってんの！サボれ、サボれ、サボれ！」ってね。(22)

もっとも、高橋も認める通り、コペル君のおじさんは甥に対し、「悪魔のささやき」によって悪事を教唆する人物では決してない。しかしこの小説が、少年少女に「偏狭な国粋主義や反動的な思想を越えた、自由で豊かな文化のあることを、なんとしてもつたえておかねばならない」、「せめてこの人々だけは、時勢の悪い影響から守りたい[23]」という思いから刊行された『日本少国民文庫』全一六巻の最終配本であったことを思い返すならば、このおじが権威に盲従したり、弱者に高圧的に振る舞ったりする大人ではないということは、容易に想像できるだろう。『君たちはどう生きるか』が出版された一九三七年七月とは、盧溝橋事件が起こった時である。その後、第二次世界大戦が始まると、この小説は発禁処分を受けた。本書で取り上げた両大戦間期ドイツ児童文学にも、ナチス時代に発禁となったものは少なくない。おじさんの自由な発言が「悪魔のささやき」にしか聞こえなくなってしまった共同体は、もはや健全ではない。

最後にわが国のもっと陽気なおじさん文学に言及して締めくくりたい。北杜夫（一九二七―二〇一一）の『ぼくのおじさん』（一九七二）である。近年映画化され[24]、新潮文庫も復刊されたので、比較的知られている小説かもしれない。この小説のおじは「三十歳をとっくにすぎて[25]」独身で、兄の家族と同居している。小学六年の甥、雪男に言わせると、それは居候ということになる。宿題も見てくれない、動物園にも連れて行ってくれない、小遣いもくれないこのおじがある日突然、外遊を志す。そのためにおじが考えた方法とは、新聞広告で見つけた懸賞に応募し、一等の海外旅行に当選することだった。もちろんおじは落選するが、そんなおじの行状を記した雪男の作文が学習雑誌の懸賞で二等に入選する。そしておじとふたりでハワイへ行けることになる。

ぼくのおじさんは、やたらといろんなウイスキーやコーラを買いこんで、その懸賞で外国へ行くつもりになっているけれど、これは健全な方法ではなく、少しアタマにきた、ヨッパライの、バクチ打ちのやり方である、とぼくは書いた。ぼくはそんなやり方をしたくはない。ただ外国へ行ってみたとて、行く本人がしっかりしていなければ、夢で外国へ行ったのと同じである。まずじぶん自身を育てねばならない。それでなければ、万一

外国へ行けたとて、なにひとつじぶんのものとしてつかんで帰ってこれないだろう、とぼくは書いた。（79–80）

甥の作文がきっかけでおじと甥が南洋に赴くという構造は、ケストナーの『五月三五日』と同じである。もっともこちらは「夢で外国へ」行くのではなく、実際に飛行機に乗って現地に赴く。とはいえこの小説が雑誌連載されていた一九六〇年代前半は、一ドル＝三六〇円の固定相場だった。外貨制限も厳しかった。したがっておじさんと雪男のハワイ旅行も、リンゲルフートおじさんとコンラート少年の南洋旅行同様、異世界へ赴く覚悟が必要だったはずである。

空港でも機内でもホテルでも、雪男のおじは頼りにならない。挙句の果てには甥を残して失踪してしまう。その間に雪男は同年代の日系三世の少年と知り合い、彼の家に泊めてもらう。するとハワイ生まれの二世の父から祖国の話をせがまれるが、雪男はうまく答えられない。そのことがきっかけで雪男は日本について考えるようになる。

日本に住んでいると、日本のことなんかあまり考えない。むしろ外国のことを夢に見る。しかし、日本を離れて、まだ二日にもならないうちに、ぼくは日本について、今までになかったことを考えだしたのは事実である。（147）

やがておじは見つかり、彼もまた日系人父子の家に厄介になる。しかし監督者としての面目丸つぶれのおじは、「まるで戦争中のハワイの日本人たちみたいに」（152）、すっかり小さくなってしまう。他方、雪男は初めての外国旅行で多くを吸収し、どんどんたくましくなっていく。例えば真珠湾では、次のように考えを巡らせる。

ぼくが生まれない前、日本軍はこの真珠湾に攻撃をかけたという。少年雑誌の戦記では、それは勇壮で、ところどころすてきで、ぼくも夢中になったこともある。しかし、このような平和な風景、このような場所に、戦争をしかけたなんて、そもそもじつに奇妙な気がした。理由はいろいろあろう。やむにやまれぬ原因があった

のだろう。だが、それはやっぱりふしぎなことだ。ぼくには理解できないことだ。(151)

最終的におじだけが予定通り帰国し、雪男はもうしばらくハワイの日系人家庭に滞在させてもらうことになる。物語はホノルルの空港でおじを見送る雪男の独白で幕を閉じる。少し長いが甥のおじに対する思いがよく表れている箇所なので引用したい。

ぼくは少し感傷的になっていた。おじさんにわるいような気にもなった。しかし、ぼくのおじさんは、いつまでもそうションボリしている男ではない。きっと日本へ帰りつけば、いつものように得意になって、ミヤゲ話や、ホラ話をすることだろう。自分の失敗などはちっとも話さないことだろう。いや、もう今ごろは、飛行機の中で元気づいて、ウイスキーでも注文しているかもしれない。[中略]

それでもぼくは、いざおじさんの見なれた丸顔、そのずんぐりした姿がきえてしまうと、今までになくおじさんに対して親近の情を覚えた。ハワイの日本人にとって日本がなつかしい祖国であるように、ぼくにとっては、いくらだらしがなくても、おじさんはたったひとりのぼくのおじさんなのだ。

「おじさん、お大事に」

ぼくはもう機影も見えなくなった雲のかなたにむかってそういい、そして思わずクスリと笑った。(154-155)

コペル君のおじさんと違い、雪男のおじは甥にとって反面教師の側面が強い。兄からも「おまえはいったいいくつになるのだ?」(29)と叱られている。父代わりの監督者としては不適格でも、オルタナティブな存在としては面目躍如たるものがある。この点でも彼はケストナー『五月三五日』のリンゲルフートおじさんを思い出させる。いつの日か甥は、そんなおじを越えて成長していくことだろう。その兆しはすでに今回の旅の最中にも見られた。ところでどこか甥に小馬鹿にされながら、それでも大切に思われる雪男のおじの職業は、大学教員(しかも筆者と同じ人文科学系の！）だという。

おじさんはなんと学校の先生なのである。それも大学のだそうだ。大学といってもピンからキリまであるから、むろんキリのほうだろう。何を教えているのか知らないが、自分では自分のことを哲学者だといっている。もっともすこしまえまでは詩人と称していた。いずれにせよ、おじさんが先生だなんて、なにかインチキがあるのだろうと、ぼくはにらんでいる。(13)

すでに述べた通り、『ぼくのおじさん』の初出は一九六〇年代前半、単行本としての刊行は一九七二年、いまから半世紀も前のことである。当時の大学にはこういったおじさんが生息していたのか、と述べると、いまや絶滅してしまったかのように聞こえるが、筆者はそうは思わない。たとえ絶滅危惧種であったとしても、大学という世界は、いまでもこういったおじさんの存在を許容する、寛大な共同体であると思いたい。

トリックスターのおじさんあるいは大学教員が氾濫する世の中も迷惑だろうが、強い父権ばかりが幅を利かせる社会というのは、子にとって、あるいは大人にとっても、もっと窮屈ではないだろうか。両親と子から成る聖家族モデルが終焉し、家族のあり方が一様でなくなった時代、自由で風来坊なおじさんの復権、型にはまらないおじさんの逆襲が期待される。

## 注

（1） Karl Aloys Schenzinger: *Der Hitlerjunge Quex. Roman.* Berlin（Zeitgeschichte）1932, S.183.

（2） グレゴリー・ベイトソン『大衆プロパガンダ映画の誕生――ドイツ映画『ヒトラー青年クヴェックス』の分析』宇波彰・平井正訳、御茶の水書房、一九八六年、三一頁。

（3） フェーリクス・メラー『映画大臣――ゲッベルスとナチ時代の映画』瀬川裕司・水野光二・渡辺徳美・山下眞緒訳、白水社、二〇〇九年、一五六頁。

（4）ベイトソン（前掲書）、二四九頁。

（5）ベイトソン（前掲書）、三〇〇頁。なお、日本での公開時のタイトルは「ヒトラー青年」だった。

（6）佐藤亜紀『スウィングしなけりゃ意味がない』ＫＡＤＯＫＡＷＡ、二〇一七年、四〇頁。

（7）佐藤（前掲書）、四一―四二頁。

（8）Vgl. J.D. Stahl: Moral Despair and the Child as Symbol of Hope in Pre-World-War II Berlin. In: *Children's Literature. Annual of The Modern Language Association Division on Children's Literature and The Children's Literature Association.* Vol.14. New Haven and London（Yale University Press）1986, pp. 83-104.

（9）ヴィルヘルム・ライヒ『ファシズムの大衆心理　上』平田武靖訳、せりか書房、一九七二年、一七四頁。

（10）ライヒ（前掲書）、一〇二頁。

（11）M・ホルクハイマー『道具的理性批判Ⅱ　権威と家族』清水多吉編訳、イザラ書房、一九七〇年、一五八頁。

（12）エーリッヒ・フロム『愛と性と母権制』滝沢海南子・渡辺憲正訳、新評論、一九九七年、一八九頁。

（13）ホルクハイマー（前掲書）、一四六―一四七頁。

（14）近代市民家族における父親の啓蒙君主化については以下の文献を参照。Ulrike Horstenkamp-Strake: *"Daß die Zärtlichkeit noch barbarischer zwingt, als Tyrannenwut!" Autorität und Familie im deutschen Drama.* Frankfurt am Main（Lang）1995, vor allem S.15-47 u. Bengt Algot Sørensen: *Herrschaft und Zärtlichkeit. Der Patriarchalismus und das Drama im 18. Jahrhundert.* München（Beck）1984, vor allem S.9-61.

（15）Agnes Sapper: *Die Familie Pfäffling.* Altenmünster（Jazzybee-Verlag）2016, S.145.

（16）Dominik Schmitt: *„Der alte Kindergott ist tot!" Weihnachtsmann-Darsteller und das Scheitern bürgerlich-patriarchalischer Autorität in der Weihnachtssatire des 20. Jahrhunderts.* Würzburg（Königshausen & Neumann）2013, S.24. ボードリヤールの「サンタクロースの論理」については以下の文献を参照。ジャン・ボードリヤール『物の体系――記号の消費』宇波彰訳、法政大学出版局、二〇〇八年（新装版）、二〇七―二〇八頁。

（17）Schmitt: a.a.O., S. 45.

（18）Schenzinger: a.a.O., S. 5.

（19）Stahl: a.a.O., S. 101.

（20）https://www.berliner-linienchronik.de/strassenbahn-1932.html 参照（二〇二一年七月一六日最終閲覧）。

（21）Schenzinger: a.a.O., S. 22 u. 30.

（22）「インタビュー 高橋源一郎さんに聞く 教育とか文化って〝叔父さん〟なんです――子育て、文学に「正解」はない（？・）」、民主教育研究所『人間と教育』九七号（二〇一八年春号）、一七頁。

（23）吉野源三郎「作品について」、吉野源三郎『君たちはどう生きるか』岩波書店、一九八二年、三〇二頁。

（24）山下敦弘監督、松田龍平主演、映画「ぼくのおじさん」は、二〇一六年に東映配給で公開された。

（25）北杜夫『ぼくのおじさん』新潮社、二〇一五年、一四頁。これ以降の同作品からの引用には同書に拠り、本文中に括弧でページ番号のみアラビア数字で記す。

# あとがき

新型コロナウイルスの脅威を身近に感じ始めたのは、二〇二〇年三月のことだったと記憶している。敏感な人は二月の時点で気にしていたが、少なくとも私はそうではなかった。その証拠に、二月末から三月初旬にかけて一週間ほどドイツに赴いている。というのも、翌四月から一年間、デュッセルドルフ大学でサバティカル研修に従事する予定だったので、受け入れ機関との打ち合わせの合間を縫って、家族と暮らす家探しをしたかったからである。

大学のすぐそばにいい住まいが見つかったものの、四月以降、日本人のドイツ入国はしばらく認められなくなった。その結果、実際にそこに住むことができたのは、二〇二〇年九月から翌年三月までの半年だけだった。平時と違い、ひとりで現地に到着後、私の滞在許可がおりて初めて家族を呼び寄せることができたので、妻子の滞在はもっと短かった。しかもその期間の大半、町はロックダウンしていた。

それでもこれだけドイツ語圏に長期滞在できたのは、オーストリア・インスブルックに留学した時以来、十五年ぶりのことだった。その頃、私はまだ独身だった。そして一九世紀ウィーンの大衆演劇について、博士論文を執筆していた。

ウィーン演劇の研究はいまも続けているが、インスブルックから帰国後、新たに取り組んだテーマが両大戦間期の児童文学だった。両大戦間期への関心は、今世紀の初め頃まで、平田達治先生（大阪大学名誉教授）を中心に関西で活動していた「オーストリア研究会」の影響が大きい。短期間だったがメンバーに加えていただき、両大戦間期オーストリアをテーマにした共著書も著させていただいた（生田眞人・金子元臣・松村國隆（編）『オーストリア 形象と夢――

帝国の崩壊と新生』、松本工房、二〇〇七)。

他方、児童文学に興味を持ったのは、その後、定職を得て結婚し、子どもが生まれ、それまで縁のなかった児童書を手にするようになってからだったと思われる。その頃はまだ金沢・香林坊に立派な福音館書店があり、週末に妻子とよく行ったものだった。

本書の中心テーマのひとつに据えたおじさん文学との出会いは、いまもはっきり覚えている。当時同僚だった宮下博幸さん(いまは関西学院大学)と信州にふたり旅をした折、偶然手にした新聞に海野弘『おじさん・おばさん論』の書評が掲載されていた。松本から長野まで、運転する宮下さんが眠らないよう、助手席から興味深い新聞記事を読み上げる役目を仰せつかった私は、ニュースよりもこの本から連想されるおじさん(ひいては大学教員)の存在意義について、多くを語ったはずである。

あの頃、宮下さんとは隔年で語学研修の引率を担当していた。夏休みにひと月ほど、二〇から三〇名の学生を連れてドイツの協定校に行く。そして学生の成長を見守る。多くの学生にとって初めての海外旅行に同行するのは、いま思えば甥や姪とともに旅するおじさんと同じような立ち位置だったかもしれない。早くコロナが収束し、彼らとまたドイツに行ける日が待ち遠しい。

サバティカル研修期間だった二〇二〇年度は、獲得中の科研費「二〇世紀ドイツ児童文学における「おじさん」表象の変遷についての研究」の最終年度だった。したがって三年間の研究成果を首尾よくまとめることが最重要課題だったのだが、コロナ禍を言い訳に延長させていただいた。そして自由に外出できない現実から逃れるかのように、金沢でもデュッセルドルフでも、多くの児童文学(とくに少女小説)を読んだ。本書にもその成果は反映させたつもりだが、その成否の判断は読者のみなさまにおまかせしたい。

本書で私が言及したドイツ児童文学は、終章で軽く触れた『ヒトラー少年クヴェックス』を含めると二五作品にのぼる。そのうちの約半分、一二作は邦訳されているので、未読の方が本書をきっかけに作品にも手を伸ばしてくださるとうれしく思う。あるいはすでに作品を読んだことのある方に対し、本書が新たな読後感を提供することができれば、筆者としてはなおうれしい。

ところで近年、わが国において、両大戦間期からナチス時代のドイツを舞台にした小説がいくつか出版されている。佐藤亜紀『スウィングしなけりゃ意味がない』（KADOKAWA、二〇一七）や深緑野分『ベルリンは晴れているか』（筑摩書房、二〇一八）がそれである。他にも二〇二〇年には、クラウス・コルドン『ベルリン三部作』（全六冊）が岩波少年文庫に収録された。やや古びるが、帚木蓬生『ヒトラーの防具』（新潮社、一九九九）やピエール・フライ『占領都市ベルリン、生贄たちも夢を見る』（長崎出版、二〇一〇）なども、本書で扱った時空間と部分的に重なるところがある。

私自身そうであったように、本書に向けてくださった読者諸氏の関心が、これらの名作の初読あるいは再読につらなることがあれば、より有意義な時間が過ごせること、請け合いである。あるいは本書で話題にしたおじさんやクリスマスといったモチーフを、ドイツ語圏を離れて他の（児童）文学に探すのも一興だろう。いずれにしても学術書であるはずの本書が、娯楽としての読書を含めた、みなさまの知的好奇心に彩りを添えることができれば、と切に願う次第である。

最後に数名の方へ謝辞を述べたい。かつての同僚、杉村安幾子さん（いまは日本女子大学）には、本書に収録したほとんどの原稿に草稿段階から目を通していただいた。彼女の「おもしろい、おもしろい」という励ましがなければ、本書は別の方向に進んでいたかもしれない。

大学院時代の恩師でありながら、ご著書などで私を「年若い友人」と呼んでくださる丹下和彦先生（大阪市立大学名誉教授）にも、この場を借りて御礼申し上げたい。ギリシア悲劇をご専門とされる一方、翻訳や創作など、幅広く演劇全般について執筆される先生には、さまざまな機会に学術論文以外のものの書き方をご指導いただいた。本書の企画を晃洋書房の西村喜夫さんにつないでくださったのも先生のご尽力による。私にとって初めての単著である本書が、先生のお眼鏡に適いますように。

ドイツに行ってはみたものの、まったく遠出できなかったサバティカル中を含め、休日も自室にこもりがちな私に対し、いつも不干渉（無関心？）を貫いてくれる妻・裕美子と娘・いずみにも「ありがとう」と言いたい。ふたりの自由放任主義のおかげで、父たんは好きなことができています。

二〇二二年七月　金沢にて

佐藤文彦

付記　本研究の一部はＪＳＰＳ科研費二四七二〇一五一、一五Ｋ〇二四一一、一八Ｋ〇〇四四六の助成を受けたものである。
また、出版に際しては、公益財団法人ドイツ語学文学振興会より刊行助成をいただいた。

# 索　　引

〈た〉



〈な〉



〈は〉



〈ま〉

## 〈や・ら・わ〉

# 図版出典一覧

**図版 1：両大戦間期ベルリンのキオスク（1928）**
Manfred Görtemaker und Bildarchiv Preußischer Kulturbesitz (Hrsg.): *Weimar in Berlin. Porträt einer Epoche.* Berlin (be.bra) 2002, S. 166.

**図版 2：両大戦間期ベルリンの風景（1930）**
Manfred Görtemaker und Bildarchiv Preußischer Kulturbesitz (Hrsg.): *Weimar in Berlin. Porträt einer Epoche.* Berlin (be.bra) 2002, S. 47.

**図版 3：19世紀型市民家族像**
Ingeborg Weber-Kellermann: *Die deutsche Familie. Versuch einer Sozialgeschichte.* Frankfurt am Main (Suhrkamp) 1974, S. 106.

**図版 4：『プフェフリング家』より，挿絵**
Agnes Sapper: *Die Familie Pfäffling. Eine deutsche Wintergeschichte. Neuausgabe mit Federzeichnungen von Martha Welsch.* Stuttgart (Gundert) 1940, S. 248.

**図版 5：『魔法使いのムックおじさん』より，挿絵**
Erika Mann: *Zauberonkel Muck.* Zürich (Büchergilde Gutenberg) 1955, S. 15.

**図版 6：ベルリン上空のツェッペリン飛行船（1924）**
Manfred Görtemaker und Bildarchiv Preußischer Kulturbesitz (Hrsg.): *Weimar in Berlin. Porträt einer Epoche.* Berlin (be.bra) 2002, S. 49.

**図版 7：『シュトッフェル，海を飛んで渡る』より，挿絵**
Erika Mann: *Stoffel fliegt übers Meer.* Reinbek bei Hamburg (Rowohlt) 2005, S. 91.

**図版 8：『五月三五日』より，挿絵**
Erich Kästner: *Der 35. Mai oder Konrad reitet in die Südsee.* Zürich (Atrium) 2018, S. 53.

**図版 9：『五月三五日』より，挿絵**
Erich Kästner: *Der 35. Mai oder Konrad reitet in die Südsee.* Zürich (Atrium) 2018, S. 89.

**図版10：職安に集う失業者たち**
Rolf Italiaander (Hrsg.): *Wir erlebten das Ende der Weimarer Republik. Zeitgenossen berichten.* Düsseldorf (Droste) 1982, S. 191.

**図版11：ドイツ共産党員たちのデモ（1930）**
Manfred Görtemaker und Bildarchiv Preußischer Kulturbesitz (Hrsg.): *Weimar in*

*Berlin. Porträt einer Epoche.* Berlin（be.bra）2002, S. 194.

図版12：『ルッシュの成長』より，挿絵
Lotte Arnheim: *Lusch wird eine Persönlichkeit. Ein lustig-nachdenkliches Mädelbuch.* Stuttgart（Gundert）1932, S. 110.

図版13：『リゼロット，平和条約を締結する』より，扉絵
Grete Berges: *Liselott diktiert den Frieden. Eine Geschichte mit heiteren Zwischenfällen. Für die Jugend von heute.* Stuttgart, Berlin, Leipzig（Union Deutsche Verlagsgesellschaft）o.J. [1932], Frontispiz.

図版14：ベルリンの大学で学ぶ女子学生たち（1930）
Manfred Görtemaker und Bildarchiv Preußischer Kulturbesitz（Hrsg.）: *Weimar in Berlin. Porträt einer Epoche.* Berlin（be.bra）2002, S. 95.

図版15：近代市民家族のクリスマス
Ingeborg Weber-Kellermann: *Die deutsche Familie. Versuch einer Sozialgeschichte.* Frankfurt am Main（Suhrkamp）1974, S. 241.

図版16：『プフェフリング家』より，挿絵
Agnes Sapper: *Die Familie Pfäffling. Eine deutsche Wintergeschichte. Neuausgabe mit Federzeichnungen von Martha Welsch.* Stuttgart（Gundert）1940, S. 135.

図版17：ドイツ版サンタクロース
Ingeborg Weber-Kellermann: *Die deutsche Familie. Versuch einer Sozialgeschichte.* Frankfurt am Main（Suhrkamp）1974, S. 233.

図版18：1932年時点の幼子キリストとサンタクロースの勢力分布図
Ingeborg Weber-Kellermann: *Das Weihnachtsfest. Eine Kultur- und Sozialgeschichte der Weihnachtszeit.* München u. Luzern（Bucher）1978, S. 98.

図版19：トリアーによる『エーミールと探偵たち』初版本の表紙絵
Michael Bienert: *Kästners Berlin. Literarische Schauplätze.* Berlin（vbb）2014, S. 16.

図版20：ノレンドルフ広場の映画館（1930）
Michael Bienert: *Kästners Berlin. Literarische Schauplätze.* Berlin（vbb）2014, S. 40.

図版21：モッセ社（1923）
Manfred Görtemaker und Bildarchiv Preußischer Kulturbesitz（Hrsg.）: *Weimar in Berlin. Porträt einer Epoche.* Berlin（be.bra）2002, S. 170.

図版22：夕刊の到着を待つ新聞売りたち（1932）
Manfred Görtemaker und Bildarchiv Preußischer Kulturbesitz（Hrsg.）: *Weimar in Berlin. Porträt einer Epoche.* Berlin（be.bra）2002, S. 169.

図版23：ノレンドルフ広場駅（1930）
Michael Bienert: *Kästners Berlin. Literarische Schauplätze.* Berlin（vbb）2014, S. 43.

図版24：『いったいぜんたいどうしたものか』より，挿絵
Katrin Holland: *Wie macht man das nur??? Roman für Kinder.* Oldenburg（Gerhard Stalling）o.J. [1930], S. 136.

図版25：実在したエデとウンク
Alex Wedding: *Aus vier Jahrzehnten. Erinnerungen, Aufsätze und Fragmente. Zu ihrem 70. Geburtstag.* Hrsg. v. Günter Ebert. Berlin（Kinderbuchverlag）o.J. [1975], S. 294.

図版26：『ミヒャエル・アルパートとその子ども』より，挿絵
Jo Mihaly: *Michael Arpad und sein Kind. Ein Kinderschicksal auf der Landstraße.* Stuttgart（Gundert）1930, zwischen S. 80 u. 81.

図版27：アヴスのレース場（1925）
Gerhard Fischer: *Berliner Sportstätten. Geschichte und Geschichten.* Berlin（Links）1992, S. 95.

図版28：車を運転する女性（1925）
Christiane Schröder u. Monika Sonneck（Hrsg.）: *Außer Haus. Frauengeschichte in Hannover.* Hannover（Reichold）1994, S. 122.

図版29：『労働奉仕するドーラ』表紙絵
Christine Holstein. *Dora im Arbeitsdienst.* Mit Bildern von Kurt Walter Röcken. Reutlingen（Enßlin & Laiblin）o.J. [1935].

図版30：女子労働奉仕の朝礼風景
Generalarbeitsführer v. Gönner（Hrsg.）: *Spaten und Ähre. Das Handbuch der deutschen Jugend im Reichsarbeitsdienst.* Heidelberg（Vowinckel）1939, Abb. 72.

図版31：『ヴォルター農場にて』表紙絵
Mariluise Lange: *Auf Woltershof. Eine Erzählung für junge Mädchen.* Mit Bildern von G. Kirchbach. Leipzig（Anton）o.J. [1937].

図版32：映画版『クヴェックス』の一場面
Wolfgang Jakobsen, Anton Kaes u. Hans Helmut Prinzler（Hrsg.）: *Geschichte des deutschen Films.* Stuttgart/Weimar（Metzler）1993, S. 125.

図版33：ヒトラーユーゲントの少年たち
Michael Freeman: *Atlas of Nazi Germany.* London（Croom Helm）1987, p. 88.

《著者紹介》
佐藤文彦（さとう　ふみひこ）
1973年、和歌山県生まれ。2005年、インスブルック大学大学院博士課程修了（Dr. phil.）。
現在、金沢大学国際基幹教育院准教授。専門分野は近現代ドイツ・オーストリア文学。

**主要業績**
『文学海を渡る――〈越境と変容〉の新展開』（共著、三弥井書店、2016）
『ドナウ河――流域の文学と文化』（共著、晃洋書房、2011）
『オーストリア　形象と夢――帝国の崩壊と新生』（共著、松本工房、2007）
『ヒトラー暗殺計画・42』（共訳、社会評論社、2015）

聖家族の終焉とおじさんの逆襲
――両大戦間期ドイツ児童文学の世界――

2022年12月10日　初版第1刷発行　＊定価はカバーに表示してあります

著　者　佐　藤　文　彦©
発行者　萩　原　淳　平
印刷者　田　中　雅　博

発行所　株式会社　晃　洋　書　房
〒615-0026　京都市右京区西院北矢掛町7番地
電話　075（312）0788番㈹
振替口座　01040-6-32280

装丁　尾崎閑也　印刷・製本　創栄図書印刷㈱
ISBN 978-4-7710-3654-3